Hélène Teslutchenko

Si les hommes viennent de Mars…
qu'ils y retournent !

© 2019, Hélène Teslutchenko
Édition : BoD – Books on Demand
12/14 rond-point des Champs-Élysées, 75008 Paris
Impression : BoD - Books on Demand, Norderstedt, Allemagne
ISBN : 9 782322 17 19 41
Dépôt légal : mai 2019

Remerciements

Je tiens à remercier les personnes qui m'ont soutenu durant ce long périple que fût l'écriture de ce roman. Merci à toi Thomas, mon mari, pour ton soutien, tes lectures, tes conseils avisés, et merci d'avoir cette place si importante dans ma vie et dans mon cœur.

Merci à ma petite fille Arya qui dort d'un sommeil profond à l'heure actuelle, car elle est devenue une source inépuisable de force. C'est grâce à toi, ma petite grenouille d'amour, que je trouve le courage d'avancer.

Merci à vous, mes parents, Véronique et Jacques, de m'avoir permis de m'épanouir dans une enfance heureuse, cela m'a donné de solides ailes pour m'envoler dans la vie.

Une petite séquence émotion pour mes deux sœurs adorées : malgré vous, vous avez été de belles sources d'inspiration dans mes histoires fantasques. Merci à toi Caroline de me remettre sur le droit chemin quand j'ai tendance à m'éparpiller, et merci à toi Marie de me suivre en-dehors des sentiers battus (des rues de Londres à celles d'Edimbourg, bien d'autres aventures nous guettent encore). Merci à mes grands-parents pour leur soutien dans toutes les aventures dans lesquelles je me risque dans la vie.

Merci à Sylvia et à Laurence qui ont relu mon œuvre. Merci pour vos conseils et pour vos précieuses corrections. Une belle pensée à ma joyeuse troupe de théâtre sans qui je n'aurais jamais acquis cette confiance qui m'a poussé à publier ce livre.

Un immense merci à mes amis, ma famille, mes cousins, cousines, tantes, oncles… un merci à toi, Yann qui prend soin de ma sœur, et merci à mon neveu Victor pour sa bonne humeur communicative.

Ce n'est pas sans oublier les protagonistes : vous, lecteurs. Merci de me faire confiance et de découvrir cet univers farfelu que j'ai créé pour vous.

SOMMAIRE

CHAPITRE I
    Là où tout commence... (Ou s'achève ?) _____ - 11 -

CHAPITRE II
    L'Enfer, c'est l'Autre (con) _____ - 29 -

CHAPITRE III
    Le chapitre dans lequel je vais vivre une soirée mémorable _____ - 49 -

CHAPITRE IV
    Gros plan sur la scène au Bamboléo _____ - 78 -

CHAPITRE V
    Quand je me réveille avec la gueule de bois et une entorse à la cheville. _____ - 83 -

CHAPITRE VI
    « Bon rétablissement » _____ - 91 -

CHAPITRE VII
    Voyage en terre inconnue _____ - 105 -

CHAPITRE VIII
    Christmas Eve (Partie assez longue, je vous préviens, si vous comptiez ne lire « plus qu'un chapitre » avant de vous endormir) _____ - 127 -

CHAPITRE IX
    Fin du séjour londonien, baguettes magiques, larmes, aux revoirs déchirants. _____ - 150 -

CHAPITRE X
    Sans commentaire. _____ - 164 -

CHAPITRE XI
    Reprendre du poil de la bête _____ - 183 -

CHAPITRE XII
    Et maintenant, je fais quoi ? _____ - 193 -

CHAPITRE XIII
    Nouveau départ _____ - 202 -

CHAPITRE XIV
    Saint Jean-Luc _____ - 214 -

CHAPITRE XV
    Enterrement ! _____ - 222 -

CHAPITRE XVI
    Pour le meilleur, et blablabla... _____ - 238 -

CHAPITRE XVII
    Que la fête commence ! _____ - 249 -

CHAPITRE XVIII
    Nuit magique ! _____ - 265 -

CHAPITRE XIX
    La vie en rose _____ - 270 -

CHAPITRE XX
    Chapitre vin _____ - 274 -

CHAPITRE XXI
    La vie en (mo)rose _____ - 280 -

CHAPITRE XXII
    « Oh, baby, baby, it's a wild world... » _____ - 285 -

CHAPITRE XXIII
    Comme un souffle de renouveau... _____ - 290 -

CHAPITRE I
Là où tout commence… (Ou s'achève ?)

Je viens de me faire larguer. Là. À l'instant. Cet homme vient de bousiller huit ans de relation, une demande en mariage et le projet d'enfants dont nous parlions encore il y a soixante-douze heures. Me voilà bonne à reprendre la pilule. Et elle n'est même pas remboursée par la sécu.

Et surtout, me voilà seule, sur mon canapé (celui qu'on avait choisi ensemble !) dans mon appartement, à pleurer toutes les larmes de mon corps dans un *Kleenex* premier prix, qui m'irrite le nez.

Existe-t-il un mouchoir spécial « femmes larguées » ? Pourquoi on ne pense jamais aux cœurs brisés, déchirés, maltraités ? Un beau mouchoir très tendre, très doux, multifonctions, avec une mini brosse à mascara intégrée pour directement remaquiller nos yeux meurtris d'avoir trop pleurés ?

Je suis pathétique. Ça fait dix-huit minutes que François a quitté l'appartement et je commence à croire qu'il ne reviendra pas, comme je l'espérais, en chialant et en me disant qu'il a fait une grosse erreur, qu'il regrette, qu'on se mariera en Mai prochain comme prévu, et qu'on va se faire un week-end en amoureux pour repartir sur de bonnes bases, et que je ne serai pas obligée d'aller manger tous les lundis à midi avec sa mère qui est seule parce que finalement ça n'est pas si important que ça si je ne la porte pas dans mon cœur.

Mais je me rends à l'évidence, il a eu le temps de quitter l'immeuble quatorze fois, en dix-huit minutes. Puisque visiblement toute trace d'amour pour moi l'a définitivement quitté, il n'a plus rien à faire dans le coin.
Je ne sais pas quoi faire.
J'entends résonner en moi le balancement incessant de mon horloge biologique qui me torture, me rappelant sans cesse qu'il serait peut-être temps de fonder une famille avant d'être ménopausée…tic-tac, tic-tac… mes ovaires sont en train de périmer.
Et dire qu'on a fêté mes trente ans il y a deux semaines. Il m'a organisé une fête surprise. Enfin, c'est ce qu'il croyait. Ça l'aurait été si je n'avais pas fouiné dans ses affaires et découvert les modèles de cartons d'invitation qu'il avait rédigés en mon honneur. François a toujours été un peu vieux jeu. Dans le style de laisser un post-it sur le frigo au lieu d'un SMS. Il n'a jamais été à la pointe de la technologie, mais cela lui donnait un côté attendrissant.
Flash-back qui déclenche une nouvelle chouinade de ma part. Et je pleure, je pleure, je me mouche, me remouche, j'ai envie de hurler, de me débattre, de casser quelque chose comme dans les films quand la nana se fait plaquer par son jules. D'ailleurs qu'est ce qui m'en empêche ? Ça va peut-être me faire du bien, qui sait ?
Je me lève du canapé (celui qu'on avait choisi ensemble !) et je cherche un truc à balancer à travers la pièce. Mon regard se pose sur ce tableau immonde que François tenait tant à accrocher dans le salon, parce que c'était un cadeau de sa mère et que « maman a de très bons goûts, elle a travaillé au Musée d'Art Moderne tu sais ! ». Et nous avons accroché cette horreur juste au-dessus du fauteuil (celui-là,

je l'avais choisi seule). On ne peut absolument pas parler d'art : il s'agit d'une peinture représentant vaguement une vache aux couleurs douteuses en train de brouter des pâquerettes.

Vas-y, c'est le moment Jo. Détruis François, détruis sa mère et surtout, détruis cette honte de l'art contemporain.

Je décroche cette croûte du mur et la balance de toutes mes forces à travers le salon. Le verre éclate en mille morceaux.

J'arrache la peinture du cadre, la déchire, la mords (je ne sais pas ce qui me prend), je la piétine, la re-piétine, et finis par la jeter à la poubelle.

Bon, ça m'a défoulé un peu mais maintenant je dois ramasser tous les bouts de verre étalés dans la pièce.

Crotte et flûte, y'en a même dans le couloir.

J'ai eu du mal à enlever ceux qui étaient dans le pot de mon ficus, j'ai de la terre plein les mains et je vois briller encore une belle quantité de micros morceaux de verre autour de son tronc. Tant pis, ça lui donne un côté bling-bling.

Est-ce que le verre peut tuer mon ficus ?

Je branche l'aspirateur et achève le nettoyage. Qu'est-ce qui m'a pris ?

J'avais oublié un détail… dans les fameux films à l'eau de rose, quand les nanas explosent la vaisselle sur le sol, il y'a toute une équipe sur le tournage qui est chargée de nettoyer le bordel avant la prochaine prise. Mais chez moi y'a aucun type planqué dans un coin qui va surgir, serpillère à bout de bras, pour nettoyer le fruit de ma crise hormonale passagère.

Me voilà larguée, seule comme jamais, et en plus de ça je ne sais pas si je pourrai un jour remarcher pieds nus dans mon salon sans risquer de les écorcher.

Bon. On fait quoi, quand on vient de se faire plaquer vulgairement, rapidement, de façon nette ? Dans le style « désolée ma chérie, mais ça ne va plus entre nous. Je ne ressens plus rien, si ce n'est l'envie de partir d'ici. »

Ma chérie ? Pourquoi il m'a appelé ma chérie alors qu'il était en train de ruiner notre relation pour de bon ? L'enfoiré... il m'a servi ça, de façon inhumaine et froide. Y'avait encore des fioritures avec tout ça, évidemment, pour enjoliver le tout.

Allez, vous me paraissez sympathiques alors je veux bien vous offrir la version officielle.

Il est entré dans l'appartement comme chaque soir, vers les dix-huit heures. Sauf que là, il n'a pas ôté ses chaussures ni son manteau à huit cent balles. Il a posé sa mallette en peau de bébé bison près du guéridon dans l'entrée, s'est approché de moi, s'est assis à mes côtés sur le canapé (oui, celui qu'on a choisi ensemble) et au début il n'a rien dit.

Moi je regardais une émission hautement intellectuelle (*Norbert, commis d'office*) et j'étais absorbée par l'écran, jusqu'à ce qu'il toussote. Le fameux toussotement qui veut tout dire. Le toussotement qui contient tellement de non-dits, de secrets, de messages du genre « j'ai envie de te parler d'un truc important mais t'as l'air super occupé, et surtout d'en avoir rien à foutre de ma présence alors que ce que j'ai à te dire est réellement urgent et si j'le fais pas maintenant je le ferai jamais. »

Bref, j'ai entendu son toussotement, j'ai éteint la télévision (à contrecœur je l'avoue) et je me suis tournée vers lui.

Il m'a regardée droit dans les yeux, puis là, il m'a reluquée de haut en bas. Après quoi, il a soupiré.

Il faut dire que j'ai ressorti le pyjama une pièce *Winnie l'Ourson* que ma meilleure amie Sandra m'a offert pour mes vingt-huit ans il y a deux ans. Même si c'est sûr que le glamour n'est pas au rendez-vous, il faut bien admettre que ça me réchauffe agréablement le popotin en cette rude soirée de fin Novembre. Surtout quand j'assortis les chaussettes molletonnées hyper sexy.

Après le toussotement suivi du soupir, il a lâché ces mots, qui me sont allés droit au cœur et que je n'oublierai jamais.

— Écoute ma chérie (le fameux « ma chérie ! »), j'ai beaucoup réfléchi (ça au moins c'est nouveau). Ça fait des mois que j'y pense. Je crois qu'on devrait s'arrêter là. J'en ai parlé avec Tom, il va m'héberger chez lui en attendant que je trouve un autre appartement. Je te laisse tous les meubles. Je récupèrerai mes affaires demain. Je te laisserai le double des clés tu m'y feras penser. D'ailleurs j'ai déjà enlevé mon nom sur la boîte aux lettres en passant avant, tu n'auras pas besoin de le faire. Je ne ressens plus rien, Jo, si ce n'est l'envie de partir d'ici.

Boum, paf, bim ! Dégringolade ! Rupture d'anévrisme de l'amour !

Il s'est levé de façon nonchalante, a repris sa foutue mallette, et s'est barré, tout simplement, sans un au revoir.

Sur le coup j'ai cru à une blague. Même si François n'a jamais eu un sens de l'humour très développé. Pendant les deux premières minutes j'ai franchement cru qu'il allait revenir en riant. Puis à partir de la troisième minute, mon cœur s'est mis à battre très vite. Et au bout de trois minutes et dix secondes, je chialais dans ce foutu canapé qu'on a choisi ensemble et que j'avais envie de lacérer de mes ongles jusqu'à ce qu'il me hurle d'arrêter.

Mais qu'est-ce que j'ai fait pour mériter ça ?
On était heureux ensemble, non ?
Visiblement, non…
Certes on se disputait de temps en temps (voire souvent) mais c'est normal pour un couple qui est ensemble depuis huit ans. Même si sa mère me courait sur le haricot surtout depuis le décès de son mari il y a deux ans, je faisais quand même des efforts... Le pauvre Michel était tombé du cerisier du voisin dans lequel il était monté suite à un pari stupide au cours de l'apéro. Je le soupçonne d'avoir forcé sur la bouteille comme à son habitude même si François maintenait le contraire, trop honteux d'avouer que son père avait tourné ivrogne.
Que font les gens seuls ? Fraîchement largués ?
Je sais, je vais appeler Sandra…elle saura quoi faire. Elle est avec son jules depuis deux ans mais avant ça, elle a connu de longues périodes de célibat.
J'attrape mon portable sur la table basse du salon et… aïe !
J'me suis coupée. Foutu morceau de verre. Je l'avais pas vu celui-là. Je vais passer mon doigt sous l'eau, ça saigne un peu.
Ça saigne pas mal quand même.
L'eau n'a rien changé à l'affaire et je saigne toujours. Ça va me flinguer mon tapis *Ikéa* cette histoire. Je m'empare du paquet de mouchoirs et j'enroule mon doigt dedans. Dans le mouchoir, par le paquet. Je fixe le tout avec un morceau de scotch. Bon ça devrait tenir un moment même si côté esthétique on a vu mieux.
J'appelle Sandra.
Ça sonne… ça sonne… décroche pas. Elle doit être occupée avec Benjamin.

Je ne sais pas quoi penser. Est-ce que François va me rappeler ? C'est stupide de croire ça… bien sûr qu'il ne rappellera pas. Il faut se rendre à l'évidence.

Je regarde l'heure. Dix-neuf heures et des brouettes. Célibataire depuis une heure. Je dois fêter ça ?

Je me dirige vers la cuisine et j'ouvre le frigo. Il reste deux bouteilles de champagne datant de mon anniversaire. On la conservait pour une occasion particulière, mais je crois que l'heure a sonné pour une de ces bouteilles de montrer ce qu'elle a dans le ventre.

De retour dans le salon, je cherche une coupe dans le buffet en bois blanc et la remplis généreusement.

— Santé, Josette !

Et je bois, je bois, je bois…

Et je m'appelle Josette. Non, vous n'avez pas rêvé. Comme si ça ne suffisait pas, comme si mon largage récent ne m'avait pas assez accablé, je dois également passer par cette étape cruciale mais cruelle : vous dévoiler ma véritable identité.

Voilà, c'est fait.

Je bois à nouveau, pour faire passer le tout.

Vide ? Déjà ? Je me sers à nouveau.

Oui je m'appelle Josette et je n'ai pas d'autre choix que d'assumer mon prénom. Je m'étais renseignée quand j'avais seize ans, sur les possibilités de changer ce…comment dire, ce « détail » mais je ne remplissais pas les conditions. J'étais même allée consulter un professeur à la faculté de droit, je me souviens très bien de ce jour-là. J'avais trouvé son nom sur internet et je l'avais intercepté à la sortie de l'amphithéâtre pour lui poser ma question ultime. Il m'avait regardée avec des yeux ronds, puis avait lâché un rire moqueur avant de me dire ceci :

— Josette ? Mademoiselle, vous exagérez. Si vous vous étiez appelée Spatule ou Frigidaire pourquoi pas, mais là vous n'avez aucun élément qui joue en votre faveur pour entamer une procédure de changement de prénom.

J'ai quand même demandé à mes parents lorsque j'étais ado et que je subissais des brimades impitoyables de la part de mes congénères lycéens demeurés, pourquoi ils avaient osé m'affubler de ce sobriquet ridicule.

Ma mère semblait un peu contrariée par ma question et m'avait répondu d'une voix émue :

— C'était le prénom de la bouchère, dans le quartier de mes parents. Une femme adorable, c'était comme une amie pour moi, elle m'offrait une tranche de saucisse à chaque fois que nous venions au magasin. Tu devrais être fière de porter son prénom. Elle est morte dans d'atroces souffrances alors que je n'avais que dix ans. Depuis ce jour, j'ai toujours su que si j'avais une fille, elle porterait son prénom en son honneur.

Il s'avère que ladite bouchère, et ça je l'ai appris bien des années plus tard, avait trouvé la mort, étouffée sous un porc fraîchement égorgé. Visiblement il lui était tombé dessus et ses cris n'avaient pas alerté son mari (les cris de la bouchère, pas du cochon), qui s'envoyait en l'air avec la boulangère à ce moment-là (le mari, pas le cochon). Triste histoire.

Voilà la raison pour laquelle je m'appelle ainsi. En résumé : à cause d'une tranche de saucisse.

Je me demande pourquoi mon père a laissé passer tout ça. Je pense que s'il avait essayé de s'y opposer, il se serait attiré les foudres de ma mère. Il a dû la cerner assez rapidement, la bête.

Mon jeune frère, lui, n'a pas eu davantage de chance. Il s'appelle Almanzo. Ma mère est fan de *La Petite Maison dans la Prairie* et était persuadée qu'elle donnerait naissance à un fils aux cheveux blonds, bouclés, et aux yeux bleus.

Pas de bol, Al est brun, cheveux mi- longs, et ses yeux sont d'un noir profond. Il a vingt-huit ans et n'assume toujours pas son prénom. Le pauvre, comme je le comprends.

Ah, oui, parce qu'au cas où vous ne l'aviez pas remarqué, j'ai grandi dans une famille totalement dégénérée sur tous les plans.

Après cet intermède sur mon trépidant passé, retournons à la dure réalité.

Je me suis enfilée quasiment toute la bouteille de champagne. Je devrais arrêter là. Je retourne dans la cuisine, accompagnée de ladite bouteille, et j'utilise la technique bourgeoise afin que les bulles ne s'échappent pas : je glisse une cuillère dans le goulot. Je pense que c'est une sacrée connerie de faire ça, mais des tas de copines bobos m'ont dit que « oui ça fonctionne super bien, et le champâââgne ne perd en rien sa saveur. »

Alors je le fais et je remets la bouteille dans le frigo.

Est-ce moi qui tangue ainsi ? Hmm… j'aurai dû manger quelque chose avant de me précipiter sur le champ'. Y'a quoi à becqueter dans le coin ?

Je n'ai pas faim, mais je dois bien me forcer, surtout après la quantité d'alcool que je viens d'ingurgiter.

C'était à François de faire des courses aujourd'hui. Résultat : rien à l'horizon. Cause : largage.

Cool, il reste des *Magnum* au chocolat blanc dans le freezer. Qu'à cela ne tienne, je vais m'enfiler une bonne glace devant la télévision.

On est en Novembre, et alors ?

Je vais me faire un thé avec ça. Un bon thé vert à la menthe, y'a rien de tel.

Je prépare mon « dîner », et retourne dans le salon. Je dois bien l'avouer, j'ai une boule au creux du ventre. Je me retrouvais seule parfois, quand François partait en voyage d'affaire, mais là, je sais qu'il ne m'enverra aucun SMS et qu'il ne rentrera ni demain, ni les jours qui suivront. Je vais devoir me faire à cette nouvelle vie en solitaire. Comme Tarzan dans sa jungle, je dois trouver une liane à laquelle me raccrocher pour ne pas tomber. Certes j'ai davantage le physique de Cheetah que de Jane, mais avec un peu d'imagination…

Je zappe, mais il n'y a rien d'intéressant à la télé ce soir. Comme si le Dieu du petit écran voulait m'envoyer un message, dans le style « Josette, tu as été larguée, reprends ta vie en main au lieu de squatter le canapé que vous aviez choisi ensemble ! ».

Il a raison. Je devrais faire quelque chose. Je vais appeler Alexandre, il saura quoi faire. Alex, meilleur ami, au même titre que Sandra, sauf que c'est un mec. Enfin, vous aviez compris.

Ça sonne… ça sonne…

— Allô ?

Ah, enfin, je trouve âme qui vive !

— Salut Alex, c'est Jo…

— Ça va ?

— Je suis six pieds sous terre. Dans l'Enfer des célibataires.
Silence au bout du fil.
— Alex ?
— Désolée Jo, j'étais allé me chercher un bout de fromage dans le frigo.
Ce type est irrécupérable.
— Quand t'en auras fini avec ton *Babybel* tu auras peut-être une minute pour entendre la nouvelle ? Je suis célibataire Alex !
— Célibataire ?! Nan ! s'écrie-t-il enfin.
— Crois-moi, c'est la vérité. François m'a plaquée.
— Ce type est un gros boulet ! Je te l'avais dit Jo, tu méritais dix fois mieux que ce fumier !
Et voilà, on y est. On se la joue à la *Bridget Jones*.
— Je sais Alex, tu me l'as dit des milliers de fois. Mais moi je l'aimais.
— J'arrive.
Il a raccroché.
Bon, il ne devrait pas tarder il habite à deux rues d'ici.
J'attends.
J'attends toujours.
Ça sonne à la porte.
J'appuie sur le bouton de l'interphone et entends Alex pousser la porte de l'immeuble (j'habite au premier).
Dix secondes après, il frappe à la porte.
J'ouvre et il est là, face à moi. En doudoune, jogging et pantoufles.
— T'as craqué Alex ? T'es au courant que t'es en pantoufles ?

— Ah ? Bah oui. J'ai dû oublier de mettre mes chaussures en sortant.
Il me fait la bise.
— Tu pues le champagne à plein nez Jo. T'exagères.
— Je sais, j'ai pas pu résister…
— Non, t'exagères parce que t'aurais pu m'attendre pour picoler.
Il enlève sa doudoune, la jette sur le fauteuil et s'affale dans le canapé.
— Raconte-moi tout Jo.
Et je lui raconte tout. Avec des interludes larmoyants. Des pauses mouchages. Et une pause pipi pour évacuer le champagne.
J'en profite pour faire un crochet à la cuisine et chercher la bouteille dans le frigo. Autant en profiter et la vider avec Alex. Comme ça si le truc de la cuillère ne fonctionne pas, les bulles n'auront de toute façon pas le temps de s'échapper.
Quand je reviens dans le salon je trouve Alex qui se frotte la plante des pieds. Ça doit être encore une de ses lubies dans le genre « pour bien dormir, faut se masser les panards. »
— C'est normal ça, Jo ? J'ai enlevé mes pantoufles et j'me suis pris un bout de verre dans le pied.
Et je repars dans des explications. Toujours avec les intermèdes chouinades et mouchoir premier prix.
A la fin de mon récit, il me regarde avec un drôle d'air.
— Y'a une nana là-dessous. C'est pas possible autrement.
Mais de quoi parle-t-il ?
— Y'a une nana sous mon canapé ?!

— Mais non Jo, bordel, y'a une nana dans l'histoire ! Le mec ne se barre pas comme ça du jour au lendemain s'il n'a pas une morue de secours sous la main !
Quelle classe ! Quel charme !
— Il m'a trompée ? Tu crois qu'il m'a trompée ?
— Ça je ne sais pas, mais en tout cas, ça pue cette histoire. Mais bon… laisse tomber ma vieille. Il était pas pour toi, et tu dois bien avouer qu'il t'en a fait baver.
Ce n'est pas tout à fait faux.
— Je sais que t'as raison mais c'est trop dur de se faire à l'idée.
— Je sais, je sais… quand Laurie m'a lâché y'a quatre mois j'étais dans le même état.
À ce moment-là, s'installe un silence particulier entre nous. Nous nous retrouvons là, deux âmes en peine, nos coupes à la main. Deux amis qui se soutiennent dans la détresse. Seul le bruit des gorgées de champagne vient rompre ce silence.
Soudain, mon téléphone vibre. Un message ! C'est peut-être François !
Je me précipite sur mon portable.
Bon, c'est Sandra.
« Salut Jo, désolée de ne pas pouvoir te répondre mais je suis très occupée avec Ben. On fait du rempotage. Je t'appelle demain, j'espère que ce n'était pas urgent ?! Bisous ma vieille ! »
Magnifique ! Pas urgent ? Non… je suis en train d'me siffler une bouteille de champagne avec Alex parce que je suis au fond du trou et je porte un pyjama *Winnie l'Ourson* par-dessus le marché ! Mais tout va bien à part ça !
— C'était lui ? me demande Alex en vidant cul sec son verre.

— Non, c'était Sandra.
— Ah. De toute façon, ne t'attends pas à recevoir des nouvelles de lui. S'il t'a effectivement dit tout ce que tu m'as répété, c'est clair que c'est définitivement mort.
Ce mec a le don de me remonter le moral, c'est fou.
— Il te reste des *Magnum* ?
— Dans le freezer.
Il se lève, m'abandonnant à mes pensées, et se dirige dans la cuisine. Il revient deux minutes après, un Magnum à la main.
— Bon Jo, je suis trop crevé là, alors je te propose pas de sortir. Tu vas te reposer, et ne plus penser à ce crétin. Demain, c'est samedi, alors on s'organisera une soirée d'enfer et tu vas t'éclater comme jamais, pigé ?
— Pourquoi pas...
Motivation : zéro. J'aurais préféré rester chez moi à attendre que François revienne avec un immense bouquet de roses pour s'excuser.
Cela dit, même quand on était ensemble il ne m'a jamais offert de bouquets de roses. Ni d'aucune autre espèce de fleur. Même pas un pissenlit.
Salopard. Tous les mecs offrent des fleurs à leur nana non ? Pourquoi suis-je l'exception à la règle ?
Quoique, j'suis sortie avec un type en troisième, il m'avait offert une tulipe. Il l'avait cueillie chez la vieille qui habitait près du collège. C'était mignon.
— Jo ? T'es encore avec moi là ? crie soudain Alex en me tirant de mon flash-back.
— Oui, excuse-moi...
— T'es d'accord pour demain soir ? On propose à Sandra, Ben, Anna et Lily ?

— Si tu veux.

Alex me jette un regard noir.

— Jo, fais un effort ! François n'aimait pas que tu sortes avec nous quand vous étiez ensemble alors profites-en maintenant !

Là, il marque un point. François trouvait que mes amis avaient mauvais genre.

— D'accord, d'accord. On sortira. Promis.

— Voilà, j'aime mieux ça ! me répond-il avec un grand sourire satisfait.

Mon portable sonne. Je jette un œil désespéré sur l'écran. François ! C'est François !

— Ne décroche pas ! m'ordonne Alex d'une voix ferme.

Je ne l'écoute pas, et décroche le téléphone. J'ai le cœur qui fait des saltos dans ma poitrine.

— Allô ?

— C'est François, Jo. J'voulais juste te dire que…

Ça y'est, il va s'excuser ! Il va m'annoncer qu'il a fait le con et qu'il regrette et qu'il ne me fera plus jamais de mal, et qu'on passera Noël dans un chalet en pleine montagne juste lui et moi, avec du foie gras et du champagne et…

— … que j'pourrais pas passer récupérer mes affaires demain. J'ai une réunion importante au boulot. Et dimanche, j'ai un match. Je viendrai lundi. Bye ! conclut-il avant de raccrocher.

Comme ça. Sans me laisser le temps d'en placer une. Enflure, enflure, enflure ! Il peut se le foutre où je pense son chalet, son foie gras, son champagne…

— Jo, t'es complètement débile et tu n'as aucun amour propre ! Je t'avais dit de ne pas décrocher ! Il t'a dit quoi ?

Et je lui raconte, en pleurant (pour changer).

Après m'avoir consolée tant bien que mal, Alex m'annonce qu'il se fait tard (minuit !) et qu'il doit rentrer parce que son chat (prénommé Flammekueche), l'attend, et il lui a promis de ne pas rentrer après minuit.

Oui, Alex a un problème de trop-plein d'affection pour Flammekueche. Il a même essayé de lui faire écrire son propre prénom avec des croquettes. Le chat a compris que son maître dépassait les bornes et l'a sauvagement griffé au visage.

Je remercie mon ami pour son soutien, le raccompagne à la porte, et retourne dans le salon.

Je décide que je ne rangerai rien ce soir et que je mérite une bonne nuit de sommeil.

Je me dirige vers ma chambre, d'un pas lent... quelle tristesse, quelle solitude !

Le miroir plain-pied de la porte de mon armoire me renvoie une image assez hideuse de ma personne. Est-ce moi ou un Hobbit que je vois dans la glace ?

Mes cheveux bruns sont emmêlés et crépus genre sorcière, mes yeux (bleus à la base) sont rouges vifs (style les Volturi, dans *Twilight* je ne vois pas si vous situez ?), et *Winnie l'Ourson* a pris une cuite au champagne (je m'en suis renversée une demi-coupe dessus il y a environ trois quart d'heure). Je n'aime pas du tout la femme pathétique que je vois dans ce miroir. Ça ne peut pas être moi. Je suis une femme digne, qui prend soin d'elle. Mon métier ne me permet pas de me laisser aller. Je suis enseignante. J'ai une classe de cours préparatoire à ma charge depuis maintenant quatre ans.

Si les enfants voyaient leur maîtresse à cet instant, ils riraient bien. Je ne sais pas quelle tête je vais avoir lundi au boulot, mais j'espère ne pas traumatiser mes élèves.

Je décide de changer de pyjama. Winnie, tu as été le témoin de ma rupture et je ne veux plus te porter désormais. Je dois effacer de ma mémoire toute trace de cet affreux instant. J'ôte le pyjama maudit, le roule en boule et le jette dans un coin de la chambre. Je m'en occuperai demain.

J'enfile mon pyjama *Betty Boop* et me glisse entre les draps froids. Ce saligaud de François a la manie d'éteindre le radiateur chaque matin avant de partir au boulot. D'habitude il le rallume lui-même, mais vu qu'il n'est plus là, forcément, il n'a pas pu le faire. Et qui est-ce qui se caille les fesses ? C'est Bibi ! Sale radin. J'aurais dû me méfier.

Je laisse la lampe de chevet allumée un instant. Ça m'apaise. Je jette un œil sur mon portable. Rien à signaler. Je l'éteins pour la nuit. J'hésite à lire un peu avant de m'endormir.

J'attrape le bouquin que j'ai commencé il y a une semaine et reprends ma lecture.

« Bryan me rendit un baiser passionné, et notre étreinte dura de longues minutes… le soleil se levait déjà sur l'océan, et j'aurais aimé que cet instant dure éternellement. »

Quel livre pourri ! Pourquoi j'ai acheté ça ?

J'ai de nouveau envie de pleurer.

NON ! Ne pleure pas Jo, ne pleure pas.

Je pleure. Je vais me déshydrater, c'est certain.

Je balance le livre à travers la chambre. J'organiserai un autodafé demain pour me débarrasser de tous les bouquins à l'eau de rose qui hantent ma bibliothèque.
J'éteins la lumière, prête à dormir.
…
Visiblement non.
Même Morphée ne veut pas de moi.
Je suis désespérée…
Pensez-vous qu'on peut effectivement se déshydrater si on pleure trop ?

CHAPITRE II
L'Enfer, c'est l'Autre (con)

Réveil à dix heures du matin. Pas mal pour une première nuit de célibataire ! Fière de moi, je prépare mon petit déjeuner en chantonnant. Une nuit paisible, sans cauchemars, sereine !
Est-ce dû au prozac que j'ai dû m'enfiler d'urgence à trois heures du matin ?
Je me prépare un superbe plateau avec tout ce que j'ai pu trouver de comestible pour un petit déjeuner (café, pain de mie beurré, *Magnum* au chocolat blanc), et m'assois devant la télévision. Je regarde *Canal J* le samedi matin. Mes collègues m'ont conseillé de faire ça pour comprendre la psychologie des enfants. François détestait l'idée que je regarde ces, je cite « débilités pour les mioches ».
Finalement, c'est pas plus mal qu'il ne soit pas là pour me dicter ma conduite. Je peux tranquillement regarder mes dessins animés sans l'entendre râler à tout bout de champ.
Vive le célibat.
Enfin, un peu, on ne va pas exagérer non plus.
J'achève mon petit déjeuner et j'en profite pour ranger le bordel de la veille. Aïe ! Je viens de me prendre un bout de verre dans le pied. Énorme celui-là, étonnant que je ne l'ai pas vu hier.
Une fois la cuisine approximativement ordonnée (je rangerai la vaisselle propre plus tard), je me dirige vers la salle de bain. Il est temps de passer au nettoyage-jardinage-rasage-habillage à tous les étages. Si on veut rester une belle fleur prête à être cueillie, vaut mieux éviter la jachère.

Autant vous dire que ces dernières semaines je me suis un peu laissée allée, et que j'ai désormais le persil qui dépasse du panier.

Je prends une bonne douche, m'épile soigneusement, et revêts un jean et un pull en laine rose pâle. Bien. On passe à la phase séchage de cheveux et coiffage. Y'a du boulot.

Une demi-heure plus tard, j'ai déjà une tête plus humaine qu'hier soir. Je me maquille légèrement pour cacher les poches que j'ai sous les yeux dues aux litres de larmes écoulées durant les dernières vingt-quatre heures.

Voilà ! Je suis belle. Enfin, presque. Je suis une femme libre, prête à croquer la vie à pleine dents.

Tiens, ça sonne à la porte.

J'ouvre. Un livreur qui tient un paquet entre ses mains.

— Bonjour, j'ai un colis pour vous. Il a eu du retard mais le voilà enfin. Une petite signature ?

Je signe, m'empare du colis et referme la porte.

Je regarde le nom de l'expéditeur : mon frère. Un colis d'Almenzo ! Il vit à Londres depuis plus d'un an, il travaille à la London Film School, où il enseigne le cinéma (logique). Je ne l'ai pas revu depuis tout ce temps.

Je déchire l'emballage avec impatience.

J'ouvre le carton, et que vois-je ?

Une lettre, de sa main… voyons voir.

« Salut Josette la Rosette (mon frère a beaucoup d'humour), et bon anniversaire vieille peau ! (Effectivement ce colis a du retard.) Je t'envoie ce petit cadeau pour fêter tes trente piges ! J'ai rencontré un Parisien à Londres, qui tient un hôtel quatre étoiles à Paris. On a sympathisé et il m'a offert deux nuits tout compris pour deux personnes. Je te joins l'adresse, réserve quand tu veux de ma part ! Éclate-toi bien à Paname avec François ! Bonjour aux parents ! Je t'embrasse, Al. »

Je fonds en larme. Pourquoi, pourquoi, pourquoi ?!

Je pleure, pleure, pleure… je me mouche à nouveau. Nous sommes retournés à la case départ.

Je ne suis pas une femme forte, je ne suis pas belle, je ne suis pas une femme libre, je suis juste une pauvre fille larguée, à qui la vie a dit merde, une pauvre fille plantée là et seule au monde, sans un ami pour la secourir !

Tiens, téléphone !

C'est Lily. Amie fidèle.

— Allô ? dis-je d'une voix étrangement rauque.

Super voilà que ma séance chouinade m'a refilé les cordes vocales de Garou.

— Jo ? Ça va ?!

Elle sait. Elle sait tout, je l'entends dans sa voix. Je me râcle la gorge avant de répondre.

— Non Lily, pas du tout. Je suis au fond du gouffre.

— Je comprends ma chérie, je comprends… mais t'inquiète pas, on va sortir ce soir et s'éclater. Tu vas rencontrer l'homme qu'il te faut un jour ! C'était pas lui en tout cas, pas François.

— Il parait…

— Tu veux qu'on aille manger en ville ? Ça te changera les idées.

La perspective de sortir prendre l'air me requinque légèrement.

— Oui, je veux bien… on dit dans une demi-heure devant la cathédrale ?

— Ça me va. À tout de suite Jo !

Je raccroche.

Je pose le colis de mon frère dans un coin du salon en espérant l'oublier rapidement là.

Je retourne dans ma salle de bain.

Mon Dieu, on dirait un blaireau en pantalon. Je devrais investir dans du mascara waterproof, pour ce genre de période de crises intenses.

J'efface tout, et je recommence.

Et crotte... J'en ai pas mis plus sur les cils droits que ceux de gauche ?

Je réajuste.

Hmmm... maintenant c'est l'inverse. Ça me fait un regard déséquilibré.

J'en rajoute un peu.

Pff... là c'est sûr, j'ai l'impression de m'être collé deux mygales sur les cils. Mais pas le temps de faire la difficile, Lily m'attend. J'ai horreur d'être en retard et ça n'est pas dans mon habitude.

Bon d'accord, je le suis parfois. Un peu.

Où ai-je fourré mes bottes noires ? J'étais persuadée de les avoir rangées dans le placard de l'entrée.

Je cherche, je fouine, je fouille et farfouille... toujours pas de bottes à l'horizon.

Ah, enfin. Après dix minutes de recherche intensive, j'ai enfin mis la main dessus. Elles étaient sous mon lit.

Allez, je me dépêche.

Je mets quel manteau ? Il fait froid dehors ?

J'ouvre la porte-fenêtre donnant sur le balcon et je risque un orteil. Brrr, pas top.

J'enfile ma veste d'hiver, la blanche, celle qui est fourrée à l'intérieur. Je l'adore ! François la détestait. Je l'emmerde celui-là !

Bon il est quelle heure ? Midi trente ! Lily va me tuer.

Je quitte l'immeuble en courant, bondis dans le premier tramway qui passe (sans acheter de ticket), et prie pour que le temps s'arrête quelques minutes (et qu'aucun contrôleur ne me mette le grappin dessus).

Il y a tout un tas de gens étranges dans le tram. Les jeunes filles de quatorze ans qui piaillent comme des poules dans une basse-cour (« Je te jure que Léonard t'a maté pendant tout le cours de maths ! »), les grands-mères et leurs cabas à roulettes qui les dévisagent en les maudissant, les étudiants plongés dans des livres au titre incompréhensible et les mères de famille désespérées qui trainent leur marmaille au visage couvert de confiture.

Il y a un vieux monsieur assis à côté de moi à qui il manque au moins huit dents. C'est simple, quand il sourit, on dirait un enfant de deux ans, mais avec des rides. *Benjamin Button,* en somme.

Pourquoi me sourit-il tellement d'ailleurs ?

Faut qu'il arrête…

Toujours pas…

Mais vraiment, ça en devient gênant.

Je tourne la tête vers la vitre du tramway et aperçois mon reflet. Mon Dieu, mes cils ! On dirait un mille-pattes géant. Une chenille processionnaire. J'ai franchement eu la main leste au niveau mascara. Je dois absolument ôter ce truc de mes yeux.

On arrive près de la cathédrale, le tramway ralentit puis s'arrête. J'ouvre la porte et tente de cacher mon visage aux yeux des gens en m'enfouissant dans mon écharpe. Il faut que j'arrive le plus rapidement possible devant la cathédrale, Lily aura certainement une brillante idée pour réparer mon léger dérapage.

Je me faufile entre les gens telle une anguille dans un corps de baleineau.

Les cloches de la cathédrale résonnent. Quinze minutes de retard, c'est acceptable non ? Le problème, c'est que j'en ai quarante.

J'aperçois Lily qui m'attend devant la lourde porte de bois. Je la hèle.

— Lily !

Elle ne me reconnait pas. Bizarre.

Je m'aperçois que j'ai encore l'écharpe devant mon visage, forcément, difficile de reconnaitre la dégénérée cachée derrière.

Je m'approche d'elle.

— Lily, c'est moi, Jo !

Elle sursaute en me reconnaissant.

— Jo, tu m'as foutu une de ces trouilles ! Pourquoi t'es en mode camouflage ?

J'ôte l'écharpe pour qu'elle admire les dégâts.

Elle explose de rire. Vous parlez d'une amie.

— Mais qu'est-ce que t'as encore fichu ma pauvre ?

— J'ai fait une tentative de ravalement de façade.

— Viens, on va chez *Séphora*.

Elle m'entraine parmi la foule jusqu'au magasin, quelques mètres plus loin. Le temple du cosmétique.

On entre en trombe dans la boutique qui est bondée à cette époque de l'année. On trouve de tout là-dedans. Des femmes de tous âges qui ne savent pas quoi acheter pour Noël à leur mère, à leur sœur ou à leur meilleure amie et qui vont choisir un coffret rempli de savons qui puent,

d'échantillons inutiles, de mascaras aux couleurs déjantées en pensant que « oh, ça, ça lui fera plaisir de se peindre les cils en orange ! ». Il y a aussi une tripotée de mecs qui errent dans les rayons, et qui vont finalement offrir le même parfum à leur femme depuis des années, pour se faire pardonner trois cent soixante-cinq jours de conneries.
Lily s'approche d'une femme, qui s'occupe des essais maquillage.
— Carine ?
Elle se tourne vers nous. Ses sourcils peinturlurés me rappellent vaguement un clown qui m'avait effrayé lorsque a mère m'avait amené au cirque pour mes six ans. Carine a un sourire ultra-bright aux lèvres, et semble prête à nous vendre n'importe quoi, même un rein.
—   Lily, ma chérie (?!) Qu'est ce qui t'amène ? Tu veux essayer notre nouvelle marque *Jeune pour Toujours* ?
—   Non merci Carine, on est en mission d'urgence. (Elle se tourne vers moi). Vas-y Jo, montre-lui.
Je me tourne vers la pimbêche (Carine, pas Lily) et dévoile mon visage.
Résultat immédiat : fou rire de hyène de la part de Carine et Lily. Sympa la copine.
—   On peut dire que vous en tenez une couche !
Re fou rire de Lily et sa super copine.
—   Très drôle. Vous pouvez m'aider ou je dois demander à quelqu'un de plus compétent ?
Oups, c'est sorti tout seul. Au moins, elles arrêtent de rire comme des dindes atteintes de la vache folle.
—   Hm, oui bien sûr, excusez-moi. Je vais vous donner un peu de démaquillant.

Elle se tourne vers son stand tandis que Lily me jette un regard noir. Ça va être ma fête quand on va sortir d'ici.

La greluche me refile coton et démaquillant et semble avoir quelque chose de passionnant à faire puisqu'elle salue Lily de la main avant de se diriger vers le fond du magasin.

Enfin, j'ai de nouveau une tête humaine.

Je jette négligemment le coton sur la table de Carine la Crétine, et quitte la boutique d'un pas décidé, Lily sur les talons.

— Jo, sérieux, t'as abusé là. Elle plaisantait.

— Ne commence pas Lily, cette nunuche s'est littéralement foutue de moi.

Je crois qu'elle boude.

Ça ne durera pas longtemps, je la connais.

J'avais raison, cinq minutes plus tard, la conversation est relancée.

— Bon allez… dis- moi tout Jo. Pour François et toi.

Elle me renvoie à la réalité, brutalement, comme une gifle en plein visage.

— Allons-nous asseoir quelque part, je te raconterai tout.

On se dirige vers un petit restaurant sympa, « La Tarte de Mamie », et on demande une table pour deux à Mike, le serveur.

—   Mais bien sûr mesdames, si vous voulez bien me suivre.

Il nous installe près de la fenêtre, et prend commande de nos apéritifs.

Il est pas mal du tout ce Mike. Surtout de dos. Hmmm…

— Jo ?

Retour brutal à la réalité.

— Oui ?

— Alors, raconte !

Et je raconte une fois de plus. Cette fois, j'essaie de ne pas pleurer, tant pis pour la touche dramatique. Je ne vais pas fondre en larmes dans le restaurant devant tout le monde.

— C'est vraiment un sacré enfoiré… murmure Lily, mais dis-toi que c'est pas plus mal ainsi. Tu mérites mieux.

Je mérite mieux ? Mais pourquoi ils me disent tous ça ?

— Je suis seule comme une bille, c'est tout ce que je mérite visiblement.

Mike nous ramène nos apéros. *Martini* blanc avec une olive, pour toutes les deux.

— Merci Mike.

Il me fait un clin d'œil, me sourit, et retourne à son poste.

— Tu vois, tu dragues déjà de nouveau !

— Il a vingt ans à tout casser, Lily.

— C'est à la mode, les cougars.

Je ne relève pas sa remarque et sirote mon Martini tranquillement.

Mike revient à la charge.

Pour prendre notre commande, je précise.

Ce n'est pas très glamour, je vous l'accorde, mais on commande chacune une tarte aux oignons.

Mike repart en me jetant un coup d'œil par-dessus l'épaule.

— J'ai beau faire semblant, j'ai beau ne pas me laisser dépérir dans mon appartement, j'ai la tronche de François qui tourbillonne dans ma foutue tête et je ne sais pas quand elle cessera de tourbillonner. Elle tourbillonne tellement que j'ai envie de vomir.

J'ai lâché ça comme ça, sans préparation, sans intention. Lily me jette un regard triste et compatissant.

— Je connais ça ma chérie... ça passera, avec le temps. Mais c'est bien que tu sortes, faut pas rester seule chez soi, c'est la pire des choses à faire. Surtout dans cet appartement, vous l'aviez loué ensemble. C'est pas évident.
Silence.
— On guérit, un jour ?
— Mais oui ! Tu garderas les cicatrices, c'est sûr, mais peu à peu il disparaitra de ton esprit et tu pourras faire de la place à un nouvel homme dans ta vie.
— Pour l'instant, j'ai l'impression d'être en Enfer.
— Mais non Jo, mais non... le seul Enfer aujourd'hui, c'est l'autre con... Et t'en es bien sortie, alors va de l'avant et zappe le.
— Je vais m'acheter un chien.
Lily me regarde, étonnée.
— Un chien ? Pourquoi un chien ?
— Le meilleur ami de l'homme non ? Il me tiendrait compagnie. Alex est heureux avec Flammekueche. Moi aussi je veux un ami à la maison, toujours, près de moi.
— Hmm... c'est une idée. Je peux demander à ma mère si tu veux ?
Catherine, la mère de Lily, est fanatique de bestioles en tout genre et connaisseuse de tous les élevages de la région. Lily a grandi entre deux perruches, quatre hamsters, un labrador, un berger allemand, une dizaine de chats et, aussi étonnant que celui puisse paraitre, un lama nommé Brendan.
— Je veux bien oui.
Je sens mon téléphone vibrer dans mon sac à main.
Je l'attrape. Sandra !

Je décroche.
— Allô ?
— Jo ? Excuse-moi de ne pas t'avoir contacté plus tôt... je suis avec Alex. Il m'a appris la nouvelle... je suis tellement navrée et je me sens bête de ne pas avoir été présente hier soir. Si j'avais su ! Tu vas bien ?
— Ça peut aller, je suis avec Lily. J'essaie de maintenir le cap ! On se voit ce soir de toute manière ?
— Évidemment, ma poule, évidemment... je passe te chercher ?
— Viens manger chez moi, si tu es disponible... »
— Pas de soucis, je me charge du dessert. Dix-neuf heures ?
— Parfait. À ce soir !
Je raccroche.
— C'était Sandra ? me demande Lily en sirotant son *Martini*.
J'acquiesce.
Nos tartes aux oignons arrivent, accompagnées de Mike (ou l'inverse).
— Bon appétit mesdames ! Ou...mesdemoiselles ? ajoute-t-il en me souriant d'une manière qu'il doit juger sexy.
— Mesdemoiselles, effectivement, répond Lily sur un ton légèrement cynique.
Je lui décoche mon sourire le plus étincelant. Au serveur, pas à Lily.
Il exécute une sorte de courbette ridicule, en rougissant comme un enfant, avant de retourner en cuisine.
Lily éclate de rire.
— Tu ne vas pas commencer à dépuceler tout le voisinage Jo, non ?

— Non, je ne m'attaque pas aux ados pré-pubères.
Et nous dévorons nos tartes à l'oignon.
Une fois rassasiées, place au café.
Mike ne me lâche pas du regard. Il est accoudé au bar en attendant une commande, et chuchote quelques mots au barman qui me regarde en souriant.
Ah, les hommes !
— Je ne peux pas rester tout l'après-midi avec toi Jo, j'ai un rendez-vous chez mon dermatologue à quinze heures.
Je traduis : le dermatologue (appelez-moi Pierre), nouvel amant de Lily. Elle prend des rendez-vous chez lui dans un seul et unique but et croyez-moi, ça n'a rien à voir avec l'apparition soudaine d'une pustule disgracieuse.
— C'est pas grave, j'avais du ménage à finir à l'appart de toute façon. On se voir ce soir ? Tu veux venir manger toi aussi ?
— Ma mère m'a invité, j'en profiterai pour lui parler de ton histoire de chiens. Mais je viendrai avec les autres plus tard, ok ?
— Pas de soucis.
On vide nos cafés et on demande l'addition. Mike s'approche d'une démarche un peu trop assurée et se vautre littéralement devant nous, après s'être pris les pieds dans une chaise.
On réprime notre envie de rire.
Bon en réalité, on ne réprime rien du tout et je ris si fort que j'en ai encore mal au ventre.
Mike se relève, gêné, rouge pivoine et nous tend l'addition d'une main tremblante.

Sans me regarder, il retourne immédiatement près du bar, sous les applaudissements du patron qui n'a pas perdu une miette de la scène.
— Laisse, je t'invite.
Je refuse.
— Je suis larguée mais pas fauchée Lily !
— Rien à voir, ça me fait juste plaisir.
Je la remercie mille fois (façon de parler) et la laisse payer l'addition.
On se lève et on quitte le restaurant, sans oublier de dire au revoir à Mike qui est parti définitivement au Pays de la Honte.
On flâne un peu dans les rues, on s'arrête devant quelques vitrines décorées pour Noël et Lily me quitte sur les coups de quatorze heures trente.
N'ayant pas le cœur à trainer seule en ville, je décide de rentrer chez moi.
Je prends le tramway (sans acheter de ticket) et, ne trouvant pas de place libre, m'adosse contre une vitre.
Soudain, j'entends des gens paniquer autour de moi.
Crotte de zébu ! Je les vois, qui arrivent vers moi dans leur costume vert (immonde). Les contrôleurs… ! Vicieux ! Ils étaient planqués sous les sièges ou quoi ?
Mais qu'est-ce que je vais bien pouvoir inventer comme excuse cette fois ? Il y en a qui s'approche, ses yeux revolver fixés sur moi.
Pas de bol, c'est le même qu'il y a deux semaines. Peut-être qu'il ne va pas me reconnaitre ?
— Bonjour Madame, contrôle des billets.
Vite, vite, trouve un truc Jo !
— I don't speak French, sorry.

Mais quelle mouise ! Jo, t'as rien trouvé de mieux ? Je précise que je parle anglais comme une vache hollandaise atteinte du syndrome de la Tourette.
— Tickets please
— What ?
— Tickets please, madam.
— heu, what's your name ?
— Madame, je crois que vous vous foutez de moi. Je vous reconnais, alors arrêtez de vous payer ma tête s'il vous plait.
Il n'a pas l'air super commode. Dommage, il n'est pas trop laid pour un contrôleur.
La honte. La méga honte. Tous les gens me regardent. Un jeune crétin rigole derrière moi.
Je capitule.
— J'ai pas de ticket, voilà. J'en ai pas. Pas du tout.
— Et pourquoi Madame ? Vous ignorez certainement la règlementation ?
Je méprise l'ironie que je perçois dans sa voix.
— Parce que j'viens de me faire larguer et que je n'ai pas la tête à ça, voilà !
Silence de plomb autour de nous. Je ne sais pas pourquoi j'ai dit ça mais on se croirait soudainement dans un remake de *Loft Story*. Ou dans une comédie musicale, et le type va se mettre à chanter dans les dix secondes.
— Ah.
C'est tout ?!
— Allez Monsieur, soyez sympa.
C'est une jeune femme qui vient de parler. Qui vient de prendre ma défense.
Et voilà qu'un type renchérit :

— Oui, soyez compatissant ! C'est bientôt Noël et elle va le passer seule ! Ayez un peu de pitié !
Bon, ok, j'en demandais pas tant.
Et là, tout le monde se met à plaider en ma faveur. On est en plein délire.
Le contrôleur se déride un peu et esquisse même un sourire.
Il n'a pas le choix que de plaider non-coupable.
— Bon. Ça passe pour cette fois, mais si je vous revoie sans billet Madame, vous aurez beau être en plein divorce avec Brad Pitt que je vous collerai une amende bien salée !
— Merci Monsieur !
Je lui souris. Il me sourit. On se sourit. Tout le monde sourit. On est en plein dans un *Walt Disney*.
Le tram s'arrête, j'ouvre la porte, remercie tout le monde, adresse un signe de tête au contrôleur, et pose un pied sur le trottoir.
Enfin !
Je fonce droit dans mon appartement.
Dans l'entrée, je croise deux déménageurs (je suppose que ce sont des déménageurs puisqu'ils transportent des meubles et qu'une quantité incommensurable de tables, chaises et autres cartons trône près de l'ascenseur).
— B'jour.
Politesse oblige.
— Bonjour Madame. Vous montez ?
Non, non, j'habite dans le garage.
— Heu… oui. Au premier. Pourquoi ?
— Ça vous embêterait de prendre l'ascenseur et de monter ce guéridon à votre nouveau voisin, s'il vous plaît ? Un p'tit coup de main ne serait pas de refus !

Il me fait un clin d'œil. C'est une manie ou quoi, ce truc de cligner des yeux ?

N'empêche, il ne manque pas d'air… je vais aussi lui demander de venir enseigner à ma place lundi, puisque visiblement il me demande de faire son boulot ?

Mais non, à la place de ça je réponds …

— Oui, pas de soucis.

Je m'empare du (magnifique, il faut l'avouer) guéridon, et appelle l'ascenseur qui ne tarde pas à arriver.

Je grimpe à l'intérieur, avec mon nouvel ami (le guéridon) et j'appuie sur le numéro un.

Quelques secondes après nous voilà arrivés.

J'ouvre la porte de l'ascenseur et aperçois immédiatement la porte de mon voisin de droite ouverte. Des cartons vides s'entassent devant. Aucun signe de vie pour le moment. Curieuse, je m'approche davantage de sa porte, et tends le cou à l'intérieur.

J'entends des bruits de vaisselle, il doit être en train de ranger sa panoplie du parfait cuistot.

Je me demande à quoi il ressemble ?

J'espère que ça ne sera pas un grabataire au même titre que la vieille dont il récupère l'appartement. Elle nous a claqué entre les doigts il y a six mois. Elle se serait étouffée avec un biscuit sec, d'après les rumeurs.

En réalité on a mis du temps à la retrouver, elle était décédée bien avant ce jour. C'est François qui avait senti l'odeur un peu âcre de pourri qui s'échappait de son appartement, et qui s'est décidé à appeler la police. Le fumier m'avait accusé pendant des semaines de ne pas vider la poubelle de la cuisine alors qu'en réalité il s'agissait du doux fumet d'un corps en décomposition.

Il parait que ce qu'ils ont trouvé là-dedans n'avait plus rien d'humain. Un peu comme après les attaques de zombies dans *Walking Dead.*

Brrr, quand j'y repense, j'en ai la chair de poule.

— Bonjour ?

Je tente le coup.

Aucune réponse. Mon voisin doit être vieux et bouché, c'est sûr. J'insiste pas.

J'abandonne le guéridon devant sa porte et retourne vers mon appartement.

— Bonjour !

Sa voix me fait sursauter. Je renverse une pile de cartons vides en me retournant vivement.

Mais qui est ce Dieu face à moi ? Le cheveu brun, les yeux verts et rieurs, une carrure d'athlète. Trop beau pour être vrai. Il doit y avoir une faille quelque part. Soit il pète sous la couette, soit il est marié. Ou les deux.

— Heu, bonjour. J'ai cru que vous ne m'aviez pas entendue !

— Désolé, je rangeais ma panoplie du parfait cuistot !

Il rigole.

— Ah, oui… je vous ai rapporté votre guéridon. Les types que vous avez employés ont visiblement besoin d'un coup de main. (Je chuchote) Pas très professionnels si vous voulez mon avis !

Là, il éclate de rire.

— C'est normal, ce sont mes cousins, mais je leur ferai part de votre opinion !

Super, deuxième moment de honte et de solitude de la journée à mon actif.

— Excusez-moi, je ne savais pas... je... je vais rentrer chez moi, je vous laisse finir de ranger tranquillement.
— Mais non, entrez donc prendre un café, ça me permettra de faire une pause.
Il s'écarte pour m'ouvrir le passage. J'hésite. Est-ce que je vais passer pour une affreuse petite garce si je vais prendre un verre chez cet inconnu alors que je viens de me faire larguer ?
Mais non Jo, enfin... prendre un verre, c'est rien de mal, le type ne te propose pas un PACS. Et puis c'est François qui t'a larguée, alors arrête ton char et fonce !
— D'accord !
Je passe devant lui d'une démarche décidée et sexy (enfin, j'essaie du moins, allez savoir ce que ça donne quand on voit ça de derrière, j'en sais foutrement rien).
Il m'emboîte le pas.
— Installez-vous sur le canapé dans le couloir, je l'ai mis là en attendant que mes deux acolytes finissent de monter le reste des meubles.
Je m'assieds sur le super canapé en cuir noir qui trône au milieu du bordel.
— J'ai installé la cafetière en premier (il me parle depuis la cuisine, juste à côté). J'ai besoin de ma dose quotidienne, c'est mon carburant pour la journée !
Il revient, deux tasses fumantes à la main et s'assied à mes côtés. Il me tend une tasse et boit une gorgée de la sienne.
— Merci. Vous avez de jolis meubles.
T'as rien trouvé de mieux à dire Jo ? T'es pas chez *Centrakor* ma vieille.
— Oui, merci... c'est ma femme qui les a choisis.
La voilà, la faille. Forcément.

— Ah heu, et où est-elle en ce moment ?
Il me sourit, hésitant.
— Elle travaille. Elle est chirurgienne.
Non seulement il est marié, mais avec Madame Parfaite en plus. Elle doit être blonde aux gros seins, c'est sûr.
Je ne me laisse pas démonter et j'attaque dans le vif.
— Et vous, vous travaillez dans quelle branche ?
— Pâtisserie.
Sérieusement ?
— Ah oui ? Pâtissier ?
Il se marre.
— Oui, oui, vous avez bien compris. Je travaille à mon compte, j'ai ouvert une pâtisserie récemment, à quelques rues d'ici. Je viens de Bretagne. Les affaires vont plutôt bon train. Et vous ? Quel est votre gagne-pain ?
— Je suis enseignante.
Son visage s'éclaire.
— Vraiment ? Super ! Quel niveau ?
— Faculté.
N'importe quoi !! Mais qu'est ce qui m'a pris ?
Il me regarde, légèrement impressionné. Je l'ai scié, le pâtissier !
— C'est top ça ! Quelle matière ?
— Littérature.
Deuxième mensonge. La seule littérature que j'enseigne se compose de *Martine à la plage*, *Martine chez le boucher* et *Martine mange des Mars devant Plus Belle la Vie*.
— Je dois rentrer chez moi, je suis navrée, une amie vient dîner ce soir et j'ai du pain sur la planche. Merci pour le

café, bon après-midi à vous, lui dis-je en me levant, un peu confuse.

Je lui tends ma tasse encore à moitié pleine (ou à moitié vide ?), et quitte l'appartement sans attendre de réponse de sa part.

Je sens son regard dans mon dos mais ne me retourne pas. Il murmure un faible « au revoir ».

Je tourne la clé dans la serrure de ma porte pénètre dans l'appartement pour fuir loin de mes mensonges.

CHAPITRE III
Le chapitre dans lequel je vais vivre une soirée mémorable

Mais pourquoi ai-je fait ça ?

Je jette mon manteau sur le canapé, ôte mes bottes et les balance Dieu seul sait où, et décide d'entamer une thé-rapie. Direction la cuisine, où je me prépare un délicieux thé vert à la menthe.

Je m'assieds sur le fauteuil blanc, ma tasse à la main. Me voilà à nouveau seule, avec pour unique compagnie ma honte et ma culpabilité.

Qu'est-ce qui m'a pris de raconter n'importe quoi à ce type ? Pour l'impressionner ? Parce que j'ai honte de n'enseigner qu'au cours préparatoire ?

Je me lève, pose ma tasse sur la table basse en verre, et me dirige vers le miroir accroché près de l'entrée du salon. Je regarde mon reflet.

— Jo tu es débile. Voilà tout. Tu ne diras plus de mensonges pour masquer la réalité, promis ?

Je promets.

Bon maintenant que cette affaire est réglée, je dois voir ce que je peux cuisiner à Sandra ce soir.

Je termine mon thé et me lance dans une expédition culinaire.

Rien dans le frigo, rien dans les placards.

Je ne vais tout de même pas lui proposer un *Magnum* au chocolat blanc au dîner ?

L'évidence est trop nette pour ne pas la voir : je dois aller faire des courses.

Ou bien, nous irons nous chercher un döner kebab ?

Non Jo, non ! Un peu de classe.

Je remets mon manteau, attrape mon sac à main, et enfile d'autres bottes puisque j'ai de nouveau oublié l'endroit où j'ai balancé les précédentes.

Je saisis mon trousseau de clés, inspire un grand coup et sors en trombe de l'appartement en espérant ne pas croiser le voisin dans le couloir.

Raté, il est bien là, avec ses cousins qui me bloquent le passage de l'escalier.

Il doit croire que je lui ai menti puisque je lui ai dit il y a cinq minutes que j'avais du « pain sur la planche ». Bon, faire les courses, c'est du pain sur la planche non ?

N'empêche que s'il croit que je lui ai menti, c'est un salopard.

Même si c'est vrai, je lui ai menti.

Je baragouine un truc qui ressemble à « excusez-moi, pressée, courses à faire ».

Ils s'écartent de mon passage en se marrant pour une raison quelconque. Je n'ose pas lever un œil vers mon voisin, mais je sens son regard sur moi.

Je file droit, sans me retourner, et dévale les escaliers à vive allure.

Arrivée en bas, je suis au paradis du bordel. Des meubles jonchent le sol de l'entrée de l'immeuble. Il n'y a pas un mètre carré de libre. Ces types sont vraiment des amateurs.

Je zigzague comme je peux en évitant de faire tomber quoi que ce soit. Dans un carton entrouvert, mon regard s'arrête pourtant sur une photo. Mon voisin, tout sourire, au bras d'une superbe blonde aux yeux bleus. Je n'arrive pas à distinguer la taille de ses seins depuis l'endroit où je me trouve, mais je mettrai ma main à couper que je ne me trompais pas.

J'accélère le pas et quitte l'immeuble.

Crotte de bison, j'ai oublié mes cabas. Je ne peux pas retourner maintenant à l'intérieur, je passerais pour une demeurée. Tant pis, j'en achèterai sur place. J'ai une pensée culpabilisante envers la soixantaine de cabas stockés dans un des placards de la cuisine. En temps de guerre je pourrais les revendre, je ferais fortune.

Je me dirige vers la supérette du coin de la rue. Pas le temps ni l'envie d'aller dans un supermarché un samedi après-midi.

Je pousse la porte du petit magasin dont la sonnette retentit vivement.

Derrière le comptoir, Monsieur Francky (c'est comme ça qu'on l'appelle dans le quartier, je ne sais pas si ce pauvre homme se prénomme réellement ainsi) est à moitié assoupi. Il n'a pas dû avoir beaucoup de clients aujourd'hui visiblement.

Bon, que vais-je faire à manger à Sandranounette ?

La fille adore manger bio, est à moitié végétarienne (« je mange du poulet mais pas de lapin, du bœuf mais pas d'agneau etc... ») et elle est raide dingue des trucs genre quinoa, céréales diverses et autres herbes en tout genre. Je n'adhère pas vraiment à ça même si je comprends la démarche écologique et quand je vais au magasin bio avec elle j'ai toujours la sensation d'acheter de la nourriture pour lapin ou poney. À ce rythme-là, la pauvre va finir par manger du foin.

Ce soir, c'est moi qui régale et il est hors de question que je lui cuisine un plat à base de tofu.

On va rester dans le classique. J'aime bien cuisiner mais d'habitude, c'est François qui s'y collait. Je dois bien lui accorder ça, il savait y faire. Ca fait des semaines que je n'ai pas été derrière les fourneaux.

Je me balade entre les rayons à la recherche d'une inspiration divine.

Dix minutes plus tard, j'en suis toujours au même stade.

J'arrive au rayon bidoche et je regarde tous ces animaux qu'on a mis sous vide alors qu'il y a quelques jours ils se baladaient encore dans les champs, dans la forêt ou dans une ferme, en compagnie de tous leurs amis et leur famille. Peut-être même avaient-ils un amoureux ou une amoureuse ? Je suis un peu comme eux. On m'a ôté la vie, et on m'a mis sous un film plastique, seule, nue, déplumée, dépoilée, froide et inutile.

Oui, c'est ça, je suis une escalope.

J'entends un toussotement derrière moi, qui me tire de mes pensées.

Je me retourne.

— Josette ! Bonjour, comment allez-vous ? Je peux vous aider ?

Pourquoi Monsieur Francky s'obstine à prononcer la totalité de mon prénom ?

— Ça va Monsieur Francky, merci... je cherche un plat à cuisiner pour une amie et moi.

— Hmm... que diriez-vous d'un bon poulet farci ? Ils sont en promo.

Pas bête le mec !

— Bonne idée !

Satisfait, il retourne vers sa caisse.

Je m'empare d'un poulet (pauvre petit, tu ne ressembles plus à rien), d'une barquette de viande hachée et je

gambade telle une biquette entre les rayons afin de me munir de tous les ingrédients indispensables au plat.
Comme accompagnement, purée de patates douces !
Contente de moi, je paie le tout, sans oublier d'acheter un cabas au passage et retourne chez moi, le cœur un peu plus léger. Cuisiner, ça va me détendre.
Le ciel gris n'annonce rien de bon pour ce soir. De la neige ? Peut-être.
Cinq minutes après me voilà à nouveau au pied de mon immeuble. Je pousse la porte d'entrée. Le bordel est toujours bien là, même si quelques meubles ont été montés, visiblement.
Je grimpe les escaliers, tenant mon cabas à bout de bras. Il est lourd. Ça doit être à cause des deux bouteilles de vin et celle de crémant.
Essoufflée, j'arrive devant ma porte. Sans même regarder vers eux, je sais que mon voisin est encore là avec ses cousins. Ils sont toujours hilares et je sens leurs regards converger vers ma personne. Je dois avoir la tête d'une domestique moyenâgeuse qui revient du marché, les joues rougies par le froid, les cheveux en pagaille, le visage bouffi par l'effort. Avec la goutte au nez pour faire bonne mesure.
Je me décide tout de même à tourner la tête vers eux, et souris bêtement avant d'entrer dans l'appartement.
Je me débarrasse de mon manteau, de mes bottes et me dépêche de ranger les courses. J'en profite pour ranger la vaisselle propre de la veille. Et je vais même jusqu'à faire tourner une machine de linge.
Bien, premiers pas vers l'autonomie des cœurs solitaires.

Quelle heure est-il ? Seize heures. J'ai un peu de temps devant moi avant de commencer la popote. Je vais faire le tri dans ma bibliothèque afin d'anéantir toute trace de romantisme jusqu'à ce que mon âme et mon cœur soient à nouveau prêts à accueillir quelqu'un à aimer.
J'entre dans ma chambre, ouvre la porte de ma bibliothèque et entame le grand nettoyage.
Le rangement, c'est maintenant.
Adieu Danielle Steel, adieu Elizabeth Duke, Carole Mortimer, Miranda Jarrett ! Adieu amour éternel, couchers de soleil romantiques, nuits torrides, amants infidèles, femmes libérées !
Je me libère du poids du romantisme.
Je n'ai pas besoin de ça pour le moment.
Les livres s'accumulent. Je cherche un carton dans le cagibi, et les entassent tous à l'intérieur. Il y en a tellement que je n'arrive pas à refermer la boîte.
Je la pousse loin au fond de mon placard de fringues, de telle façon à ce que je ne la vois pas. Oubliés, les bouquins à l'eau de rose !
Je suis fière de moi. Je ne me débrouille pas si mal finalement.
J'entends mon téléphone vibrer. Nom d'un caillou, où ai-je posé mon sac à main ?
Je me précipite hors de la chambre. Il est là, posé sur le guéridon dans l'entrée. Je farfouille au fond et attrape enfin mon téléphone. C'est Alex.
Je décroche.
— Oui ?
— Je viens vérifier si tu es toujours vivante, fraîche et motivée pour ce soir !

— Vivante je le suis... fraîche, pas vraiment. Motivée, à moitié... je ne promets pas de tenir jusqu'au lever du soleil mais ça ne me fera pas de mal de sortir un peu.
— Parfait, on va au Bamboléo.
De la part d'Alex, il y a rarement des suggestions, mais plutôt des ordres.
— Je n'ai visiblement pas le choix mais tu sais combien j'aime y aller donc ça va...
— Vingt-et-une-heure trente chez toi.
Nouvel ordre.
— Ok, tu viens avec Anna ?
— Oui, on s'fait un resto entre frangins ce soir, Lily nous rejoindra et on viendra ensemble.
— Et Ben ?
— Peut pas, il a déjà une soirée de prévue avec ses collègues. Je te laisse, je dois emmener Flammekueche à son cours de violoncelle.
Il raccroche.
Anna est la sœur jumelle d'Alexandre. Je ne la vois pas très souvent, même si elle, Alex et moi nous connaissons depuis le primaire. Sandra et moi trainons ensemble depuis la maternelle. Le jour de notre rencontre, elle avait fait tomber sa brique de lait sur ma jupe à carreau, j'avais pleuré, lui avais tiré les cheveux, et depuis, nous sommes copines comme cochonnes (façon de parler, une fois encore). Elle est partie vivre au Canada pendant trois ans, est revenue au bercail, le cœur léger et la tête pleine de projets. Elle est responsable dans sa propre maison d'édition. La grande classe, en somme. Notre amitié est solide et je sais que je peux compter sur elle (sauf quand elle s'envoie en l'air avec Benjamin).

Lily est le fruit d'une rencontre plus récente. Nous nous sommes connues sur les bancs de la fac, et avons suivi le même parcours professionnel. Elle a une classe de CM1 à sa charge dans la même école que moi, l'école Saint-Louis.

Benjamin, brillant homme d'affaires, s'est greffé au groupe avec beaucoup de facilité depuis qu'il sort avec Sandra. Alex est content qu'il y ait un peu de testostérone dans la bande, puisque François ne m'accompagnait jamais lors des rares soirées que je passais avec eux.

Bon, assez discuté de mon arbre amicologique (si, ce mot existe. Maintenant).

Hmm, peut-être devrais-je commencer à cuisiner ?

Ça met combien de temps à cuire un poulet déjà ?

Google, mon ami, aide-moi.

Non je n'ai pas de bouquins de recettes comme toute bonne femme qui se respecte.

Hmm, une heure et quinze minutes d'après *Google*. *Google* a toujours raison. Ou presque. Il est quasiment dix-sept heures. Parfait !

Je me lave soigneusement les mains et entame ma popote.

J'enfile le superbe tablier, cadeau de François pour nos cinq ans de relation. J'aurai du me méfier à l'époque, le type m'offre un tablier… j'étais trop stupide et aveuglée par l'amour pour apercevoir les signes de son machisme.

Passons !

J'allume la radio au passage, et mets un CD d'Indochine. Le son à fond la caisse, j'attrape mon micro (traduction : une spatule en bois), et entre dans la peau de Bob Morane, l'aventurier contre tout guerrier.

Bon, Jo, au boulot.

Tout en chantonnant, je mets la main à la pâte. Et hop, épluchées les patates douces ! Mélangée, la farce aux champignons !

Étape cruciale de la recette : farcir la bête.

À chaque fois, je pense à cette fameuse scène dans *Mister Bean*, avec sa dinde de Noël.

Et me voilà en train de farcir le troufion d'un poulet mort.

Je lui recouds l'arrière-train, question que la farce ne se carapate pendant la cuisson.

Maintenant, la purée de patates douces. Pas simple ! J'aurais dû en prendre de la surgelée.

Quarante minutes plus tard, j'achève ma rude tâche.

Voilà ! Terminée la bouffe !

Je mets le poulet dans un plat, l'asperge de citron, de sel, et le laisse sagement attendre son tour.

— T'as été sage Benny, je suis fière de toi. Il faut patienter un peu avant la cuisson.

Je l'ai appelé Benny, j'ai trouvé que ça lui allait bien.

Finalement pourquoi j'adopterais un chien et pas un poulet ?

Une petite poule qui gambaderait dans le salon et me pondrait des œufs chaque matin ?

Il faut que je pense à me renseigner sur les poules domestiques.

Je regarde autour de moi. Ce n'est plus une cuisine, c'est une reconstitution de Tchernobyl.

Je n'y peux rien, quand je cuisine je suis dans mon monde, et je ne pense pas à ranger au fur et à mesure. François me reprochait sans cesse ce défaut.

Avant de faire des recherches sur mes poules, va falloir que je range ce bordel.

Vingt minutes après, la cuisine rutile.

Enfin, presque.

Je rangerai la vaisselle propre demain.

J'enlève le tablier dont on ne voit même plus la couleur de base (il parait qu'il était rose) et décide de m'en débarrasser. Je m'en achèterai un nouveau, qui ne sera pas le fruit de cinq ans de relation.

Poubelle, le tablier !

Je préchauffe le four en attendant d'y enfourner mon ami Benny.

Je me dirige vers mon ordinateur.

Je tape « poule domestique » dans la barre de recherche.

Hmm....je me disais aussi, dans un appartement c'est compliqué. Il parait qu'elles ne contrôlent pas leurs déjections. Je pourrais dire adieu à mon tapis, c'est évident.

Je me contenterai d'un chien.

Je quitte l'ordinateur et regarde un peu l'état du salon. Pas fameux. Je vais passer l'aspirateur.

Voilà, c'est fait.

Dix-huit heures. Il est temps pour Benny de faire une séance d'UV.

— Adieu Benny !

Et hop, dans le four la bestiole. Je prends soin de lui faire un baiser d'adieu sur le croupion.

Je le laisse prendre des couleurs tranquillement, tandis que je me dirige vers ma chambre. Je vais me changer, au moins le pull.

Je vois mon visage dans le miroir de ma penderie et décide de filer sous la douche, étant donné que ma tignasse est recouverte de purée de patates douces.

Je me débarrasse de mes habits et les balance d'un geste nonchalant dans la corbeille.

Dix minutes plus tard, me voilà toute propre !

J'attrape un haut à manches trois-quarts noirs, col en V.

Et ce soir, je mets quoi ?

Aucune idée.

Robe ? Avec ce temps ? J'hésite.

Pourquoi est-ce qu'on se prend toujours la tête nous les femmes, lorsque nous devons sortir ? Les mecs eux, enfilent un jean et une chemise noire, ils se collent un paquet de gel sur le sommet du crâne, se vaporisent du dernier parfum d'*Hugo Boss*, et on en parle plus ! Pourquoi nous, on galère ?

Réponse : parce que nous sommes d'horribles chieuses éternellement insatisfaites.

Je l'admets, je l'avoue. On va revêtir une superbe tenue, mais il y aura toujours quelque chose qui ne sera pas parfait à nos yeux.

— T'es sûre qu'on ne voit pas ce bourrelet, sur ma hanche ?!

— J'te dis que cette robe est trop courte, on va croire que j'ai oublié de mettre un pantalon !

— Cheveux lâchés ou attachés ?

— Je vais pas avoir froid habillée comme ça ?

— Je vais pas avoir chaud habillée comme ça ?

— J'me trouve grosse dans ce jean !

— J'ai un énoooorme bouton sur le pif, regarde, mais regarde !

— Bottes, ballerines ou talons ?

— Cheveux lissés ou bouclés ?

— Collants ou bas ?

— Bijoux dorés ou argentés ?
— T'es sûre que j'devrais pas finalement remettre la robe noire ?
Et à nos amies de répliquer « mais arrête t'es super belle ! J'te promets ! Tout est parfait !». On les écoute d'une oreille, ça nous fait plaisir intérieurement, mais on ne le laissera jamais paraître. Elles nous rassurent, ces paroles, et nous aident à maintenir une certaine confiance en nous.
N'empêche que là, je ne sais pas quoi mettre. Vraiment.
J'attends Sandra, elle saura me conseiller.
Je retourne dans le salon. Je me sens terriblement seule d'un coup.
Au creux de la vague.
Toute la journée a été faite ainsi, mon cœur balançant entre la mélancolie et la colère, puis parfois, j'étais envahie d'un bonheur intense, lorsque je me disais que j'étais libre, débarrassée de François qui m'a fait tant de mal en m'abandonnant ainsi.
Il est temps que Sandra arrive pour me remonter le moral.
Je prépare l'apéritif. Crémant et petits salés.
La cuisine est envahie par le doux parfum de Benny qui cuit tranquillement dans son petit four.
Ah, ça sonne enfin à la porte ! Sandra est en avance !
J'appuie sur l'interphone afin d'ouvrir la porte de l'immeuble sans vérifier l'identité de mon visiteur puisque je la connais déjà.
J'ouvre la porte de mon appartement et laisse entrer ma meilleure amie. Elle a des flocons de neige accrochés à ses longs cheveux bruns. Ses joues roses prouvent que la température extérieure est loin en dessous du raisonnable, et des larmes de froid s'échappent de ses yeux bleus.

— Ça pèle dehors, c'est la cata !

Je lui fais la bise, heureuse de la revoir. Je la débarrasse de la boîte de pâtisseries qu'elle tient à la main.

— Ça va Jo ?

— Ça va mieux… maintenant. Merci pour le dessert !

Elle a compris le message et me sourit. Je prends son manteau, le suspends dans l'armoire, et vais mettre les desserts au frigo.

— Je suis frigorifiée ! me crie-t-elle.

— T'inquiète, j'ai de quoi nous réchauffer.

Elle entre dans le salon, et aperçoit la bouteille de crémant qui nous attend sagement sur la table basse.

— Bien joué ma poule ! Je sers !

Elle ouvre la bouteille et nous sert deux verres généreux.

On trinque.

— Je trinque à ta nouvelle vie ! dit-elle solennellement en levant son verre.

— En espérant qu'elle soit plus glorieuse que celle que je quitte…

Tchin !

— Alors tu nous as préparé quoi de bon ce soir, ma Jo ?

— Poulet farci, accompagné de sa purée de patates douces !

— Parfait.

Et on attaque les cacahuètes.

— Tu restes habillée comme ça ce soir ?

Elle porte un pantalon à pinces noir et un haut argenté légèrement décolleté qui laisse deviner sa poitrine généreuse.

— Oui je pense. Il fait trop froid pour se mettre en robe !

— J'crois aussi que je vais opter pour un pantalon alors.

Sandra avale une gorgée de crémant avant de lancer le sujet épineux.
— Tu veux en parler, Jo ?
— Alex t'a raconté ?
— Oui il m'a dit qu'il était passé chez toi. Il m'a tout raconté. Je comprends si tu ne veux plus remettre le sujet sur le tapis, mais sache que je suis là si t'as besoin. Enfin ça, tu le sais.
— Merci Sandra. Je ne veux pas en parler ce soir, il n'y a rien à dire de toute façon. Il m'a plaquée, je suis seule, c'est tout. Je dois tourner la page, je n'ai pas le choix.
Elle m'analyse du regard. Ce fameux regard qu'elle ne réserve qu'à moi, celui qui sait sonder mon âme. Elle lit en moi comme dans un livre ouvert.
— Mais on n'efface pas huit ans de relation d'un coup d'éponge, n'est-ce pas ? Tu es forte, Jo, mais tu as le droit aussi de te laisser aller.
Tic-tac, tic-tac... mon horloge biologique me rappelle à l'ordre une fois encore. Pourquoi débarque-t-elle toujours à l'improviste celle-là ?
Je fonds en larme et Sandra m'attire contre elle. Je me blottis contre son torse. Elle caresse mes cheveux en me murmurant des paroles de réconfort.
Elle a raison, on n'efface pas huit ans de relation ainsi.
— Tu dois réapprendre à vivre seule, à te créer des habitudes rien qu'à toi. Changes tes meubles de place, ou vends les, rachètes-en des nouveaux. Change de coupe de cheveux. Change de vie, deviens la Jo indépendante.
Ses mots me mettent du baume au cœur. Sandra a vécu une histoire identique il y a quelques années, bien avant Ben. Elle avait dix-huit ans, et vivait une histoire passionnelle

pendant quatre ans avec un homme plus âgé qu'elle de cinq ans. Il a fini par quitter leur appartement du jour au lendemain, en laissant un unique message sur la porte du frigo. Ça disait un truc dans le genre « Adieu Sandra, je vais vivre ma vie et te laisse continuer la tienne. P.S : n'oublie pas de refaire des courses, j'ai vidé le frigo.»
Très virile, comme rupture.
Je retrouve peu à peu le sourire, sèche mes larmes et nous sifflons la bouteille de crémant en nous remémorant des anecdotes de nos années lycée.
Le temps passe, et l'odeur de brûlé me parvient lorsque je ne m'y attends absolument pas.
Je cours dans la cuisine.
— Crotte de putois ! Benny a le feu aux fesses !
Carbonisé, le poulet. Voilà l'effet néfaste des UV sur la peau. Il a pris pour son grade.
Je reviens au salon, penaude.
Sandra éclate de rire.
— C'est pas grave Jo, j'adore le charbon !
— Bon, on passe à table et on essaie de dépecer la bête ? La farce n'est certainement pas cramée !
On met le couvert sur la table du salon, et j'amène Benny et son accompagnement.
Le pauvre, il ne ressemble vraiment à rien comme ça. Peut-être ai-je mis le four sur un thermostat trop élevé ?
Sandra rit encore plus fort lorsqu'elle me voit déposer le plat au centre de la table.
— Je vais faire appel à *Norbert commis d'office*, méfie-toi ! T'as pas honte de service ce genre de plat à ta meilleure amie ?
Je me marre et découpe Benny.

Bon, la farce aussi est brûlée.

— On ne va pas seulement becqueter de la purée de patates douces quand même ?

— Y'a des éclairs au chocolat aussi, n'oublie pas !

— Un dîner presque parfait !

La situation est tellement ridicule qu'on part dans un fou rire de dindes.

Dieu que ça fait du bien de se lâcher un peu !

— Allez viens, on se cherche des döner kebab !

Sandra accepte ma proposition. Madame Bio fait un effort, elle n'aime pas manger dans les fast-foods d'habitude.

On enfile nos manteaux, nos écharpes, et nos bottes (j'ai retrouvé toutes mes paires en faisant le ménage dans le salon !).

— Prête à affronter le Grand Nord ? me demande mon amie en enfilant ses gants.

— Toujours ! Surtout si y'a un kebab en bout de ligne.

On quitte l'appartement. Le canon d'à côté a fini de rentrer toutes ses affaires dans le sien visiblement.

Même l'entrée de l'immeuble est débarrassée de tous les cartons.

Je me rends alors compte que je n'ai pas raconté à Sandra l'arrivée du nouveau voisin. Tandis que nous marchons dans le froid de l'hiver, je pars dans un récit animé.

— Mais enfin, Jo, pourquoi tu lui as menti ?! me demande mon amie en me jetant un regard sévère.

— J'en sais rien, c'est sorti tout seul.

— C'est débile !

— Ah mais je n'ai jamais dit le contraire.

— Prof de fac... t'aurais pu trouver mieux quand même.

— Comme quoi ? Dresseuse de poneys nains ?

Elle se marre comme une tordue.

— Y'a que toi pour faire des trucs pareils !

On arrive à destination, frigorifiées.

On commande nos kebab, et on attend patiemment.

Tout à coup, la porte s'ouvre derrière nous.

Oh non… le nouveau voisin. Le sexy, avec ses tablettes et tout ce qui va avec.

Je jette un regard désespéré à Sandra qui, forcément ne saisit rien. J'essaie de lui faire des signes à travers mon regard mais elle semble ne pas capter la subtilité de la chose.

— Qu'est-ce que t'as Jo ? T'as un truc dans l'œil ?

Nom d'un corbeau myope, cette femme ne ferait pas un bon agent secret. J'essaie avec les sourcils, peut-être percutera t-elle.

— T'as un souci avec ta lentille ? Arrête ça, ça te fait un drôle de regard, tu commences à m'inquiéter… insiste-t-elle.

Mais zut et flûte… le voisin vient de surprendre mon acrobatie sourcilière.

Il m'a reconnu et m'adresse un grand sourire, genre celui du *Joker*.

— Tiens, tiens, bonsoir ! Comment allez-vous ?

— Ça va, merci…je marmonne.

Je passe pour la reine des quiches. Il doit me prendre pour une pauvre femme mythomane atteinte de tics oculaires… j'avais dit que j'avais invité une amie à dîner, et voilà qu'on se croise dans ce foutu kebab.

— Vous avez une drôle de façon d'inviter vos amis à dîner…, ose t'il me dire, comme s'il lisait dans mes pensées, un sourire au coin de lèvres.

Pour qui il se prend ?

— Sachez, Monsieur, que mon poulet a été littéralement carbonisé, et… et d'ailleurs je n'ai aucune raison de me justifier auprès de vous ! »

Bien envoyé, bravo ma vieille.

Sandra semble avoir enfin compris la situation.

— Aaaaah…. Vous devez être le nouveau voisin de Jo ?

Elle lui tend la main. Il lui serre.

— Enchanté. Denis Brignon.

— Sandra, enchantée, et voici Jo.

Il me jette un regard amusé.

— Nous nous sommes déjà rencontrés, n'est-ce pas, Jo ?

— On va dire ça comme ça.

Il m'a vexé. Je ne lui dois rien à ce type après tout !

— Allez, allez, je vous charrie. Vous avez fait brûler votre poulet, je comprends, très bien.

Je ne réponds rien et fais semblant de m'intéresser à la décoration.

Difficile, du fait qu'elle est inexistante.

L'atmosphère est légèrement tendue.

Enfin, nos kebab sont prêts. Je règle (c'est la moindre des choses puisque j'ai calciné Benny) et nous quittons les lieux.

Sandra salue Denis d'un signe de la main, et moi je passe devant lui sans lui accorder un regard.

— Quel con ! dis-je, une fois à l'extérieur.

— Il a l'air charmant !

Super, merci Sandra.

— Il m'a foutu la honte !

— Il plaisantait ! Ne sois pas susceptible.

On va arrêter la discussion maintenant, sinon on va encore s'engueuler. On accélère le pas pour arriver le plus rapidement possible chez moi.

J'ai une de ces faims !

On grimpe les escaliers quatre à quatre, je tourne la clé dans la serrure et défonce quasiment la porte pour entrer. On jette nos manteaux sur le canapé, on envoie valser nos bottes, on balance nos écharpes, bonnets et gants, puis on se vautre littéralement sur les fauteuils.

MANGER !

On savoure notre dîner.

Luxueux !

Après quoi, forcément, suivent les éclairs au chocolat. On ne fait pas les choses à moitié.

Il faut avouer qu'après tout ça on a la peau du ventre bien tendue et mon pantalon me serre un tantinet. Je sens naître un nouveau bourrelet au niveau des hanches. Peut-être devrais-je penser à me réinscrire à la salle de sport ?

— Sandra ? Tu vas toujours à la salle de temps en temps ?

Je jette un œil à mon amie qui est à présent allongée sur le canapé, une main sur l'estomac.

— Ouai. Mais Ben n'aime pas trop que j'y aille. Je lui ai dit que la véritable raison de mon inscription là-bas c'était le postérieur du maître-nageur.

— Le fameux italien dont tu me parles tout l'temps ? Giovanni ?

— C'est ça ! Il donne des cours d'aquagym depuis quelques mois. J'y vais le mardi, quand Ben a son entraînement de foot.

— Je songe à me réinscrire. Ça ne me fera pas de mal. Parce que je crois que la cellulite a pris mes fesses pour un terrain de jeu.

Sandra se redresse en soupirant.

— M'en parle pas ! Tu devrais voir mes cuisses, on dirait deux flans géants.

Et là, on part dans une discussion animée autour des calories, des kilos en trop, des boudins qui dépassent du pantalon... bref, je ne vous apprends rien.

Vers vingt-et-une heures, on décide de commencer à se préparer pour sortir.

Sandra passe à la retouche maquillage dans ma salle de bain tandis que je sélectionne les tenues potentielles dans le placard de ma chambre.

En cinq minutes, mon lit est jonché d'habits. Niveau pantalon ça devrait être rapide, je vais mettre le noir.

Le souci, c'est le haut.

Une fois retouchée, Sandra me rejoint dans mon antre. En voyant le tas de fringues, elle a saisi quel rôle elle allait devoir jouer.

Immédiatement, elle passe à l'action et me fait essayer une dizaine de hauts. Même ceux qui sentent la naphtaline parce que la dernière fois que je les ai porté j'avais douze ans.

Au bout de vingt minutes, le verdict tombe. Ce sera le chemisier beige, légèrement déboutonné et les cheveux lâchés, en mode « femme fatale qui s'ignore ».

Top chrono, c'est parti !

Je m'habille, me remaquille, me coiffe.

Pendant ce temps, Sandra s'est affalée sur mon lit et me raconte à présent les derniers potins du coin.

Mon amie est une facebookienne née et si sa première passion est son homme, sa deuxième est la recherche d'infos croustillantes sur les réseaux sociaux.

Elle me raconte de manière désinvolte comment nos pires ennemies du collège sont devenues de véritables laiderons célibataires, tandis que nous, nous sommes devenues des femmes épanouies et indépendantes.

Enfin, presque.

Je suis célibataire jusqu'à la moelle à présent, mais qui a dit qu'on avait besoin d'un homme pour se sentir épanouie ?

Je ressens comme une envie de chialer. Mais je me retiens. Je viens de me repoudrer le museau, c'est pas pour tout gâcher à coup de chouinade post-largage.

Ah tiens, sonnette de la porte d'entrée.

Je me précipite pour ouvrir, Sandra sur mes talons. J'appuie sur l'interphone, et entends la douce voix (percevez l'ironie) d'Alex :

— B'soir, on vient kidnapper une jeune femme super sexy, c'est bien ici ?

J'ai envie de lui dire que non, qu'il se trouve dans l'antre d'une vieille fille aigrie dont l'hymen va très probablement se refermer, mais j'ouvre tout de même la porte.

Je les entends courir dans l'escalier de l'immeuble. Mes amis ont une fâcheuse tendance à faire la course pour parvenir jusqu'à ma porte.

J'ouvre et aperçois leurs visages rougis par le froid et leur course effrénée. Alex, Lily, Anna, Sandra et moi. L'équipe est au complet.

Anna se jette dans mes bras et couvre mes joues de baisers. C'est sa façon à elle de me réconforter. Je réponds à ses marques d'affection en la serrant contre moi.

— Bon allez, vous vous bécoterez plus tard, le dance-floor nous attend !

Merci Alex d'avoir brisé cet instant d'amitié magique.

Je souris à Anna, attrape mon manteau, mon sac et mes clés, et quitte l'appartement à la suite de mes amis qui s'entassent dans le couloir.

— C'est là qu'il habite, le beau gosse ? me demande d'une voix exagérément élevée Sandra en désignant la porte de Denis.

— Tu ne veux pas crier plus fort, question qu'il se pointe ?

Sandra se marre, tandis qu'Alex, Anna et Lily me jettent un regard interrogateur.

Super, rebelote épisode explicatif du beau-gosse-pâtissier-femme blonde-gros seins-kebab et tout le toutim, afin de régaler les oreilles du reste de la troupe.

— J'en reviens pas... tu vois, c'est ça le destin ! clame Lily tandis qu'on pousse la porte d'entrée de l'immeuble afin de sortir dans le froid de la nuit.

— Le destin... je te rappelle qu'il est marié à Lolo Ferrari.

— Tu sais, un accident est vite arrivé..., murmure Alex avec ce regard de psychopathe dont lui seul a le secret.

Parfois j'me dis que ce mec est une sorte de réincarnation de Mesrine.

— On aurait dû prendre la bagnole, je me pèle les miches moi !

Inutile de me retourner pour vérifier l'identité de la plaignante, je reconnais la voix de cette chère Sandra.

Je lui crie, sans même me retourner :

— Le froid, c'est bon pour la cellulite !

— Je t'emmerde !

Bon, ça c'était une réponse de la part du monsieur légèrement enrobé qu'on a croisé au même moment.

Je ne prends pas la peine de me justifier, et explose de rire au même titre que mes amis.

— Mais quel boulet ! s'exclame Lily en riant.

Je me tourne vers elle et lui décoche un clin d'œil complice.

Je fais volte-face afin de reprendre ma route et me cartonne Alex qui vient juste de piler devant moi.

— C'est le genre de blague qu'on fait en CE2, Alex ! je lui lance, accompagné d'un regard sombre.

Et là, je comprends immédiatement la raison de son stoppage net.

En face de moi, juste de l'autre côté de la rue que nous nous étions censés traverser dans douze secondes (approximativement), se tient François... accompagné d'une petite brune de vingt ans à peine. Il lui tient la main, et la jeune vierge glousse comme un dindon.

A cet instant précis, j'hésite entre l'envie de courir, de vomir, ou de mourir.

Je ne suis alors sure que d'une seule chose : je méprise cet homme autant que mépris puisse exister. Je le méprise de toute mon âme, de tout mon cœur, de tous mes muscles, de toutes mes rides qui déforment mon visage, de tous mes grains de beauté, bref, chaque parcelle de mon être recèle une part de mépris infini envers cet enfoiré.

Le temps ralentit, comme dans les films. Je vois les visages de mes amis se tourner vers moi, sur lesquels je peux lire une expression assez mitigée, entre la pitié et la surprise.

Et alors là, je ne sais pas ce qui m'a pris. Au bout de ces quelques vingt secondes d'absence et de mépris, mon corps prend une décision sans consulter mon cerveau.

Je m'avance d'un pas décidé vers l'Homme qui a Brisé mon Cœur et Qui Désormais se Tape une Lycéenne. Je traverse la rue en flottant presque, guidée par la rage, la haine et le dégoût. Je m'en fiche comme de l'an quarante que cette saleté de petit bonhomme à la con soit rouge, je trace.
Je suis une rebelle du code de la route.
J'apparais dans son champ de vision, et François tourne la tête vers moi. Je peux parfaitement lire ce qu'il pense à ce moment-là, je le connais par cœur. Dans sa petite tête d'enfoiré, un truc dans le genre défile : « oh bordel, je m'attendais pas à la voir débouler celle-là, elle va ruiner ma nouvelle relation et va encore me chialer dans les pattes. Je dois me la jouer gentleman pour pas faire fuir ma nouvelle proie.»
— Bonsoir, François.
— Heu… salut….Jo, je te présente Chloé. Chloé…Jo.
La jeune demeurée me tend la main, et un sourire adorablement crétin en accompagnement.
Je fixe un moment sa petite paluche manucurée (sans la serrer, évidemment), puis la regarde droit dans les yeux et, équipée d'un sourire méga sexy (enfin, je crois) je lui sors :
— Tiens, vous êtes la nouvelle proie de ce cher François ? À votre place, je me méfierai de cet abruti, il risquerait de vous quitter du jour au lendemain en vous laissant pourrir sur une saleté de canapé que vous aurez acheté ensemble.
Bon, en fait, ça, c'est ce que j'aurai aimé dire. En réalité, et après lui avoir serré la main (argh, je suis mauvaise, mauvaise, nulle, zéro…) ma réplique était plus dans le style…
— Bonsoir. Il fait un peu frais ce soir !

Voilà. Je parle météo avec la nouvelle conquête de l'homme qui m'a brisé le cœur vingt-quatre heures plus tôt. Merci de rester tolérante envers moi.

Après cette cultissime réplique, je vois François esquisser un sourire qui signifie très clairement « tu es une faible femme Jo, tu ne peux rien contre moi, retourne regarder *Canal J* et t'empiffrer de *Magnum* au chocolat blanc. »

Derrière moi, je sens la présence de mes amis, qui sont venus me rejoindre (mais eux ont attendu que le bonhomme passe au vert, d'où leur léger retard).

François les salue rapidement, tout sourire, pas gêné pour un clou, limite fier de lui. Le chien.

Un silence de plomb s'installe. J'ai épuisé mon quota de sujets de conversations, et personne n'a l'air de vouloir en rajouter. Il est grand temps de mettre les voiles.

François brise enfin le silence en se raclant la gorge et en annonçant :

— Bon, ça m'a fait plaisir de vous revoir, mais nous sommes pressés. Passez-une bonne soirée.

Il commence à s'éloigner quand, prise d'un dernier élan de dignité, je lui lance (vraiment) ceci :

— Ouai, c'est ça... bonne soirée.

C'était nul, une fois encore. Je vous l'accorde.

François ne prend même pas la peine de me regarder, et entraine sa dinde d'un pas rapide. Je les suis du regard jusqu'à ce qu'ils disparaissent dans la nuit.

Et à Sandra de m'encourager :

— Jo, chérie, viens... le Bamboléo nous attend. Te laisse pas démonter par ce roi des crétins. :

Je soupire, jette un regard de chien battu à mes amis, et finis par avancer en direction du bar. Sandra se pend à un de mes bras, Lily à l'autre. Anna essaie de détendre l'atmosphère en racontant une de ses blagues dont elle seule a le secret. Alex rit aux éclats, rapidement accompagné de mes deux gardes du corps.

Cette rencontre inopinée a inévitablement ouvert une fois de plus l'horrible plaie de mon cœur qui saigne à n'en plus finir, qui se vide de jour en jour, qui, qui…

— Jo, t'es totalement barrée ou quoi ?

Sandra s'est arrêtée de rire et me regarde de travers.

Et là je me rends compte que j'ai parlé à haute voix.

— Nan, rien… j'suis désolée, il m'a sapé le moral. Et c'était qui la minette de seize ans ? Il vient de l'adopter ou quoi ?

Rires de mes amis.

— Prêtes à faire la fiesta ? lance Alex dans notre direction.

Ah bah oui. Nous voilà arrivés au Bamboléo. Je ne m'en étais même pas aperçue. D'un coup, je n'ai plus envie d'être là et pense à mon lit. J'aimerais bien pleurer dans les draps jusqu'à ce que le mascara dégouline sur l'oreiller.

Sandra lit dans mes pensées :

— Jo, arrête ça. Non, tu ne vas pas t'enfuir, pas maintenant qu'on est arrivés. Tu vas entrer là-dedans, enlever ton manteau et commander un Mojito géant. Pigé ?

Pas mal comme plan. Le Dieu du Mojito se penche sur moi et m'insuffle l'idée de picoler jusqu'à en oublier mon prénom.

Légèrement requinquée, j'entre dans le bar suivie de mes amis. Je repère immédiatement une table de libre, entourée de six tabourets, et l'accapare.

Enfin, du moins ai-je essayé, jusqu'à ce qu'un abruti me passe devant et s'installe sur un tabouret.

Je perds patience et décide d'user de poésie pour exprimer mon mécontentement :

— C'est la Saint Trou du cul ou quoi ? Y'a eu un lâcher de boulets en ville ?

Et là, le voleur de table se tourne vers moi.

Oh crotte de flûte de zut. Denis.

— Tiens, tiens (avec un sourire craquant que j'ai envie de croquer), mademoiselle Poulet Cramé en personne. Décidément, que de rencontres !

Je le déteste, avec son air rieur et ses dents à la *Colgate*.

— B'soir. J'vous avais pas reconnu, de dos.

— Effectivement, je n'ai pas la même allure de face que de dos.

Il me répond ça, sur un ton amusé, avec un sourire digne de celui de Ken.

Je ne sais plus où me foutre. Je viens de traiter mon nouveau voisin de trou du cul, est-ce un bon motif pour être morte de honte ?

Alex me sauve la vie.

— Bonsoir. Vous vous connaissez à ce que je vois ?

Et Lily me renfonce six pieds sous terre, dans les sous-sols de la Honte.

— Mais mince, Alex, c'est le voisin dont on a parlé avant ! C'est bien ça non ? Hein Jo ? Il est comme tu nous l'as décrit ! Tu sais, Alex, le pâtissier!

Blanc. On entendrait une mouche péter si la musique n'avait pas été si forte.

Denis me dévisage, un regard indéchiffrable au fond des yeux. Empli de mystère. Je fonds tel un œuf *Kinder* au soleil.

Lily remet une couche, afin de m'achever.

— C'est sympa de vous voir ! Vous êtes seul ? C'est vrai que vous êtes marié ? Parce que Josette nous a dit que oui, mais vous êtes seul là non ?

Je vais détruire mon amie et avaler ses restes.

Sandra me sauve la mise avant que Denis ne réponde.

— Bon, allez, on ne va pas vous déranger plus longtemps. On vous laisse la table, on en prendra une autre.

Elle tire le bras de Lily, attrape le mien, et tourne les talons. Je me laisse faire, comme une poupée de chiffon.

— Josette ! Attendez !

Ce crétin ose prononcer mon prénom dans mon bar préféré ?

Je fais volte-face et le fixe, avec un regard genre « cause toujours, tu m'intéresses ».

— Quoi ?

Il s'est levé du tabouret et s'avance près de moi.

— Prenez la table, vous étiez là avant. De toute façon votre amie a raison, je suis seul. Ma femme travaille et je ne connais pas encore grand monde dans le coin.

Il ne me laisse pas le temps de répliquer, me jette un dernier regard mystérieux, et quitte le bar.

Mon cerveau a envie de lui courir après, mais mes jambes ont décidé de rester clouées au sol.

— C'est la fête ce soir... bon au moins il s'est cassé et on peut prendre la table, soupire Alex.

Il n'a décidément aucun cœur. Finalement, Mesrine était un ange à côté de lui.

Sans aucune trace de scrupule sur le visage, Alex s'installe. Je décide de faire du même, convaincue que Denis est déjà loin et que je me suis comportée comme une véritable dinde. Je m'assois sur le tabouret encore chaud sur lequel son délicieux postérieur reposait encore quelques minutes auparavant.

Lily me tire de ma rêverie.

— Bon on commande ?

J'avais oublié quelques détails à régler avec elle. Je me lance, je ne suis plus à ça près.

— Lily... ?

— Oui ? me répond-elle avec ses grands yeux innocents.

— T'es consciente que tu m'as fait passer pour une groupie il y a quelques instants en déballant à Denis que je vous avais parlé de lui ?

— Heu..., hésite-t-elle, ce... ce n'était pas mon intention Jo. Je suis désolée...

Comment ne pas fondre devant son regard de chiot abandonné ?

Je finis par sourire dans un soupir.

— La prochaine fois réfléchis avant de parler, et non l'inverse...

(J'y crois pas que ce soit moi qui lui dise un truc pareil).

Elle promet.

Anna commande des Mojitos pour tout le monde.

J'essaie de me détendre enfin, en regardant les autres tables. Tous ces gens qui ont l'air d'aller bien, qui rient, qui s'en foutent. J'ai l'air de quoi moi ? Est-ce que tout le monde peut lire sur mon visage « femme fraîchement larguée » ?

CHAPITRE IV
Gros plan sur la scène au Bamboléo

Un quart d'heure plus tard, le serveur (James, un étudiant anglais) ramène les Mojitos.
Après avoir trinqué à toutes sortes de choses (« au célibat ! » « à l'amitié ! » et « au poulet cramé ! ») je savoure mon Mojito, délicieux nectar des Dieux (si !).
— Vous faites quoi à Nouvel An ? lance Anna entre deux gorgées.
— Je devais partir avec François dans les Alpes mais... il a un empêchement.
Ils me regardent tous, sans trop savoir s'ils ont l'autorisation de rire ou non.
— Allez, c'est bon... une petite boutade ça fait jamais de mal !
Ils rient, soulagés.
Je rajoute :
— Plus sérieusement, si vous avez des propositions, je suis preneuse ! J'voudrais pas finir seule en tête à tête avec mon chien !
— Jo, t'as pas de chien.
Alex est un monstre.
— Si, Alex, sache que j'en aurai bientôt un !
Lily saute sur l'occasion :
— J'en ai parlé à ma mère ce soir, au dîner. Une de ses amies a justement une portée de chiots ! Ils sont adorables, elle m'a montré des photos.
Je la regarde, intéressée.

— Ah oui ? Quelle race ?
— Des chiens japonais, annonce-t-elle fièrement.
De quoi elle me cause ? Des sushis sur pattes ?
— Heu, alors là… inconnus au bataillon. T'as les photos sur toi ? »
— Non, mais j'en demanderais à ma mère demain.
Je ne sais pas pourquoi mais un pressentiment s'empare de moi. Je sors mon téléphone de mon sac, me connecte à Internet (*Google*, le come-back), et tape « chien japonais » dans la barre de recherche.
Bon. Ils ont l'air plutôt mignon, c'est vrai…
— À combien elle les vend ?
— Sept cents euros.
Je manque de m'étouffer avec une feuille de menthe.
— Quoi ? J'espère qu'à ce prix-là il joue du piano parce que c'est de la folie.
— Oui j'ai trouvé ça un peu cher aussi, mais bon… ça sera un ami pour la vie, ça n'a pas de prix ! C'est un chien de race !
Et c'est à cet instant qu'Alex s'est incrusté dans la conversation.
— Pour la vie, pour la vie… ça a combien d'années de garantie ces trucs ? Il va vivre dix ans, peut-être onze ? Et j'vous parle pas des frais pour l'incinérer. Franchement à ce prix-là, tu ferais mieux de te faire la liposuccion dont tu m'avais parlé, Jo.
Je me noie dans mon Mojito.
Je me tourne vers Sandra et Anna qui sont en vive conversation. Je tends l'oreille.
— Je sens que Ben ne va pas tarder à demander ma main, chuchote Sandra, toute excitée.

Bon, je détends l'oreille. Tout sauf ça.

Je regarde la populace alentour, en sirotant mon Mojito. J'en commande un autre dans la foulée à James, qui vient de passer près de notre table (eune ozer ouane, pliz).

Lily et Alex discutent de la durée de vie moyenne d'un chien, Anna et Sandra se sont égarées dans les méandres du romantisme, tandis que moi, je me retrouve en tête à tête avec de la glace pilée et des feuilles de menthe, le tout qui mijote sur fond de rhum.

C'est un bon résumé de mon entière existence.

À la table voisine, un jeune couple de lycéens se galochent jusqu'à ne plus en respirer. J'ai même cru voir la nana virer au bleu un moment donné. Je les regarde, soupirant, retraçant mentalement mon parcours jusqu'au jour d'aujourd'hui. Nostalgie, quand tu nous tiens !

James ramène mon Mojito. Mon âme d'ivrogne reprend le dessus, et j'en commande un troisième avant même d'avoir entamé le second. Le rosbif me lance un regard de pitié. J'ai un peu honte, mais j'ai décidé de m'en foutre.

Je siffle les Mojitos à vitesse grand V.

Les autres commandent à leur tour des verres, et nous trinquons à des choses de plus en plus improbables (« aux chiens ! » « aux Mojitos ! » « aux ficus ! »). Je m'enfile je ne sais combien de ces saloperies. Je vais leur vider leur stock de feuilles de menthe.

Très vite, je sens l'alcool me monter à la tête. J'ai une envie folle de danser. Mais vraiment... danser, jusqu'au bout de la nuit ! Je me lève, titube légèrement et crie (il parait que j'ai crié du moins, je m'en souviens pas) :

— Hé, les mecs ! Woh ! Les mecs ! On va danser ?

Lily, qui est encore plus ou moins sobre, du moins assez pour conserver un brin de civilité réplique ceci :

— Jo, arrête, tout le monde te regarde. Y'a pas la place pour danser, sinon descend au sous-sol sur la piste de danse mais là-haut c'est le bar lounge.

— Mais si, mais si, mais…mais si ! Regarde ! J'danse là, j'danse ! Qu'est-ce qui m'en empêche ? Bar lounge…louuuunge… mes fesses !

D'après les dires de mes amis le lendemain, je me serais dandinée telle une oie ayant une jambe dans le plâtre, devant tout le monde.

La comparaison est difficile à imaginer mais c'est justement là tout l'intérêt.

Bref, je ne vous fais pas languir davantage, on nous a foutu dehors lorsque j'ai entamé la *Macaréna*.

Je l'ai dansé mais aussi chanté.

Cela dit, ça me surprend, étant donné que je ne parle pas un mot d'espagnol.

Le fait est que vers une heure du matin, nous étions sur le trottoir devant le Bamboléo, sous la neige. Alex et moi étions partis au pays des Dépravés, tandis que les trois autres, qui n'avaient pas atteint notre niveau d'alcoolémie, râlaient sur notre sort et s'excusaient auprès des passants que nous tentions d'embrasser.

Loin de me laisser démonter, et bien décidée à profiter pleinement du reste de la soirée, j'ai grimpé le long d'un lampadaire.

Allez savoir pourquoi. J'en avais envie à ce moment-là. Et étrangement, je m'en souviens.

Alex me suivait en chantant une chanson de pirates (celle de l'attraction à *Disneyland Paris*) et trouva tout à fait normal que je souhaite escalader le lampadaire à une heure si tardive. Il m'y aida même en me faisant la courte échelle.

Sandra, Lily et Anna, bien trop occupées à se plaindre, avaient tout loupé de la scène.

Par un miracle obscur, j'ai atteint le sommet du lampadaire. Tellement fière de moi. Bourrée, mais fière. Sous le feu magique de l'ampoule, les cheveux aux vents, plus proche des étoiles et de la lune. Je me sentais libre.

Le hic, ça a été lorsque j'ai crié « je suis le maître du moooonde ! ». En effet, je n'aurai pas dû écarter les bras.

Je me suis vautrée de façon assez spectaculaire sur Alex, qui venait juste de reprendre sa chanson (Yoho, yoho…) et qui se tenait sous le lampadaire à cet instant précis. Je suppute qu'il conservera la cicatrice de ma semelle sur le visage durant de longues années.

Les secours sont arrivés rapidement et m'ont allongé sur un brancard. Je ne me souviens pas de la suite, mais on m'a tout raconté le lendemain.

CHAPITRE V
Quand je me réveille avec la gueule de bois et une entorse à la cheville.

Voilà. Voilà ce qui arrive aux femmes fraîchement larguées qui ne demandent qu'à s'amuser un peu.

Réveil brutal à l'hôpital, vers six heures du matin. Ma tête pèse huit tonnes et demie, je ressens une douleur intense à la cheville droite, et quand je respire je perçois nettement une odeur de Mojito qui s'échappe de ma cavité buccale.

Je suis une loque humaine.

J'ouvre à grand peine les yeux. Dans mon bras droit, une perfusion.

Je reste ainsi, à moitié éveillée, pendant une durée indéterminée, lorsque la porte de la chambre s'ouvre à la volée et qu'une bonne femme entre, d'un pas vif. Elle me sort ça, accompagné d'un rire de hyène.

— Bonjour ! Alors, on a mal aux cheveux ce matin ?

Pour qui elle se prend, celle-là ?

Je lui réplique ceci :

— Vous n'avez pas le droit de me juger ! Non mais sérieusement, pour qui vous vous prenez ? Qui vous dit que je me suis mise une mine hier soir ? Peut-être suis-je seulement tombée malencontreusement d'un lampadaire ! Ça arrive non ?

Bon, en fait c'était plutôt ceci :

— B'jour.

La Hyène a ouvert les volets avec toute la délicatesse d'un ogre en rut, a vérifié ma tension, mes pupilles, ma température, puis s'est barrée sans un regard.
Très agréable comme première rencontre.
J'attrape la sonnette et appuie dessus.
Trois minutes plus tard, la Hyène est de retour.
— Vous avez sonné ?
Non, tu as eu une hallucination auditive, pauvre dinde.
— Oui. Pourrais-je savoir ce qui m'est arrivé ?
— Vous êtes tombée d'un lampadaire, répond-elle.
Elle esquisse un sourire moqueur.
— Oui, ça je sais, mais est-ce que j'ai été blessée ?
— Grosse entorse. Cheville droite. Et des hématomes un peu partout. Vous verrez par vous-même.
Elle quitte la chambre en ricanant.
On devrait lui retirer son diplôme à celle-là.
Je reste ainsi, dans mon lit, n'osant bouger. Mon corps entier est endolori. Je suis un œdème géant.
Vers sept heures, on m'apporte mon petit déjeuner. Je n'ai absolument pas faim mais je fais l'effort de manger une biscotte. Enfin du moins, ça ressemblait à une biscotte.
La matinée s'éternise. Je zappe les chaînes sur la télévision, mais aucun programme ne m'intéresse. Je ressasse toute la soirée d'hier, la rencontre dans la rue avec François, comment j'ai traité Denis au bar... la totale. Et là, j'ai envie de pleurer.
Donc je pleure.
Je pleure...
Je pleure toujours.
Vers midi, on m'apporte mon repas. Immonde. J'avale trois bouchées puis m'endors, éreintée d'avoir pleuré.

Je me réveille une demi-heure après avec une irrépressible envie d'aller aux toilettes. Je suis condamnée à appeler la Hyène, n'osant me lever seule.

Je pousse un soupir de soulagement quand je vois une autre infirmière entrer dans la chambre.

Elle me sourit, et se présente à moi (« Lucie, enchantée »).

Elle m'aide à me lever. J'ai l'autorisation de poser le pied au sol.

Bon... ça va. Y'a pire comme souffrance. Je boitille jusqu'à la salle de bain et remercie Lucie.

— N'hésitez pas à sonner si vous avez besoin d'aider, vous avez une belle entorse, ça n'est jamais agréable.

Elle me lance un sourire compatissant et referme la porte de la salle de bain.

C'est alors que j'ai commis l'erreur fatale.

Je me suis regardée dans le miroir.

Jamais plus je ne trouverai un visage humain, c'est certain.

J'ai la lèvre inférieure enflée, la supérieure aussi d'ailleurs après analyse, mes paupières sont enflées et violettes, sans compter la dizaine d'égratignures qui ornent mon visage.

Alors je réagis comme tout être humain aurait réagi à ma place : en pleurant.

Après avoir fait ma petite affaire, je ressors des toilettes en boitillant, les yeux une fois de plus littéralement explosés par ma chouinade.

Je me rallonge dans mon lit, dépitée.

C'est à ce moment-là que mes amis ont débarqué dans ma chambre, en toute discrétion (je vous laisse imaginer).

Les bras chargés de fleurs, de chocolat, et d'amour.

Ils m'ont embrassée, enlacée, et bien évidemment, se sont foutus de moi.

— Jo... tu es irrécupérable, annonce Sandra dans un soupir.

Et là, j'ai repleuré.

Sandra s'est assise sur mon lit, et m'a pris la main, l'a tapotée comme ma mère le faisait quand j'étais gamine et que j'avais la grippe.

Ou c'était la gastro ?

Bref.

Lily s'est assise en tailleur sur le fauteuil de la chambre, Anna a ôté ses chaussures avant de s'affaler à mes côtés sur le lit et Alex s'est assis sur les toilettes en laissant la porte de la salle de bain ouverte. Il avait pris le soin d'attraper une des boîtes de chocolat avant de s'installer, et becquetait tranquillement son contenu.

C'est à ce moment précis que l'infirmière (appelez-moi Lucie) est entrée dans la chambre, accompagnée de deux jeunes filles à l'air un peu égaré, qui trimballaient un carnet de notes. Des stagiaires, probablement.

Dans un premier temps, j'ai perçu un moment de flottement, vous savez, ces quelques secondes durant lesquelles le cerveau analyse une situation et cherche un moyen d'y faire face. Lucie a buggé, puis elle a balayé la scène des yeux, a fixé Alex qui était en train de choisir un chocolat, toujours assis sur les goguenots, elle m'a jeté un regard dubitatif, puis s'est tournée vers les deux jeunes filles qui l'accompagnaient.

— Bon... hum. Carla, veux-tu vérifier l'état de Madame Lévy ?

Carla a timidement acquiescé, a posé son carnet de notes sur la table, et s'est approchée de moi.

J'ai donné des coups de coudes à mes deux colocataires de lit, afin qu'ils daignent lever leurs séants.

Message compris.

Carla a approché son visage du mien et a fait des commentaires plus ou moins ragoûtants à mon propos (« les plaies sont purulentes par endroits » « présence d'hématomes dans la zone péri-nasale »....) en jetant des regards en coin à l'infirmière afin de vérifier si oui ou non elle était en train de raconter un ramassis d'âneries.

Visiblement, son diagnostic était correct. J'avais bel et bien une gueule de poilu post-combat.

Puis Carla m'a pris la tension, m'a enfoncé un thermomètre au fond de l'oreille (je précise), et a passé le relais à Lucie.

L'infirmière m'a dit qu'un médecin passerait me voir demain matin avant ma sortie, mais que je risque d'être en arrêt maladie pendant quelques jours, puis toutes trois ont quitté la chambre.

— Pas mal, la stagiaire, j'aurai bien aimé qu'elle approche sa tête de moi comme ça, je lui aurai roulé une de ces galoches!

Alex doit être parent avec Baudelaire.

— C'est top si tu sors demain! a lancé Anna.

— Mouai... achetez moi une cagoule.

— J'ai prévenu, au boulot, j'ai contacté la vieille, m'annonce Lily. J'ai dû appeler chez elle vu qu'on est dimanche, elle était un peu blasée. Mais elle a une remplaçante sous le coude pour la semaine. Une toute jeune, un peu cruche, mais sympa, je la connais. Elle s'appelle Dana.

La vieille, c'est Madame Gerber (prononcer Gèrbèèère....), la directrice de l'école Saint-Louis, cliché vivant du tyran de

base, genre la dirlo dans le film *Mathilda* je ne sais pas si vous situez ?
Quand Lily m'a balancé ça, de façon nonchalante, j'ai été prise de sueurs froides.
— Lily...tu lui as dit quoi à la vioque ? Tu lui as parlé de ma cascade post-bourrage de gueule?!
— T'es barge ma vieille, je lui ai dit que t'avais fait une chute sur une plaque de verglas.
— Il fait dix degrés mais soit...
Lily m'a alors regardé d'un drôle d'air avant de me dire, sur ce ton nonchalant dont elle seule a le secret :
— C'est toujours mieux que de dire que t'étais dans un état pitoyable et que t'as escaladé un lampadaire en chantant une chanson pirate, puis que tu t'es étalée sur le trottoir comme une bouse, en chialant, en hurlant, en appelant "Françoooois! Françoooois!", puis qu'après tu as vomi sur l'ambulancier, puis encore pendant le trajet, et une fois arrivée aux urgences tu tenais absolument à faire une course en chaise roulante avec un infirmier, que tu as baptisé Big Daddy pour une raison obscure, tandis qu'il essayait de te maintenir allongée sur le brancard. Mais il a refusé la course alors tu l'as insulté, puis un médecin t'a injecté un truc pour te calmer, tu as essayé de lui pincer les fesses en riant comme une demeurée, et t'as fini la nuit dans un état second, à marmonner des trucs incompréhensibles. Voilà, donc la version « plaque de verglas » est tout de même plus judicieuse.
Silence.
Silence.
Méga silence.
Je choisis de le rompre.

— J'ai pas réussi à lui pincer les fesses, au toubib?
Non, j'ai rien trouvé de mieux à dire.
— Nan mais c'était bien tenté.
Merci Alex, de me soutenir.
Les filles semblent très intéressées par la déco inexistante de la chambre. Je les entends presque siffloter. Je sais ce qu'elles pensent, elles ont honte pour moi, et tout le toutim...
— Hého! Stop! C'est bon, j'ai déconné! Je le sais! Oui, si je croise cet infirmier, Big Daddy ou je ne sais quoi, j'aurai envie de mourir sur place, et de même avec le toubib....mais il s'avère que ce qui est fait est fait. Je ne pourrais pas revenir sur le passé.
Mes amis me jettent des regards surpris. Je m'étonne moi-même de prendre si bien la situation. Je dois être en phase de déni, je ne réalise pas totalement. Il faut dire que de ne pas se rappeler de certains évènements, ça aide à les assumer. J'ai presque l'impression que la personne qu'a décrite Lily il y a cinq minutes, m'est totalement étrangère.
— C'est cool que tu le prennes comme ça, Jo..., commence doucement Sandra. On avait un peu peur de ta réaction, je l'avoue. Surtout quand Lily t'a raconté que t'appelais François après ta chute...
— Je suis presque sure qu'elle a aussi appelé "Denis" dans la foulée, non ?
Merci Alex.
Lily a confirmé.
— Oui effectivement, sur le coup je n'avais pas vraiment compris, mais maintenant que tu le dis... il faut dire qu'avec le bruit des vomissements, ses paroles n'étaient pas vraiment audibles.

Je suis entourée d'amis sans cœur, ils doivent être proches de la date de péremption.
— Vraiment pas mal, ces chocolats.
Alex a le chic pour ponctuer les moments un peu tendus d'informations totalement débiles.
Sandra a alors allumé la télé et on a passé deux heures devant *Les filles d'à côté* et *Alerte à Malibu*.
Puis ils se sont levés, m'ont salué, m'ont souhaité bon courage, et se sont barrés. Alex a bien pris soin de vider toutes les boîtes de chocolat avant de partir, pour que je me retrouve totalement seule et définitivement dépourvue de réconfort.
J'ai passé ma soirée devant *Filles TV* à regarder toutes les daubes les plus merdiques que l'Homme ait conçu pour occuper les sous-âmes dans mon genre.
Puis je me suis endormie après avoir avalé l'immonde soupe de l'hôpital, accompagnée de son plat non identifiable qui avait un arrière-goût certain de périmé.
La Hyène a refait son apparition, trainant derrière elle son légendaire sourire de sorcière vaudou, elle m'a pris deux ou trois tensions pour la forme, et m'a enfin foutu la paix afin que je passe une nuit sans rêves, seule au fond de mon lit aux draps immaculés.

CHAPITRE VI
« Bon rétablissement »

Je me réveille. Tête endolorie. Vais-je un jour guérir ?
Je dramatise tout, c'est comme ça.
Un des agents du service hospitalier a déjà déposé le plateau du petit-déjeuner sur ma tablette, en toute discrétion (traduction : après avoir ouvert violemment le volet de ma chambre en braillant des inepties à son collègue qui attendait dans le couloir).
Qu'y a-t-il au menu ce matin ?
Tisane verveine, pain, beurre, confiture à la saveur inconnue.
Existe-t-il des mets plus délicats ?
Oho, mais qui entre dans ma chambre à l'instant ?
Beau gosse ! Grand, blond, musclé, bien moulé dans sa blouse d'infirmier. Ken en personne.
— Bonjour mademoiselle Lévy, comment allez-vous ce matin ?
Il semble me connaitre.
Et son sourire au coin des lèvres ne me dit rien qui vaille...
Flash-back.
Oups. Big daddy !
Je ne sais plus où me foutre. Je rougis.
— Heu... ça va... je m'excuse pour l'autre soir, j'étais pas vraiment dans mon état normal...
Il sourit, s'approche de mon lit d'un déhanché sexy.
— Ne vous inquiétez pas, on a l'habitude ici, on accueille chaque soir des sans-abris alcoolisés jusqu'à la moelle.

Je souligne la comparaison avec le clodo, mais je décide de passer outre.

Il me prend la tension (original non ?), et examine mon visage de près. De très près.

Trop près.

Bon il va se reculer, bordel ? Je viens de me réveiller, je dois refouler du goulot genre « macchabée de huit jours ».

J'ai envie de soupirer pour lui faire comprendre le message, mais je risque de l'achever illico.

Heureusement, il choisit de dégager le périmètre avant le coup d'envoi.

— Bon et bien, vous devriez sortir aujourd'hui, c'est bien ça ? Le médecin passera vous voir après, mais a priori, tout parait correct.

— Parfait… merci.

Il me sourit, se dirige vers la porte, puis se retourne, hésitant, et finit par me dire :

— Si j'étais à votre place, je garderai mes mains dans mes poches cette fois-ci. L'autre soir, il a excusé votre comportement, mais sachez que Docteur Tess n'apprécie pas trop qu'on lui mette la main au derrière.

Deuxième rougissement de ma part.

Big Daddy sort de ma chambre en me souhaitant un « bon rétablissement », m'abandonnant ainsi au Pays de la Honte.

Je me noie dans ma tisane verveine.

Deux heures plus tard, alors que je tourne en rond dans ma chambre après avoir fait ma toilette, rangé mes affaires, et regardé trois fois la météo sur trois chaînes différentes dont une en allemand, on toque à la porte.

Pas la peine d'autoriser mes visiteurs à entrer, la machine hospitalière étant un vrai moulin, personne n'attend de réponse de ma part.

L'infirmière Lucie entre, suivie des stagiaires de la veille et d'un type que je présume être le médecin à qui j'ai tenté de tripoter le postérieur.

Ils me saluent tous poliment, même si je perçois une légère tension dans le secteur du Docteur Tess.

— Ne vous inquiétez pas, ce n'était pas un TOC, je ne vais pas vous pincer les miches ce matin.

Jo, ma vieille, il faudrait apprendre à te taire.

J'ai essayé de détendre l'atmosphère, mais ça n'a pas pris.

Le médecin m'examine rapidos, autorise Lucie à me relâcher dans la nature, me précise que je serai en arrêt jusqu'aux vacances parce qu'il a peur que ma tête n'effraie mes élèves (je vous le promets, il m'a dit ça) et il quitte la chambre comme si j'allais lui bondir dessus d'un instant à l'autre.

Lucie ressort, suivie des deux étudiantes, me promettant de revenir rapidement avec les papiers de sortie, l'arrêt maladie, et l'ordonnance médicale.

Deux semaines d'arrêt pour une seule soirée de beuverie, c'est cher payé.

J'attends, sagement, et j'en profite pour envoyer un message à Alex, qui est censé venir me récupérer.

Lucie revient trente minutes plus tard, me livre la paperasse, me souhaite un « bon rétablissement », et quitte la chambre définitivement.

Alex n'a pas répondu à mon message.

Il doit encore dormir.

J'attends.

J'essaie de l'appeler... rien à faire. Il ne décroche pas.
Désespérée, je me tourne vers l'unique personne (à part Alex) qui ne travaille pas, ou du moins, plus : ma mère. Mon père étant en arrêt maladie depuis deux mois pour raison de fracture à la jambe, ce n'est certainement pas lui qui va venir me chercher en clopinant. Il est chef de chantier, et une scie électrique lui est malencontreusement tombée dessus.
J'appelle ma mère sur son portable.
Ça sonne, ça sonne... répondeur. « Vous êtes bien sur la messagerie de Béatrice Lévy, je ne suis pas disposée à vous répondre, mais rappelez-moi plus tard.... Voilà, j'ai fini. BERNARD ! Comment on éteint ? Comment je fais, j'ai fini d'enregistrer le message ! BERNARD ! Qu'est-ce que tu fous, merde ? »
Faudrait vraiment que je dise à ma mère de changer son message.
Je parle après son foutu « bip » sonore, en sachant pertinemment que ma génitrice ignore totalement comment écouter mon message.
Mais j'ai que ça à faire.
Ah tiens, elle me rappelle.
— Jo ? Ma chérie ? Tu as essayé de me joindre ? Je suis désolée, je ne sais pas utiliser mon nouveau téléphone, c'est un tactile.
— Mais pourquoi t'en prends un tactile maman ? Y en font des supers maintenant, pour les vieux, tu sais, avec des écrans géants, pour les bigleux ?
— Je t'en prie ! Dis tout de suite que j'suis bonne à jeter !
J'étais sûre qu'elle allait mal le prendre.

— Mais non maman, mais non... dis-moi, est-ce que t'es occupée là ?
— Oui.
— Ah... à quoi ?
— Je raccommode les slips de ton père.
Charmant.
— C'est urgent ? Tu ne peux pas venir me récupérer à l'hôpital ? Alex ne décroche pas son téléphone, il était censé venir...
— Là tu tombes mal, ça m'embête un peu.
Je rêve ?
— Ça t'embête de me récupérer à l'hôpital parce que tu raccommodes les slips de mon père ??
— Non, parce qu'y'a une rediffusion de *Derrick* dans vingt minutes, je peux pas louper ça. Je peux te récupérer demain ?
Nan mais attendez, elle est sérieuse là ?
— Maman, je ne suis pas à l'hôtel, je suis à l'hôpital. Je ne vais pas me fader une nuit de plus dans cette chambre parce que personne ne m'aime assez pour venir me chercher, merde !!
— Et François ?
Ah oui, elle n'est toujours pas au courant des récents évènements.
— François ne fait plus partie de ma vie, maman.
— Ah bon ?
— Oui, mais je n'ai pas du tout envie de parler de ça au téléphone.
— Je comprends... qu'est ce qui s'est passé ?

— Maman, t'es sourde ou quoi ? Je ne discuterai pas de cet enfoiré maintenant, alors si tu ne veux pas venir me chercher, je me débrouillerai autrement.

— Oh, c'est bon, c'est bon... je vais voir si ton père peut enregistrer *Derrick* alors, parce que c'est un épisode crucial.

Elle raccroche.

Ou plutôt, elle croit raccrocher : « BERNARD ? Tu peux enregistrer *Derrick*, je dois chercher la Josette à l'hosto, et en plus, elle vient de se faire larguer ! »

Merci maman. Que de compassion, dans tes paroles.

Je raccroche pour m'épargner la suite de leur échange.

Je quitte la chambre, et décide d'attendre ma tendre mère sur le parvis de l'hôpital.

Elle arrive, quinze minutes après, au volant de sa *Twingo* orange, ses lunettes de soleil *Prada* au bout du nez. Elle pile devant moi, ouvre la fenêtre du côté passager et me demande de mettre mon sac dans le coffre, parce qu'elle ne sait pas où il a traîné, et elle craint par-dessus tout les maladies nosocomiales.

J'obéis avant de m'installer à côté d'elle.

Elle me regarde attentivement par-dessus ses lunettes de soleil, puis ouvre la boîte à gant et en sort une solution hydro-alcoolique.

— Tiens, me dit-elle en me tendant son butin. Lave-toi bien les mains avec ça. Et en rentrant, pense à prendre une douche.

— Maman, j'ai plus douze ans.

Elle me jette un dernier regard qui signifie clairement « t'as pas douze ans mais tu es tout de même tombée d'un lampadaire y'a deux jours », et démarre la voiture.

Ma mère conduit comme une tarée. Elle ignore royalement la plupart des priorités à droite, et si un piéton a le malheur d'essayer de traverser quand elle s'approche, il peut commencer à faire sa prière.

Elle me dépose enfin devant l'entrée de mon immeuble (en vie).

Elle se tourne vers moi, me regarde par-dessus ses lunettes de soleil, soupire, puis me sort ça :

— Honnêtement, chérie, tu devrais faire quelque chose avec tes cheveux. Ça ne va pas du tout.

— Pardon ?

— Josette, tu es toute dégradée. Tu dois te reprendre ma chérie. Prends soin de toi. Si tu ne le fais pas, aucun homme ne voudra de toi.

— T'es en train de dire à te propre fille qu'elle est laide, et qu'elle restera éternellement célibataire, tu te rends compte ?!

— Et voilà, tu exagères toujours ! Je disais seulement que si tu ne respectes pas ton apparence, alors personne ne pourra t'apprécier à ta juste valeur. Et arrête de grimper aux lampadaires et de m'abîmer ce beau visage, parce que j'ai galéré pendant neuf mois à concevoir ce corps que tu détruis aujourd'hui avec ton comportement d'adolescente. Moi qui pensais que tu avais trouvé le bon, maintenant je ne vais à nouveau passer des nuits blanches à me soucier de ton avenir merdique et incertain.

Je ne sais que répondre. Je reste muette.

— C'était un homme bien, dommage. Vous auriez fait de beaux enfants, m'achève-t-elle en soupirant.

— Mais crotte et bouse, maman ! Je sors de l'hôpital, je suis désespérée, j'ai trente ans, je viens de me faire larguer par

un homme parce qu'il a trouvé une lycéenne pour me remplacer, et toi tu rappliques au beau milieu de ce joyeux bordel ? Tu devrais me remonter le moral !
Et là, elle me fait un air bizarre, avec les yeux dans le vague, le regard fixé droit devant elle, les mains sur le volant.

— On ne peut rien faire contre la jeunesse. On vieillit, et les hommes finissent par nous remplacer. C'est ainsi.

J'ai envie de pleurer, mais je me retiens. Je crois que c'est la plus longue discussion que j'ai eu avec elle depuis des années. Et la pire. Un long silence s'installe entre nous. Je décide de sortir de la voiture.

Je récupère mon sac dans le coffre sans un mot, et la regarde démarrer en trombe. *Derrick* l'attend.

Les relations mère-fille que nous entretenons ces derniers temps sont plutôt du genre glacial. Quant à mon père, il passe la moitié de ses journées au travail, et l'autre moitié à trouer ses slips, que sa femme raccommodera par la suite.

C'est le cycle de la vie.

Je soupire en levant la tête vers la fenêtre de mon appartement. Maison, me revoilà !

Sans plus attendre, j'entre dans l'immeuble, grimpe les marches en clopinant, et parviens devant ma porte.

Qui s'ouvre à la volée.

Ils sont tous là ! Sandra, Lily, Anna… et Alex ?

— Alex ! Qu'est-ce que tu fiches ici ? Tu devais me chercher à l'hosto ! Je me suis coltinée ma mère, et ça n'a pas été franchement une réussite.

— Ah ouai, j'me disais aussi… mais bon le principal c'est que tu sois arrivée non ?

Ce mec a atteint le fond du gouffre de la débilité suprême.

J'ignore royalement sa réponse, et pars m'affaler sur le canapé en prenant soin d'enlever mes bottes avant.

Mes compagnons me suivent, un sourire aux lèvres. Très étrange comme affaire.

Mon affalement est alors interrompu brutalement : une chose se trouve déjà sur le canapé.

— C'est QUOI ça ?

Une bestiole pour le moins affreuse trône là, chauve à souhait, parée de ridicules touffes de poils au bout de la queue, et au niveau des oreilles. Je ne vous parle pas des pattes : on dirait que la créature a dérobé les bottes des *Abba* afin de les recouvrir d'une pilosité foisonnante.

C'est Lily qui offre une réponse à ma question.

— Bah c'est ton chiot ! Surprise !

Je me tourne vers elle. Elle me regarde, les bras grands ouverts, prêts à m'y accueillir pour une séance câlins.

— Lily…. Tu te moques de moi ?

Son sourire disparait.

— Mais… pourquoi ? Je t'en avais parlé ! Tu étais d'accord non ? On pensait que ça te ferait plaisir de le trouver à ton retour de l'hôpital !

Je vois les trois autres acquiescer vivement de la tête.

— C'est l'année des S…., précise Sandra, sans doute dans l'espoir de sauver l'affaire.

L'année des S ? Et alors ?

— Faut que tu lui trouves un prénom en S…, renchérit Anna.

Je les regarde, comme s'ils venaient de débarquer d'une autre planète, puis me tourne à nouveau vers Lily.

— Excuse-moi, mais cette créature n'a rien à voir avec l'adorable boule de poils que j'ai vu sur *Google* l'autre soir après avoir tapé « chien japonais »…

— Ah mais non… je t'ai dit japonais ? C'est un chien chinois en réalité. Chien chinois à crête, pour être précise. Mais bon, c'est presque pareil non ?

— *Shrek*, ça lui irait bien.

Ça, c'était le commentaire d'Alex, vous l'aviez deviné.

Bon, l'heure est grave. Je dois décider si oui ou non je décide de garder la bestiole qui a pris possession de mon canapé.

Je m'assois à côté de lui. Ou elle ?

— C'est un mâle ou une femelle ?

— Une femelle, me répond Lily en prenant place sur le fauteuil près de moi.

J'analyse le chiot. Bon, il a un physique ingrat, on ne dira pas le contraire…

Soudain, sans crier gare, il saute sur mes genoux, et vient me lécher le cou en remuant sa touffe de poil qui lui sert de queue.

L'attaque est brusque, mais pas si désagréable.

Je pose une main sur le chiot, ce qui semble l'encourager.

Deux ou trois léchouilles plus tard, il se roule en boule sur mes genoux, et s'apaise.

Mes amis me regardent, impatients de connaitre le verdict.

— Il est moche, mais je le garde.

Ces mots sont sortis un peu malgré moi de ma bouche.

Mais Lily pousse un soupir de soulagement.

— Ouf ! Tu verras, je suis sure qu'elle sera adorable ! En plus, nous l'avons déjà payée, ça aurait été dommage !

Hum… combien elle avait dit déjà ?

— Sept cents euros, c'est ça ?

— C'est ça... mais on a décidé de te l'offrir, tous ensemble. Comme un cadeau pour t'encourager à reprendre du poil de la bête.

Je n'en crois pas mes oreilles.

— Quoi ? Mais vous êtes malades ?!

— C'est pour toi, ma Jo ! s'écrie Sandra en s'approchant de moi.

Je me lève en déposant le chiot sur le canapé.

Elle me prend dans ses bras.

Je sens les larmes me monter aux yeux.

— Vous êtes adorables ! C'est... c'est trop chou ! Je l'aimerais comme ma propre fille ! Enfin, presque.

Je jette un regard sur le chiot qui est maintenant assis et me fixe. Il a des yeux globuleux.

— Saucisse ? lance Alex.

— Saucisse ?

— Bah ouai, pour le prénom en S.

— Je ne vais pas appeler ce chien Saucisse, Alex. Je suis barge, certes, mais y'a des limites.

— T'es pas fun, Jo.

— Peut-être.

— Mon frangin et son sens de l'humour... commente Anna. En tout cas, j'espère que tu vas vite te rétablir, ma vieille.

— Je crois que ta remplaçante se plait bien dans ta classe (ironie). Elle est devenue le nouveau jouet de tes gamins (pas ironie), m'annonce Lily avec un sourire sadique.

En résumé, mes chères têtes blondes se paient sa tête. Ils doivent lui avoir fait le coup de la punaise sur la chaise, c'est un classique.

Je ressens un élan d'affection envers eux. Même pour le p'tit Jean, qui m'en a fait pourtant baver. Celui-là... incapable de finir une ligne de « o » correctement. C'est pas compliqué pourtant non ? C'est pas la lettre la plus débile du monde le « o » ?

— Je pourrais bientôt revenir de toute façon. Deux semaines d'arrêt, puis les deux semaines des vacances de Noël, et j'aurai repris ma vie en main !

Je me dirige vers le guéridon pour vérifier dans mon agenda les dates de reprise en janvier.

Problème : je ne trouve pas le guéridon.

— Où est passé mon guéridon ??

Silence.

— C'est François, me répond Alex en caressant nonchalamment la tête de mon chiot.

— François ? Comment ça ?

— Il est passé ce matin, pour récupérer ses affaires.

L'enfoiré ! Il m'avait dit qu'il me laissait les meubles, non ?

— Il a rien dit ? Il est juste passé, a cambriolé mon appart et s'est barré ?

— Il a laissé un message pour toi, répond Anna en me tendant une enveloppe.

D'une main tremblante, je me saisis d'elle. De l'enveloppe, pas d'Anna.

Je me rassois sur le canapé, où mes amis viennent me rejoindre. On est un peu serrés, mais c'est chouette quand même.

J'ouvre.

Bon, c'est pas très long... quelques lignes.

« Jo,

J'ai appris pour ton hospitalisation. Tu as encore joué les kamikazes ? Faut que t'arrêtes l'alcool, tu sais que ça te réussit pas. Je suis passé récupérer mes affaires. Je t'ai laissé les sous-vêtements et les pulls que tu m'as offerts, je veux tirer un trait sur le passé. Donne-les à des pauvres, ou brûle-les, à ta guise. J'ai repris le guéridon, Chloé a flashé dessus, et comme c'était moi qui l'avais payé... allez, bon rétablissement. François. »

Je rêve.

J'hallucine.

Il ose... il a osé... il a...

— Ramené sa lycéenne ICI ???

Sandra me jette un regard de pitié en répondant un faible

— Oui.

— Mais pourquoi vous l'avez laissé entrer ??

— C'est que... ils ne nous ont pas vraiment laissé le choix, renchérit Lily.

— Et ce saligaud ose préciser qu'il m'a laissé ses vieux calbuts et tous les cadeaux que je lui avais offerts ? Il me prend pour qui ? *Louis la Brocante* ?!

Je suis hors de moi. Cette lettre est une véritable insulte. Comment un homme avec qui j'ai vécu durant autant d'années, peut manquer autant de respect à mon égard aujourd'hui ?

C'est incroyable !

Je déchire l'enveloppe et la lettre, et cours les jeter à la poubelle.

Au passage, je trébuche sur un carton. C'est quoi ce truc encore ?

Folle de rage, je lui assène un bon coup de pied.

Puis je le ramasse.

Mince, le colis d'Almenzo ! Je l'avais oublié celui-là. Il contient les deux billets pour un séjour romantique à Paris...

Mes yeux se posent lentement sur l'adresse de provenance du colis.

Londres. London. (Oui je suis bilingue. Ou presque. Ou pas.)

L'Angleterre. Ah... ça fait rêver non ?

Je sens soudainement toute haine me quitter, pour faire place à un étrange sentiment d'excitation.

Je sais ce dont j'ai besoin : un bon voyage de l'autre côté de la Manche, rien de tel pour me changer les idées. Pour fuir les propos de ma mère, ma triste réalité, ma rupture. Tant pis pour Paris, c'est pas assez loin de François. Je sais ce que vous pensez « fuir la réalité n'arrangera rien, elle sera toujours là au retour ». Avec une voix de sage, du type *Gandalf*. Mais si, figurez-vous, ce dont j'ai besoin, c'est de changer d'air, de m'évader, de prendre du temps pour moi.

Je reviens dans le salon, où mes amis sont alignés sur le canapé, attendant certainement le moment propice pour tenter d'apaiser ma colère.

Je leur souris. Ils paraissent surpris de ma réaction.

— Les mecs... chers amis...j'ai pris une grande décision.... qui veut se barrer avec moi à Londres ?

CHAPITRE VII
Voyage en terre inconnue

Mais bouse, Alex, magne toi ! On va louper la navette !

Bon, ça fait une heure que je suis au taquet. Billets d'avion : check, billets pour la navette jusqu'à l'aéroport : check, euros convertis en livres anglaises : check, Surimi déposée chez Lily : check.

Surimi, c'est mon chiot. Je lui ai enfin trouvé un nom potable.

Voilà, je me barre à Londres. Mon arrêt maladie est arrivé à son terme. C'est les vacances ! Je me carapate. Pendant deux semaines. J'me suis lâchée, oui. On va passer Noël et Nouvel an là-bas. J'ai prévenu Almanzo la semaine dernière, et Alex et moi nous envolons aujourd'hui même pour le pays d'*Harry Potter*, *Mary Poppins*, *Sweeney Todd*, *Peter Pan*, et toute la clique. Les autres n'ont pas pu nous accompagner hélas. Sandra parce qu'elle a prévu une virée en amoureux avec Ben ce week-end, et Lily et Sandra pour raisons professionnelles. Faut dire qu'Alex est au chômage, ça aide. Toujours frais et disponible !

Pendant mes deux semaines d'arrêt de travail, je me suis documentée à fond sur la ville, les lieux à visiter, et je suis allée m'acheter quelques bricoles vestimentaires pour affronter le froid londonien. Je n'ai pas chômé ! Mon père m'a appelé hier pour me souhaiter un bon vol. S'il était au courant de ma dernière conversation avec ma mère, il n'a rien laissé paraître.

— Tout ira bien, ma fille. Tu trouveras un homme qui te mériteras, et tu seras enfin heureuse pour de bon, j'en suis sûr.

— J'espère, papa... et toi, ta jambe ?

— Ça va mieux, merci, le médecin m'a dit que je pourrai reprendre le travail après les fêtes, si j'y vais doucement. Je dois reprendre le chantier du nouveau théâtre.

— Parfait ! Et à la maison, ça va ?

— Ça va... ta mère est en train de raccommoder mes slips. C'est une lubie ou quoi ?

— D'accord... je dois te laisser, j'ai encore des choses à fignoler !

— A bientôt ma Jo. Je t'aime. Bon vol, amuse-toi bien chez ton frère.

C'est toujours agréable de s'entendre dire ça, et c'est le sourire aux lèvres que j'ai raccroché le combiné.

Niveau santé, mes hématomes se sont bien atténués, et je n'ai quasiment plus de courbatures. J'ai une tête à nouveau humaine, et je perçois même un sourire revenir sur mon visage petit à petit. Niveau tignasse, ça craint. Je fais concurrence à *Cruella d'Enfer*. Et mon entorse... je m'y fait. La douleur est toujours présente, mais largement atténuée.

Je ne vous raconte pas l'argent qu'on a déboursé pour trouver des billets d'avion à cette période de l'année. Alex a même hésité à revendre Surimi sur le *Bon Coin*. J'ai refusé net. Je lui ai dit qu'il n'avait qu'à vendre Flammekueche. Il l'a fait.

Bon en fait non, mais il était à deux doigts de le faire, j'ai dû le retenir. Finalement, il l'a confié à sa frangine.

Du coup il a emprunté de l'argent à son père, qui n'en a plus vraiment d'utilité puisque ses dernières passions dans la vie se cantonnent à la pêche à la truite et au mini-golf.

Alex est en train de se battre avec sa valise. En arrivant chez moi ce matin, il a ressenti une envie soudaine de me dévoiler son contenu afin que je vérifie qu'il n'a rien oublié. Cet homme est un enfant.

Bon, à vrai dire, il avait oublié ses slips. Heureusement, il restait ceux que François a laissé, je lui en ai donc fait cadeau.

Almanzo est enchanté de nous accueillir. Il a acheté un appartement à Covent Garden, proche de son lieu de travail. Je me réjouis à la perspective de passer deux semaines loin de mes emmerdes sentimentales.

— Bon allez Alex, on peut plus attendre là !
— Mais viens m'aider au lieu de râler !

Je dépose mes affaires, soupire, et m'approche de lui.

— Assieds-toi sur la valise, je ferme la tirette, m'ordonne-t-il.
— Et pourquoi on ne ferait pas l'inverse, je te prie ?
— Parce que ton postérieur occupe une plus grande surface que le mien, voilà tout.

Je lui déclenche une baffe avant de m'asseoir sur sa foutue valise. Pas le temps de répliquer, on est pressés. Mais il ne perd rien pour attendre.

Quand il a enfin fini de la boucler (sa valise), je regarde ma montre. Super... il est six heures du matin. La navette arrive dans vingt minutes et on a au moins huit arrêts de tram avant d'y arriver.

J'attrape mes affaires et le bras d'Alex, que j'expulse littéralement hors de l'appartement. Je ferme à double tour ma porte, me retourne afin de dévaler l'escalier. Pas le temps d'attendre l'ascenseur.

Qui est-ce qu'on croise, qui sort de chez lui ? Denis, évidemment. J'ai réussi à l'éviter toute la semaine, et voilà qu'il rapplique.

— B'jour, je lui lance au passage.
— Bonjour Jo ! Bonne journée !
— Ouai...
— On part à Londres ! lui crie Alex en descendant l'escalier.

Pourquoi diable lui a-t-il fourni cette information inutile ?

— Quelle chance ! Bon voyage alors ! Profitez-en !

Je me retourne une dernière fois vers lui. Il me sourit, et me fait un clin d'œil.

Un clin d'œil !!

Mon cerveau n'a pas le temps de se mettre en mode ON, Alex tire sur mon bras à son tour et nous courons sur le trottoir jusqu'à l'arrêt de tram le plus proche. Bonheur, chance, joie, il y en a un qui vient d'arriver.

On s'en fiche, on ne paie pas. Pas de contrôleurs à cette heure-ci.

Le tram démarre, lentement... c'est fou ce que c'est lent.

— C'est bon, t'as tous les papiers ? me demande Alex.
— Oui oui, j'ai vérifié il y a dix minutes.

Je revérifie. Juste au cas où.

C'est bon !

Enfin le tram nous dépose à destination. La navette est déjà là et une tripotée de gens s'affaire autour. Je me dirige rapidement vers le conducteur et lui présente nos titres de transport. Il s'empare de nos valises et les balance dans la soute. Quelle délicatesse. S'il a bousillé mon nouveau sèche-cheveux, je l'étripe. Cela dit, je me rends compte que c'était peut-être stupide d'emmener mon sèche-cheveux, mon frangin en a probablement un.

Alex et moi grimpons dans le car, qui est déjà quasiment rempli de touristes en tout genre, du grabataire périmé, au couple sans enfant, en passant par la famille nombreuse (chien inclus).

En tout cas, il y a des mioches partout. Y'en a qui dorment, y'en a qui braillent, y'en a qui dorment en braillant, celui-là, au fond, tire les cheveux de sa sœur qui lui fourre son doigt dans le nez pour se venger, tandis que cette petite fille près de la fenêtre fait des dessins dans la buée sur la vitre. Je nous dégote deux places le plus éloignées possible de la marmaille. Chose qui est loin d'être simple puisque nous sommes dans un car, rappelons-le.

Les bagages sont chargés, le chauffeur grimpe à son tour, s'installe derrière son volant, et nous passe la classique annonce-micro, nous indiquant que nous en avons pour environ vingt minutes de trajet jusqu'à l'aéroport de Strasbourg, qu'on ne doit pas fumer dans le car, et que les enfants sont priés de rester assis. Je pense que cette dernière précision est due au fait que le mioche-tireur-de-cheveux-au-fond-du-car vient de courir dans l'allée principale en pleurant (sa sœur a dû y aller un peu fort, avec son pif).

Bref, la navette démarre et nous laissons derrière nous ma ville natale, qui s'éloigne petit à petit dans la brume matinale. Enfin, c'est pas elle qui s'éloigne, mais le car. Vous m'aviez comprise.

Je ne suis pas vraiment fan de ces trajets en bus dès le matin, je ne sais jamais comment m'occuper. Je ne peux pas lire, mon estomac n'apprécie que moyennement ce

genre d'activités. Allez savoir pourquoi, c'est complètement con, étant donné que ce sont mes yeux qui lisent, et non mes viscères.
Alex a déjà collé ses écouteurs sur ses oreilles, et il dort. Je rêve. Il DORT. Ça fait à peine trois minutes qu'on est partis.
Je sors mon mp3 à mon tour. Je l'ai acheté exprès, pour l'occasion.
Je me passe du Claude François, du Dalida, et même (ne me jugez pas), du Jean-Luc Lahaye.
Du coup ça me donne envie de danser, en mode années 80, vous voyez ? Je ferme les yeux, essayant de me détendre et de réprimer ce soudain désir de bouger mon corps au rythme de la musique…
….

…

— JO ! DEBOUT !
Alex me hurle dans l'oreille, littéralement. J'ouvre les yeux en sursautant.
— Mais pourquoi tu hurles ?!
— On est arrivés, ça fait deux minutes que j'essaie de te réveiller ma vieille ! Debout !
Je regarde dehors. Effectivement, la navette est à l'arrêt, quasiment vide.
Je me réveille d'un coup, pour de bon, me lève, rassemble mes affaires, récupère ma valise, et nous voilà dans le hall principal de l'aéroport.
Des gens s'affairent autour de nous, trainant leurs valises ou leurs enfants.
On repère rapidement notre guichet pour effectuer le check-in.

On se rajoute à la file, impatients d'être libérés de nos valises. Enfin, c'est à nous. Une jeune femme blonde nous accueille, avec un méga sourire de poupée *Barbie*.
Papiers, passeports, valoches, billets d'avion, et c'est parti ! Bye bye valise ! Je la regarde s'éloigner sur le tapis roulant puis disparaitre.
Après quoi, on se balade dans l'aéroport, en bons gros touristes... d'ailleurs Alex a déjà dégainé son appareil photo et bombarde de flash tout et n'importe quoi.
— Vas-y Jo, tu veux pas prendre la pose devant l'avion ?
Ledit avion est une maquette géante en carton, d'un des appareils d'*Air France*.
— Nan, Alex, j'ai pas envie de prendre la pose. J'ai faim.
Cool, l'homme considère mon appel à l'aide et m'offre avec bonté un sandwich à quatorze euros.
Après une heure interminable d'attente, on se dirige enfin vers la porte d'embarquement. Je vous passe les détails concernant le passage aux douanes.
Bon, d'accord. J'ai sonné. J'ai sonné à foison même. Enfin, pas moi, mais ce stupide portique à la noix. Une nénette s'est approchée de moi, en mode gendarme qui fait flipper, elle m'a lorgnée comme si j'étais une bouse vêtue d'un jean, et a commencé à me passer au scanner. Avec sa machine comme pour valider les codes-barres, au supermarché.
Elle a passé au moins cinq minutes à me trifouiller, à me palper la devanture, avant de s'apercevoir que ce qui bipait, c'était en réalité un petit cœur en métal qui ornait ma culotte.
Rouge de honte, j'ai récupéré ma valise, et c'est sous le regard cruel de cette bonne femme que j'ai rejoint Alex.
— Mais qu'est-ce que t'as foutu ?

— J'avais une culotte qui bipait.
— Ah.
C'est ça qui est bien avec Alex, tout lui paraît normal. Il ne me juge pas et n'a jamais un œil critique sur ma personne.
On s'assied sur les chaises de la porte d'embarquement, et rapidement, les hôtesses et les stewards déboulent, en file indienne. C'est toujours un spectacle de les voir arriver. Comme des stars, des héros de film américain.
Bref.
Ils vérifient nos identités et nos billets, enfin, une fois que les premières classes sont passées devant nous, bien sûr.
Et, enfin, nous voilà dans l'avion.
J'adore l'avion.
— Je peux aller au hublot ? me demande Alex en rangeant son bagage à main dans les compartiments au-dessus de nos têtes.
— Ouai, mais j'irai au retour alors !
— On verra.
Il est sérieux là ?
Je ne réponds rien, et m'installe à côté de lui.
Les nénettes commencent leur pitch, une fois qu'on est tous bien assis, les uns derrière les autres, alignés, comme en classe. Elles déblatèrent leurs mesures de sécurité, nous indiquent les issues de secours, nous montrent comment boucler la ceinture (est-ce qu'on ne nous prendrait pas pour des crétins par hasard?), comment gonfler le gilet de sauvetage si jamais on se plante, comment utiliser le sifflet comme dans *Titanic*, elles ajoutent qu'on doit d'abord mettre son propre masque à oxygène avant d'aider quelqu'un (chacun pour sa pomme, en somme) et comment

on doit tous se vautrer sur le toboggan gonflable en cas d'amerrissage, mais tout ça dans le calme, bien sûr.

Pour ma part, je pense qu'avant tout ce bordel, les gens sont zen, tranquillous, en mode « on part en voyaaaaage ! » mais une fois qu'on leur rappelle qu'on risque de tous crever pendant le vol, ça les calme vite fait.

C'est pareil pour moi, je flippe un peu maintenant.

Alex, quant à lui, n'a rien écouté. Il bouquine le magazine *Duty Free* et a même déjà mis un trait à côté des articles qu'il compte acheter.

Je ferme les yeux et tente de me détendre avant le décollage. Je pense à Almanzo, Surimi, Anna, Lily, Sandra, à ma mère, mon père, à *Derrick*, à Big Daddy ... au clin d'œil de Denis. Pourquoi a t'il fait ça ?? Un clin d'œil à six heures du mat', comme ça, gratuitement ?

Je n'ai pas le temps de cogiter davantage, parce que le chauffeur de l'avion a démarré. Enfin le pilote quoi, vous m'avez comprise.

Il a baragouiné un truc dans le genre « Bonjour à tous, et bienvenue. Je m'appelle Jean Bon (sérieusement ?) et je serai votre commandant de bord. Je vous souhaite un agréable vol, et vous prie de garder vos bras à l'intérieur de l'appareil. » Là, il a fait un rire débile et a raccroché.

Sans déconner, c'est le stagiaire qui pilote ou quoi ?

Et là, bam, il a appuyé sur le champignon.

L'avion a accéléré en tremblant tellement que je crois bien qu'un de mes seins s'est échappé de mon soutif.

Et on a décollé.

Voilà.

On est dans les airs.

Je stresse un peu, surtout quand l'avion penche dangereusement d'un côté puis se redresse soudainement. J'espère que le pilote-stagiaire ne va pas se taper un délire et nous faire deux ou trois tonneaux pour le fun.

D'autant plus que l'appareil ne me parait pas très sûr. Les compagnies low-cost, j'me méfie.

Je regarde autour de moi et constate qu'il s'agit bel et bien d'un avion *Playmobile*. Tout est en plastique. Littéralement tout. Même l'hôtesse, avec ses faux seins.

Je parviens à me détendre, mais seulement quand la petite loupiote indiquant qu'on peut détacher nos ceintures, s'éteint. Ça a un côté rassurant.

Et là, je n'ai jamais compris pourquoi, mais les gens se détachent, tous. Comme s'ils tenaient absolument à user de leur droit de se détacher.

Y'en a qui se lèvent pour chercher leurs bagages à main, d'autres qui vont aux toilettes, d'autres encore qui se précipitent pour passer devant ceux qui se lèvent pour aller aux toilettes afin d'être les premiers, certains restent assis et ne font strictement rien, tandis que d'autres lisent des magazines débiles (exemple, Alex). Y'a aussi des gamins qui jouent avec les accoudoirs, les parents qui les engueulent parce qu'ils jouent avec les accoudoirs, les enfants qui cassent les accoudoirs et les parents qui les engueulent encore plus parce qu'ils ont cassé les accoudoirs... c'est sympa, l'avion.

Alex a fermé son magasine et roupille déjà. C'est hallucinant.

J'essaie de dormir à mon tour mais je galère, j'aime bien surveiller la route, au cas où le pilote s'endormirait aussi.

Finalement, je me laisse aller. Je me suis levée à cinq heures du mat', j'ai besoin d'un somme pour récupérer.

Le grincement du chariot des hôtesses me réveille.

Elles viennent nous donner notre goûter. Enfin, nous le vendre. Six euros, le cake.

Un vieux gâteau rassis, d'après le goût.

— Jo ! Regarde ! s'écrie Alex en tapotant sur le hublot.

Je me penche vers lui et jette un œil à l'extérieur.

— Les côtes Anglaises s'offrent à nous, tendant leurs bras accueillants vers les voyageurs intrépides.

Après cet interlude poétique, dans l'objectif de le conclure j'imagine, Alex a laissé échapper un rot.

Tout à fait charmant.

Je commence vaguement à comprendre pourquoi il n'a jamais réussi à garder une gonzesse plus de trois mois.

Quelques minutes plus tard, nous amorçons l'atterrissage.

Enfin !

Le pilote-stagiaire nous prie de rattacher nos ceintures, nous indique que le soleil est au rendez-vous à Londres, et que la température au sol est de quatre degrés Celsius.

L'atterrissage est plutôt réussi, malgré quelques rebondissements superflus. Nous applaudissons vivement le pilote-stagiaire, comme tous les blaireaux qui prennent l'avion.

Alex et moi mettons environ quarante minutes à nous extraire de nos sièges respectifs et à quitter l'avion, suite à un attroupement massif de touristes dans la rangée principale de l'appareil.

Bon, vous connaissez la suite : contrôle des papiers aux douanes, attente des bagages, récupération des bagages, vérification de l'intégrité des bagages (on ne sait jamais, je suis parano).

Aucun incident notable, si ce n'est le regard narquois du type à la douane, quand je lui ai dit que je logerai chez mon frère, Almanzo. Je ne sais pas s'il se moquait du prénom de mon frangin ou de mon accent qui dépasse à peine les limites de l'acceptable.

L'aéroport est bondé de monde. Pas étonnant à cette période de l'année.

Nous arrivons dans le hall en tirant nos valises derrière nous, et je balaie la foule du regard afin de dégoter mon frère.

Je l'aperçois enfin. Il m'a vu, et s'approche de moi, un énorme sourire aux lèvres.

Dieu, qu'il a changé ! Ses cheveux ont poussé d'au moins dix centimètres.

— Josette ! Alex !

Il tombe dans mes bras, m'embrasse sur les joues, me regarde, me sourit, me ré-embrasse, et fait de même avec Alex.

— Que c'est bon de vous revoir ! Vous avez fait bon voyage ? Tu vas bien, Jo ?

Sous-entendu : est-ce que tu survis à la dure réalité post-largage ?

— Super, merci. Et toi, comment tu vas ?

— Très bien, très bien... me répond-il avec un sourire mystérieux.

Il me cache quelque chose.

— Tu me caches quelque chose ?

— Moi ? Jamais ! répond-il en riant.

Il empoigne ma valise et nous entraine hors de l'aéroport.

— J'ai acheté une petite bagnole, j'en avais marre des transports en commun, c'est bondé de touristes. J'ai un peu galéré à m'adapter à leur conduite, mais ne vous inquiétez pas, je gère maintenant !

Nous nous dirigeons vers le parking. Autour de nous j'entends les gens baragouiner en anglais. Je capte moins de la moitié des mots prononcés.

— Je vais ramer en anglais, j'te préviens.

— Heureusement que je suis là alors.

Ça, c'était Alex.

Il parle anglais comme une chèvre hongroise.

— Laisse-moi rire Alex, t'as eu trois en anglais au BAC.

— C'est déjà ça.

On ne peut pas discuter avec lui.

Almanzo s'arrête devant une petite deux chevaux rouge datant de la guerre je présume.

— Et voilà ! nous annonce-t-il fièrement en écartant les bras.

Je ne fais aucun commentaire et m'engouffre à l'avant.

D'abord je me plante, forcément, et me retrouve côté conducteur. Almanzo se marre, met nos valises dans le coffre qui a la taille d'une boîte à gants, et m'invite à changer de place.

Pourquoi les anglais s'obstinent-ils à rouler du mauvais côté ?

— C'est un truc qui date du moyen-âge, une histoire avec des chevaliers et la façon dont ils tenaient leur arme, t'auras qu'à regarder sur *Google*, m'apprend Al, comme s'il avait lu dans mes pensées.

Soit.

Nous quittons l'aéroport Stansted, direction Londres.

Effectivement, c'est un poil perturbant de rouler de l'autre côté. Je serre les fesses dès que nous croisons un camion.

Sur l'autoroute, je me détends. Autour de nous, la campagne anglaise s'étend à perte de vue, recouverte d'une fine couche de neige.

Pendant le trajet, Almanzo nous raconte sa vie à Londres, les coins à visiter, nous parle des amis qu'il s'est fait.

— Je vous conseille de vous balader dans la ville, sans objectif précis, pour commencer, pour vraiment ressentir Londres, ses rues, son atmosphère. Vivre à l'anglaise quoi !

— Mais j'ai envie de faire plein de trucs j'te préviens ! Et pour Noël, on se prévoit un dîner sympa ?

— Evidemment frangine, pour qui tu me prends ?

Nous roulons ainsi pendant environ une heure, puis la ville se dessine face à nous et nous entrons dans la banlieue de Londres. Les maisons s'alignent les unes à côté des autres, identiques. On se croirait dans *Billy Elliot*. Je m'attends presque à voir un gus débouler en tutu et à nous faire des entrechats.

Il y a un peu de trafic, mais j'en profite pour me délecter de chaque détail du paysage.

Puis nous pénétrons au cœur de la ville. Londres nous en met plein la vue. Devant nous se dressent les monuments dont nous n'avions entendu parler qu'à la télévision, dans les livres d'histoire ou dans le *Guide du Routard*. Nous passons à côté de parcs entourés de grille en fer forgé, de building, de maisons aux façades d'un blanc éclatant dotées de portes aux couleurs vives, d'églises anciennes bâties de pierres beiges, et j'aperçois le sommet de la cathédrale Saint-Paul au détour d'un virage. Nous croisons évidemment un nombre incalculable de bus à impériale, de taxis noirs ou recouverts de publicités diverses. Nous dépassons la cour de justice et son impressionnante bâtisse, puis nous pénétrons dans le quartier de Covent Garden.

Je suis émerveillée, comme une gamine qui ouvre ses cadeaux à Noël. Sauf ceux de ma mère parce qu'elle a la manie de m'offrir des culottes immondes chaque année.

Je jette un œil à Alex.

Il regarde le paysage d'un air morne, comme à son habitude, mais je sais bien que son cœur palpite comme le mien, à trois cents kilomètres heure.

Ou pas.

— Alors Alex, t'en penses quoi ?

— J'ai faim.

Merci Alex.

— Vous allez vous plaire ici, les français adorent Londres, nous annonce Almanzo en entrant dans un parking sous-terrain (un peu glauque, au passage).

— Mon appartement se trouve à Neal Street, c'est à deux pas d'ici.

Après avoir garé la voiture et récupéré nos bagages, nous quittons le parking, pour nous retrouver dans une ruelle pavée, animée et remplie de touristes. Des banderoles et des fanions sont suspendus au-dessus de nos têtes à travers la rue comme si le Tour de France allait bientôt débouler.

— Covent Garden est réputé pour ses théâtres et son marché couvert, évidemment. On pourra le visiter demain si vous voulez !

J'acquiesce, en savourant mon nouvel environnement, qui fourmille de mille choses à regarder.

— Vous picolez exclusivement du thé, ici, si j'ai bien compris ? demande Alex.

— Bien évidemment ! Et de la bière, accessoirement, réplique Al en riant.

Mon frère est toujours aussi imperturbable face à la débilité congénitale d'Alex.

— Vous verrez, vers dix-sept heures, en semaine, les pubs sont remplis d'hommes et de femmes d'affaires. C'est une sorte de coutume ici. L'apéro à la sortie du travail. C'est bondé de types en costards cravate !

J'envoie un message à mes parents, à Lily, Anna, Ben et Sandra, pour les rassurer quant à notre arrivée au pays du muffin.

Tous me répondent des messages du style « profitez-en », « bonjour à la reine », et même ma mère fait l'effort de me répondre « ok ».

Passons.

Enfin, nous arrivons devant la porte d'entrée de l'immeuble d'Al, d'un rouge éclatant.

— Qu'est-ce qu'on se prévoit ce soir ? demande Alex.

— J'ai pensé qu'on pourrait rester tranquillement à l'appartement, se commander un truc à manger, et discuter un peu ? Comme ça vous pourrez vous reposer et être d'attaque demain pour votre grande découverte de Londres. Vous en dites quoi ?

— Je valide, je suis épuisée, je lui réponds en un sourire radieux.

Alex hoche la tête en guise d'acquiescement.

Nous entrons dans l'immeuble, grimpons au deuxième étage, Al ouvre la porte d'entrée, et nous pénétrons enfin dans l'antre anglaise de mon frère.

Sympa, comme appartement. Si on omet la tapisserie florale typiquement anglaise et les fauteuils assortis, qui piquent un peu les yeux au premier regard.

Mais on s'y habitue rapidement. L'intérieur est cosy, l'ambiance cocooning. Un nid douillet pour couler des jours heureux dans la capitale anglaise. Même si les rideaux un peu vieillots et les assiettes en porcelaine fixées au mur donnent un air un peu kitsch à l'ensemble.

En fait, j'ai l'impression que *Mister Bean* va débarquer dans le salon dans deux minutes pour nous demander de décamper de chez lui.

L'appartement est en réalité un duplex, et Al nous annonce que la chambre d'amis que je partagerai avec Alex, se situe à l'étage. Il nous indique un petit escalier en bois dans un coin du salon, que je n'avais pas aperçu en entrant.

— Darling ?

Je sursaute, et me tourne vers la porte du salon que nous venons de passer il y a deux minutes. Une jeune femme rousse se tient là, ses deux yeux bleus myosotis pétillants de malice, en robe de chambre (à fleurs), et nous sourit à pleines dents.

— Hey Honey ! Wiare ire, yes, aie found them, parking, ghtui bluk blouk!

C'est ce qu'Al lui a répondu (ou plutôt ce que j'ai entendu) en s'approchant d'elle, avant de l'embrasser fougueusement.

Je ne comprends rien à ce que mon frangin baragouine.

— Jo, Alex, approchez-vous ! Voici Jane, ma fiancée…Surprise !

Ben ça alors. Pour une surprise, c'est une surprise. Je manque de tomber à la renverse, mais m'approche tout de même de l'heureuse élue qui me prend dans ses bras et me serre contre sa robe de chambre en me murmurant des paroles incompréhensibles, mais je pense avoir compris un truc du genre « welcome Jawzette ».

Puis elle a fait de même avec Alex qui s'est curieusement laissé faire.

Après quoi, Almanzo m'a jeté un regard du style « vérifions la réaction de la frangine ».

— Wahou ! Et bien, pour une surprise… félicitations, fréro ! Les parents sont au courant ?

— Non, pas encore, je voulais que tu sois la première à le savoir. Et c'est pas tout...

En me disant ces mots, il s'est approché de Miss-Robe-de-Chambre-Florale, a posé une main sur son ventre (à elle, pas à lui), et m'a souri.

Le message est clair. Il semblerait que mon frère lui ait collé un muffin dans le four, à l'Anglaise.

Tic-tac, tic-tac, foutue horloge…

Là, je décide de m'asseoir sur le canapé de *Mister Bean*, parce que la nouvelle a du mal à faire son chemin jusqu'à mon encéphale.

Je sens que je transpire légèrement au fond de mes chaussettes fourrées, allez savoir pourquoi.

— Alors ? Jo ! Josette, tu vas être tata !

Je réalise soudain. Certes, le muffin ne loge pas dans mes propres entrailles, il ne s'agira pas de la chair de ma chair, mais… je vais être tata ! TATA ! Tantine ! On chantera des chansons débiles et on mangera des glaces à la fraise en regardant *Dora l'Exploratrice*.

Alors pourquoi est-ce que je me sens si mal ?

— Oui, c'est juste... c'est surprenant ! Ça fait beaucoup de nouvelles d'un coup ! Tu comptes l'annoncer quand aux parents ?

Je m'aperçois que ma voix est bien plus claire que d'ordinaire et mon ton légèrement agressif, et si Al s'en rend compte au vu de sa tête, Alex, quant à lui, est totalement accaparé par les biscuits secs posés sur la table basse devant lui, qu'il est en train de s'enfiler un à un.

— Je leur annoncerai à Noël.

— Par téléphone ?

— Non.

— *Skype* ?

— Maman ne sait même pas allumer l'ordinateur, Jo.

— Mais comment alors ?

— En face, en direct, me répond-il, visiblement agacé par mes questions.

— Je ne comprends pas.

— C'était une surprise, soupire-t-il, mais puisque tu sembles tant intéressée par le sujet, sache que je les ai invités tous les deux à passer Noël ici avec nous.

Si je n'avais pas été assise à ce moment-là, je me serais assise.

— T'es sérieux ?

— Ça n'a pas l'air de t'enchanter, remarque-t-il en levant un sourcil.

— C'est juste que... j'ai décidé de quitter la France pour fuir un ex qui a ruiné ma vie, mais pas seulement.

— C'est à dire ? insiste-t-il.

— Disons que mes rapports avec maman se sont quelque peu dégradés ces derniers temps.

Silence. Jane s'assoit sur le canapé, près d'Alex, et grignote un biscuit à son tour. Almanzo s'approche de moi et s'assied sur l'accoudoir du fauteuil sur lequel j'ai posé mon séant.
Il soupire.
— Elle l'a évoqué avec moi, effectivement...
— Ah oui ?
— Je l'ai eu au téléphone avant hier. Tu sais Jo, je suis conscient qu'elle perd la boule parfois, mais il ne faut pas lui en vouloir. Elle a vécu des choses vraiment difficiles dans sa jeunesse... elle ne t'en a jamais parlé, mais papi était plutôt du genre volage...m'avoue-t-il d'une voix douce. Elle l'a découvert quand elle avait quinze ans, et ne s'est jamais senti à la hauteur pour protéger sa mère et ses sœurs cadettes. C'était dur à encaisser pour elle... alors quand tu lui as parlé de cette jeune femme que tu as croisé aux bras de François, forcément, ça lui a rappelé tous ces souvenirs. Elle n'a jamais pardonné à son père d'avoir fait souffrir mamie.
Almanzo et ma mère ont toujours été proches. Moi, j'avais papa. Je ressens comme une boule de douleur au creux du ventre.
— J'ignorais tout ça... J'imagine ce qu'a dû être son enfance, mais ça ne pardonne pas les paroles qu'elle a eu envers moi. Elle m'a dit des choses vraiment affreuses. De la part d'une mère, ça ne devrait pas exister. Et... je suis désolée, c'est égoïste de ma part. Mais de savoir que toi tu mènes une vie exceptionnelle ici, que tu vas avoir un enfant, que tu vas te marier, tout ça, ça me rappelle que je suis à nouveau seule et trentenaire. Et moche.
Et là, il s'est passé un truc qui n'était quasiment jamais arrivé auparavant (sauf le jour où on a enterré Bibou, le

labrador de mon oncle Clovis qui s'était fait rouler dessus par le tracteur. Bibou, pas Clovis...) : Almanzo a passé son bras autour de mes épaules et j'ai posé ma tête contre lui. Et j'ai pleuré. J'ai pleuré pour maman, pour François, pour la lycéenne qui me remplace dans sa vie, pour mamie qui a souffert des infidélités de papi, pour mon guéridon disparu, pour le prix du billet d'avion déboursé afin de parvenir jusqu'ici, pour Bibou, pour les courbatures que je ressens encore parfois quand je monte les escaliers suite à ma Chute de la Honte, pour les mensonges dits à Denis, pour Benny le poulet carbonisé, pour Lily, Anna, Ben, Sandra, qui me manquent terriblement, pour Surimi qui est si loin de moi, pour toutes les choses terribles que j'ai pu dire ou penser.

Alex s'est levé (sans oublier d'attraper un énième biscuit au passage) et s'est approché de moi.

— Jo, t'as ton mascara qui coule, c'est pas cool.

Je souris à travers mes larmes. Que c'est bon de se libérer ainsi du poids du malheur. Je pleure, pleure, pleure... et Al caresse mes cheveux d'un geste tendre en m'embrassant sur le front.

— Je sais, ma Jo, je comprends... c'est pour ça que je voulais te l'annoncer à toi en premier. Tout s'arrangera, ma belle, tu verras... et maman regrette tellement ses paroles, si tu savais. Elle s'en voulait, t'imagines même pas. Elle est maladroite. Tu te rappelles du jour où elle s'est moquée de la calvitie d'oncle Pierre ? Bon, certes, il aurait dû la prévenir qu'il suivait une chimio, mais c'était quand même pas très délicat de la part de maman.

Jane se lève à son tour, baragouine quelque chose à Al, se dirige vers la cuisine et en revient cinq minutes après avec...

— A cup of tea ?

Je pleure à nouveau, encore plus fort. Mais cette fois, ce sont des larmes de reconnaissance.

CHAPITRE VIII
Christmas Eve
(Partie assez longue, je vous préviens, si vous comptiez ne lire « plus qu'un chapitre» avant de vous endormir)

J'adore mon séjour à Londres. Je m'éclate. Et bien plus encore. Ça fait une semaine que nous sommes là et je regrette que nous soyons déjà parvenus à la moitié de nos vacances.

Nous sommes le vingt-quatre décembre, il est huit heures du matin, et jusqu'à aujourd'hui, nous n'avons pas eu une minute à nous. Même pas une seule pour penser à ce crétin de François. Bon du coup j'y pense là, mais je ressens déjà moins l'envie de l'étriper. Plutôt l'envie de l'effacer à tout jamais de ma mémoire.

Je viens de m'éveiller, et j'observe la buée sur la fenêtre de la chambre d'amis. Alex a déjà quitté son lit, et doit probablement être affalé devant la télé.

Nous avons visité la ville de fond en comble, parfois accompagnés par Al, parfois par Jane et son Muffin.

Elle est plutôt cool dans son genre. Même très cool. En fait, je crois que je l'adore. Elle est comédienne et a rencontré Al à l'école de cinéma où il enseigne. Elle nous a fait découvrir les pièces de théâtre dans lesquelles elle a joué, sur *YouTube*, et nous a parlé de son métier avec passion. Enfin, plutôt, Al nous a traduit avec passion les dires de sa fiancée, mais c'est presque pareil. Elle a un début de grossesse assez difficile d'après ce que mon frère nous a expliqué, c'est pour ça qu'elle ne peut plus travailler et que ses projets sont en stand-by.

Elle est partie faire son échographie ce matin avec lui et si tout se passe comme prévu, ils devraient revenir d'ici peu avec l'annonce du sexe du bébé. Sauf si le Muffin décide de faire de la zumba intra-utérine, auquel cas il sera compliqué de visionner son entrejambe.

Mon anglais s'améliore un peu, je commence à piger certains mots et même des phrases par moment. Bon, certes, il s'agit surtout d'insultes, mais c'est toujours plus facile à retenir, non ? C'est à cause d'Al, quand il est au volant, il a une imagination plutôt fertile en matière de noms d'oiseaux. Il place le mot « fuck » environ trois fois par phrase. Alex, lui, ne fait aucun effort pour comprendre les autochtones. Tant qu'il y a à manger, le monde peut s'écrouler autour de lui qu'il s'en foutrait. Il s'est d'ailleurs trouvé une passion nouvelle pour les différents thés anglais et en a acheté tellement que ça risque de paraître douteux lors du passage des douanes au retour. Je lui ai conseillé d'en siffler au maximum avant qu'on reparte pour la France. Il m'a judicieusement fait remarquer que s'il buvait tout ça en une semaine, il risquerait de passer plus de temps sur les toilettes qu'en notre compagnie.

Pendant cette semaine, sous les décorations lumineuses de cette fin d'année, notre programme était bien chargé.

Nous avons remonté (ou descendu?) la Tamise en bateau mouche, visité la Tour de Londres, le théâtre de Shakespeare, le Tate Modern…nous avons vadrouillé dans Covent Garden, flâné dans Hyde Park, fait du shopping sur Oxford Street, et avons dépensé plus que nous l'aurions dû au marché de Camden Town. Le Tate Modern, c'est un sacré truc… c'est un musée. D'art moderne. Mais tellement moderne que j'y ai rien compris.

J'adore la vie à l'anglaise, je me sens un peu comme *Bridget Jones*, ou *Harry Potter*. Ou *Jack l'Eventreur*. On est passés devant la cathédrale Saint-Paul et Al nous a raconté que c'est là que la vieille donne à becqueter aux pigeons, dans *Mary Poppins*.

Trop cool ! Du coup Alex a absolument tenu à prendre une photo avec un pigeon, j'vous raconte pas la galère... le volatile sur lequel il avait jeté son dévolu n'était pas très photogénique. En gros, il s'est envolé, lui a fienté sur l'épaule au passage, et je jurerais l'avoir entendu rire après son décollage. Le pigeon, pas Alex. Lui, ne riait pas trop sur le coup.

Ah, oui, et on a aussi visité la baraque de *Sherlock Holmes* ! Bref, on en profite un maximum avant de retrouver la France et ses Français.

La ville bat son plein en cette période festive, et la neige est au rendez-vous. Nous avons acheté un petit sapin de Noël chez un vendeur louche, dans la rue, et avons passé une soirée à le décorer. Jane nous a sorti des guirlandes collector, qu'elle a déballé d'un vieux carton. Je n'ai pas osé demander, de peur de la vexer, mais les boules dataient certainement de l'époque de son grand-père voire bien avant. Lorsque j'en ai fait part discrètement à Alex, il s'est marré pendant vingt minutes parce que cet abruti avait compris que je parlais des boules de son grand-père.

Je suis éreintée, mais heureuse.

Je sens que je revis, que je peux à nouveau sourire et trouver le bonheur. J'ai même acheté des cadeaux débiles à toute la clique, mes parents inclus, lors d'une virée à Camden Town. Les Anglais ont un goût particulier en matière de mode et j'ai investi dans des horreurs bon marché pour Lily, Anna et Sandra. J'ai acheté une vingtaine d'exemplaires d'un Tee-Shirt « I love London » parce que c'est trop cool, même si je ne trouverai jamais vingt pelés à qui les offrir. Bon, j'en ai prévu pour tous mes amis, dont Alex, forcément. Figurez-vous que j'en ai même trouvé qui étaient conçus pour les animaux. J'en ai acheté un pour Surimi, et un second pour Flammekueche, que j'offrirai à Alex le soir du réveillon.

Ce soir c'est la veille de Noël, et mes parents ne vont pas tarder à rappliquer, Almanzo va les chercher à l'aéroport dans deux heures. Il faut dire qu'ils ont le sens de l'orientation d'une pince à linge, et même s'ils ont insisté pour prendre la navette, mon frère les a persuadés de le laisser les chercher.

Je me demande s'il leur annoncera les heureux évènements récents dans la voiture, ou s'il attendra d'être en famille pour le faire.

Ah, au fait, j'ai décidé de pardonner à ma mère ses propos déplacés, et j'espère qu'elle aura une meilleure estime que moi quand elle me reverra.

Pour faire bonne figure, j'ai décidé d'aller chez le coiffeur et l'esthéticienne.

J'ai demandé à Jane de m'accompagner, question de ne pas raconter n'importe quoi et de me retrouver avec la même coupe que la reine d'Angleterre, malgré tout le respect que j'ai pour elle.

Ah, tiens, justement, j'entends Al et sa fiancée qui viennent de passer le pas de la porte d'entrée.

Je les rejoins dans le salon.

Ils ont un méga sourire aux lèvres. Crotte, c'est des triplés ou quoi ?

Al aide Jane à ôter son manteau, et ils s'assoient tous deux sur le canapé Mister Beanoit.

Alex est déjà là, à becqueter des biscuits et à picoler du earl grey devant une série anglaise à l'humour douteux (avec faux rires enregistrés, vous voyez le genre?).

— C'est une fille !

Une fille, chouette alors ! Je me lève pour les féliciter, leur fait la bise, et Al me serre contre lui (décidément, c'est la semaine des free hugs entre frangins).

— Jo, Jane aimerait te demander quelque chose. Elle s'est beaucoup entraînée pour ça alors sois tolérante, me précise Al en riant.

Jane se penche vers moi, prends mes mains, plante son regard bleu plein de larmes de joie dans mes yeux, et me dit ceci :

— Jawzette, veux-tu être mawwaine de nowtre fille ?

Marraine ? Moi ?

— Bien sûr ! Trop cool ! So cool ! Amazing ! Merci ! Thank you !

Et re-bécots, re-embrassades, re-free hugs... heureusement qu'aucun de nous n'a la grippe parce que vu la quantité de bave échangée ces derniers jours...

— Super, Jo ! Marraine Josette !

Alex me serre aussi dans ses bras.

Je suis en plein au pays des *Bisounours*.

— Vous avez déjà une idée pour le prénom ?

Alex ? Le mec s'intéresse à la puériculture maintenant ? Fini, le thé ?

— Oui, Alex, on a déjà notre petite idée ! On vous l'annoncera ce soir, quand les parents seront présents. D'ailleurs, je vais me préparer à partir les chercher.

Il embrasse Jane, nous lance un sourire béat, puis se dirige vers l'entrée de l'appartement afin d'enfiler à nouveau ses chaussures qu'il a ôté dix minutes auparavant.
C'est l'heure de mon rendez-vous chez le coiffeur avant ma séance chez l'esthéticienne !
— It's time, to go to the hair-cup... the hair-machin chose.
Bref, Jane a compris. J'ai toujours été balèze en mimes, heureusement.
Elle se lève à son tour et nous enfilons nos manteaux et nos bottes avant de sortir dans le froid hivernal.
Alex est à nouveau affalé sur le fauteuil, biscuit à la main.
— See you later, lance Jane en claquant la porte d'entrée.
— Yes, sioux, sioux... marmonne-t-il en guise de réponse.
Bref, passons.
La séance coupe-tifale se passe plutôt bien, si ce n'est que le coiffeur a été visiblement impressionné par ma capillarité et Jane a du le retenir pour qu'il ne se lance pas dans une création artistique de haut niveau, à la *Edward aux mains d'Argent*.
Il faut dire que ça doit faire quasiment trois ans que je n'ai pas mis les pieds dans un salon de coiffure, je me demande d'ailleurs si le type n'a pas trouvé une famille de rats qui aurait emménagé sur mon crâne, dans la foulée.
Je vois mes longs cheveux tomber sur le sol, en grosses mèches.
C'est décidé, je change de coupe, je change de vie. C'est un peu une thérapie par le cheveu. Typiquement féminin, je suppose.
Le coiffeur (Bryan) achève son travail et quand je me regarde dans le miroir, je ne me reconnais pas. Il a vraiment

fait du bon boulot, ou alors c'est l'éclairage de la pièce qui me donne cet air rajeuni et sexy.

Je paie, le remercie, et Jane, le Muffin et moi nous dirigeons vers le salon d'esthétique, deux rues plus loin.

Là, la femme d'âge mûr qui me prend sous son aile n'y va pas de main morte en matière d'épilation. Elle ratiboise littéralement mes sourcils. J'avoue qu'il y avait du travail à ce niveau-là, et je m'étonne qu'elle n'ait pas dégainé la débroussailleuse, voire la tondeuse à gazon.

Elle m'applique un masque quelconque sur le visage, qui a une légère odeur de vinaigre balsamique, mais je me laisse faire. Après quoi, elle m'invite dans une pièce voisine et me proposer de m'allonger… mamma mia, on passe aux choses sérieuses. Elle appelle toute une équipe de jardiniers, et ils se mettent à me débroussailler l'entrejambe à coups de machette. Blague à part, je me laisse faire, tant bien que mal, tandis qu'elle scalpe la zone secrète de mon anatomie. Puis, comme pour se faire pardonner de me faire souffrir de la sorte, elle m'offre un massage du dos.

Elle me pouponne ainsi pendant un quart d'heure avant de me tendre la facture totale d'un geste nonchalant.

Très classe.

Je règle la somme, la remercie poliment, et nous rentrons au bercail.

Sur le trajet, Jane me complimente sur mon nouveau look. Enfin c'est ce que je m'imagine du coup, puisque je ne comprends encore que la moitié de ses propos, mais je crois avoir compris « sexy », « sweet », « nice » et « cute ».

En considérant qu'elle parlait de moi, bien sûr.

Une fois à l'appartement, j'aide ma future belle-sœur à préparer le repas de midi. Je vois bien qu'elle galère un peu ces jours-ci, le Muffin doit lui en faire baver là-dedans.
Je lui propose d'aller s'allonger un peu, pendant que je m'occupe moi-même de la bouffe (ne me demandez pas comment j'ai fait pour lui dire ceci dans sa langue natale, de toute façon cela exigerait une démonstration de mimes et c'est impossible) mais elle refuse.
Alex n'a pas changé de position depuis notre départ.
Ah, si, autant pour moi.
Il est à présent assis dans le fauteuil près de la fenêtre, avec la boîte de biscuits sur les genoux. Je me demande comment il fait pour ne pas être constipé vu la quantité de ces saloperies qu'il s'enfile. Le thé doit probablement l'aider à évacuer. Jane et moi nous affairons dans la cuisine afin que tout soit prêt pour accueillir mes géniteurs.
Je jette un œil sur ma montre. Il est presque midi. Je monte dans ma chambre pour changer de fringues, et en profite pour vérifier si j'ai reçu des textos.
Ah, un message de Lily !
— Salut Jo ! Un sms rapide pour te dire que tout va bien ici, Sandra, Ben et Anna vous embrassent tous très fort, et Surimi te fait une léchouille ! Bonne journée à vous !
Je consulte également mes e-mails, question de voir si la mère Gerber n'a pas essayé de me contacter afin de prendre de mes nouvelles (on peut toujours rêver). Je me connecte sur ma boîte.
Aucune trace de la vieille. Forcément...
Je fais un tri rapide, supprimant toutes les publicités débiles que je reçois chaque jour.
Soudain, mon cœur fait un bond.

La main tremblante, le cœur palpitant, je lis le nom de l'expéditeur : Denis Brignon.

Il n'y a pas d'objet indiquant la nature de son e-mail. Comment a t'il obtenu mon adresse ?

J'inspire un grand coup, et clique.

« Bonjour Josette,

C'est Denis, votre nouveau voisin. Je me permets de vous écrire, afin de savoir si vous passiez un agréable séjour à Londres ? J'ai toujours rêvé de cette ville, je pense y faire un tour, un jour.... J'ai obtenu votre adresse mail en tapant votre nom sur *Google*, n'ayant pu trouver de résultats sur le site de la faculté. En revanche, je vous ai trouvé sur l'organigramme de l'école Saint-Louis (sympa, la photo, mais elle date un peu non ?). J'ai pensé vous trouver sur *Facebook* mais en vain également !

En espérant que vous me répondrez (et cette fois, en toute sincérité, sans mensonge et fabulations à propos d'une carrière dans le FBI ou que sais-je) je vous souhaite une belle soirée.

Denis B. »

La honte.

La méga honte.

Bon, c'est normal qu'il ne m'ait pas trouvé sur *Facebook* étant donné que j'ai choisi un pseudo, pour ne pas que mes élèves me retrouvent. Je me suis inscrite sous « Josette la Rosette ».

Mais d'abord, attendez… une minute…pour qui se prend-il à me donner des leçons de bonnes manières ? Et pourquoi m'écrit-il, d'ailleurs ? Il est marié, à ce que je sache ? Et avec Miss Gros Nénés, en plus !

Je suis mitigée entre la colère, la surprise, la joie, et la honte. Maintenant, la question est : dois-je lui répondre ?
Non, je ne dois pas. C'est l'encourager au vice. Je dois le zapper, au même titre que ce grand niais de François.
Bon.
Je décide de répondre tout de même, vous l'aurez deviné.
« Bonjour,
Je vais très bien, merci, et Londres est une ville extraordinaire. Mais j'aimerai connaître la véritable raison de ce mail ? Je vous ai menti sur ma carrière, j'ai quasiment fui lors de notre rencontre, je vous ai insulté au Bamboléo, et vous rappliquez aujourd'hui alors que je me situe de l'autre côté de la Manche. Alors j'attends de vous une explication rationnelle. Jo. »
C'est un peu sec, j'avoue, mais je veux lui montrer que je domine la situation.
Je quitte internet, en me demandant combien de temps il va mettre à me répondre.
Et me voilà repartie au pays de la prise de tête en solo, et mon cerveau fourmille à nouveau de mille questions à propos de Denis, de François l'Enfoiré, et de tous les hommes qui ont traversé mon existence.
Bon, cela dit, il n'y en a pas eu des masses. Avant ces longues années avec François, j'ai flirté avec deux ou trois mâles, mais rien de bien sérieux. Des types rencontrés un peu par hasard, parfois des amis d'amis, des cousins d'amis.... Rien de transcendant. Sauf peut-être ces quelques mois avec Lucien. Mais il était un peu trop accro. Au bout de quatre jours de relation, il a appelé la radio locale et m'a fait une déclaration d'amour en direct.

Bref, j'essaie de chasser ces pensées et de me concentrer sur l'arrivée imminente de mes parents. J'enfile un jean propre et un pull en coton blanc, et descends rejoindre Jane et Alex.

Et à cet instant, à peine ai-je posé le pied au bas de l'escalier de bois, que la porte d'entrée s'ouvre à la volée.

Almanzo pénètre dans l'appartement, le bonnet couvert de neige, suivi de près par mes parents, visiblement frigorifiés.

Al fait les présentations, Jane rougit de plaisir, Alex daigne lever son derrière du fauteuil afin de saluer mes géniteurs, et quant à moi, je reste légèrement en retrait afin de faire place aux effusions diverses et aux multiples embrassades.

Ma mère entre en communication avec Jane, et m'impressionne assez, je dois dire. Je ne suis pas professionnelle en la matière, mais il me semble qu'elle maîtrise assez bien la langue de Shakespeare.

Al débarrasse mes parents de leurs manteaux et les invite à s'installer dans le salon. Il dépose les paquets cadeaux qu'ils ont apportés au pied du sapin, près de ceux que nous avions déjà placés là.

Mon père s'approche de moi, me fait la bise, me sourit, et me murmure ceci :

— Alors, ma Jo, comment vas-tu, maintenant que tu es débarrassée de l'autre abruti ?

Je le regarde, étonnée.

— Papa ! Je croyais que tu appréciais François ?

— Ta mère peut-être, mais moi j'ai toujours pensé que c'était une pauvre tâche. Je n'ai jamais rien dit pour ne pas briser ton bonheur, mais je suis bien content que tu ne sois plus avec lui. Il sentait le fumier à des kilomètres à la ronde.

Il me fait un clin d'œil et va rejoindre Alex qui a déjà retrouvé ses quartiers, sur le canapé.

Ma mère s'approche de moi, gênée. Je vois bien qu'elle ne sait pas comment m'aborder.

Et là, dans un élan d'amour, elle me prend dans ses bras et m'embrasse sur la joue. Je sens une larme rouler sur son visage.

Elle se recule, pose ses mains sur mes épaules, et me dit, d'une voix remplie d'émotions :

— Bonjour, ma Josette. Ma poupounette (stop maman, ne me fous pas la honte). Je suis tellement heureuse qu'on soit tous réunis, toute la famille (sortez les violons). J'espère que tu me pardonnes mes paroles de l'autre jour. Tu es belle, radieuse même. Je suis fière de toi. Et l'autre blaireau de François, qu'il aille au diable !

Alors là, c'est le pompon.

— T'inquiète pas maman, ça va... et puis t'avais pas tout à fait tort, je m'étais laissée allée, même lorsque j'étais encore en couple. Ma rupture a été difficile, je n'avais plus les idées claires. Tu m'as dit les choses avec honnêteté. Brutalement, c'est indéniable, mais tu me les as dites tout de même sincèrement. Et c'est important.

Et voilà. Le pardon, y'a rien de mieux. Je me sens un peu comme Jésus, avec ses disciples. Et c'est l'heure de la Sainte-Cène apparemment.

On s'est assises toutes les deux sur les fauteuils du salon, et Al est allé dans la cuisine chercher de quoi trinquer. Buvez ce vin, ceci est mon sang.

Je regarde le tableau qui s'offre à moi. La famille réunie. Avec des options en plus, cette année. Jane et son Muffin, Alex et ses biscuits...

Mon premier Noël sans François. Il doit probablement le passer avec la Remplaçante pré-pubère dans le chalet que nous étions censés louer ensemble pour l'occasion.

Je chasse cette pensée horrible de mon esprit. Rien ne pourra gâcher mon premier Noël de femme indépendante et libre comme l'air. Freedom !

Al revient, un plateau à la main, sur lequel se dresse une bouteille de whisky, du vin, des bières, et des verres.

Jane et moi avons confectionné des cakes salés pour l'occasion et je me lève pour les chercher dans le frigo, en commandant une bière à mon frère au passage. Quand je reviens dans le salon, Al a déjà servi chacun des convives.

Il me tend mon verre et lève le sien.

— Je trinque à toute ma famille, à toi Alex, à notre future union et à notre bébé, Darling.

Il envoie un baiser à Jane, et regarde mes parents, qui comprennent soudain de quoi il s'agit.

Ma mère pousse un petit cri de fouine, fond en larmes, et mon père vide son verre cul-sec.

Alex se marre et attrape un morceau de cake. Il ne perd pas le Nord.

Jane sourit, et des larmes de joie roulent sur son visage.

On n'aura jamais autant chialé que ces derniers jours, dans cette famille. On frôle la déshydratation.

Ma mère se lève et enlace mon frère, puis Jane. Mon père, plus timide, se contente de les féliciter en se resservant un autre verre et en le levant à leur honneur. Mon frère en profite pour porter un second toast.

— Ce sera Jo la marraine. Et… c'est une fille !

Ma mère me sourit, prend ma main, et la garde quelques temps sur ses genoux en la caressant doucement.

Je la retrouve enfin, celle qui s'occupait de moi lorsque j'avais la grippe étant enfant. Ou alors c'était la gastro ?
— Tu sais ma Jo, tu feras une marraine exemplaire, j'en suis sûre.
— Merci, maman.
— Sois juste un peu moins vulgaire.
Vulgaire ? Moi ?!
— Oui, maman…
Et là, la famille se lance dans une conversation animée au sujet du futur mariage, de la naissance, et de tous les préparatifs à envisager.
— Maman, je te préviens, tout se passera ici, en Angleterre, annonce Al. Mais bon, on va faire ça d'ici un an seulement, le temps que le bébé naisse et qu'on trouve nos marques. La famille de Jane possède un cottage dans la campagne. Elle a toute une tripotée de frères, sœurs, cousins, et ça reviendrait bien trop cher de faire venir tout le monde en France. Et puis il y a assez de place chez eux pour fêter tout ça dignement.
Ma mère accepte, en soupirant, et demande la permission de leur rendre régulièrement visite en attendant la naissance.
Al y concède, en riant.
— Evidemment maman, tu seras toujours la bienvenue ici ! Tu t'entendras bien avec la famille de Jane, sa mère adore *La Petite Maison dans la prairie.*
Je me lève et m'assieds à côté d'Alex.
— Alex ?
— Moui ?
Il a la bouche pleine de cake à l'olive.
Le prince charmant en personne.

— J'ai reçu un mail de Denis.
Il s'arrête de mâcher.
— Le beau gosse ?
— Celui-là même.
— Y te voulait quoi ?
— Savoir comment se déroule mon séjour.
Silence.
— Bidon. Y veut autre chose.
— Merci Sherlock. Je m'en suis doutée. Mais quoi ?
— Bah, Jo… à ton avis ? insiste-t-il d'un air sous-entendu.
— Mai non ! Arrête ! J'en sais rien, Alex ! En plus il sait que je lui ai menti sur ma carrière.
— Non ? Tu vas me dire que t'es passée d'enseignante à l'école élémentaire à prof de fac?
— Bingo. Prof de littérature, plus précisément.
— Dur !
J'avale une gorgée de bière. Pendant au moins trente secondes. Ou quarante.
— Tu lui as répondu ? enchaîne-t-il.
— Non.
— Ok, donc tu lui as répondu. Et ?
— J'attends qu'il fasse de même...
— Ok.
Fin de la discussion, Alex est retourné au pays du cake salé.
— Alors, comment allez-vous l'appeler ? demande ma mère à Al.
Ah, la révélation, enfin !
— Nous avons pensé à Emmy.
Sympa, j'aime bien ! Pour une fois qu'un membre de la famille aura un prénom aux normes.

— Emmy, c'est joli ! Alors trinquons pour Emmy ! Emmy Jolie ! Emmy Nem ! lance mon père en se marrant comme un tordu et en levant son verre.

Je crois qu'il a légèrement abusé du whisky.

Nous trinquons une fois encore, et je décide de jeter un œil à ma boîte mail.

Je sors discrètement mon téléphone de la poche de mon jean et me connecte à internet.

Il m'a répondu.

Je lis l'e-mail en tâchant de conserver un air nonchalant aux yeux de ma famille.

« Josette,

Je voulais juste être sympathique et prendre de vos nouvelles, puisque malgré les apparences, vous me semblez tout à fait...intéressante. Je ne vous en veux pas d'avoir été malpolie envers moi, je sais que vous traversez une phase difficile (les murs de votre appartement ne sont pas épais, pardonnez-moi si j'ai surpris certaines de vos conversations). Je ne voulais pas vous importuner durant votre voyage. Je vous laisse à vos occupations.

Amicalement,

Denis. »

Amicalement ? Il craque ou quoi ?

Pas m'importuner, pas m'importuner... c'est râpé mon vieux ! Nan mais franchement, le mec se pointe comme un cheveu dans le potage, comme ça, sans crier gare. Ni aéroport.

Je préfère ne rien répondre, et me la jouer « femme distante », alors je choisis avec sagesse de ranger mon téléphone dans ma poche.

Alex se penche vers moi et marmonne, en postillonnant des miettes de cake à l'olive sur mon visage :
— Il t'a répondu ?
— Oui, mais si tu pouvais m'épargner la pluie de météorites, ça m'arrangerait.
— Il t'a dit quoi ?
Je ressors mon téléphone et lui fait lire l'e-mail.
— C'est plutôt sympa nan ? Il dit qu'il te trouve intéressante.
— Oui, peut-être, mais ce type est marié, c'est quand même super bizarre qu'il soit allé farfouiller pour trouver mon adresse mail alors que j'me suis barrée à Londres non ?
— Ouai mais y t'a dit que t'es intéressante, ça reste sympa.
— C'est tendancieux, pas sympa.
— C'est sympa, d'être tendancieux.
L'échange avec Alex s'achève ainsi, puisqu'il est présentement en train de se curer les dents avec les ongles afin d'ôter les morceaux d'olives coincés.
Il ne comprend rien. Denis est un sale petit pervers maniaque.
J'exagère un tantinet, mais avouez que ce mec est étrange.
La douce voix (ironie) de ma mère vient interrompre le fil de mes pensées.
— Josette, chérie, comment trouves-tu Londres ?
— Heu, c'est vraiment top, j'adore, si j'avais de l'ambition et du fric, je viendrais vivre ici !
Mon père et Al se marrent.
— Rien ne t'en empêche tu sais, me fait remarquer mon frère.

— Beaucoup de choses m'en empêchent !
— Comme quoi ?
— Je ne parle pas anglais, je suis enseignante en France, et je veux pas rester ici toute seule.
— Tu apprendras l'anglais, tu peux enseigner le français ici, et tu n'es pas seule puisque nous sommes là, Jane, moi, et bientôt Emmy.
Il marque un point.
— On en reparlera.
Discussion close.
— Y te reste du whiskey ? Burp.
Mon père tend la bouteille vide à son fils, qui le regarde, hébété.
— Mais, papa... tu crois pas que t'exagères ?
— Allons, laisse le vivre !
Alors ça, c'est une première : ma mère qui encourage mon père à picoler à foison !
— Maman, merci de ton soutien... râle Almenzo en se levant pour chercher une autre bouteille.
— S'il picole, il dormira mieux ce soir, et moi j'aurai la paix.
Ah, voilà l'explication rationnelle. Ma mère a toujours une idée derrière la tête dont elle pourrait tirer un bénéfice quelconque. Un peu comme *Cersei Lannister* dans *Game of Thrones*. Mais elle n'en a pas le physique.
Jane se lève, et s'empare du plateau de victuailles afin de le présenter à ses invités.
— Woulez-vous encore une tronche de cake ?
Marrade générale.
La pauvre ne comprend pas notre hilarité soudaine et ma mère se lance dans des explications en anglais.

Allez savoir comment elle a traduit « tronche de cake », parce que je doute que l'expression ait le même sens comique ici.

C'est à cet instant que mon frangin revient avec la bouteille de whiskey destinée à endormir le paternel.

— Ah, merci Al ! Ça va me requinquer !

Et voilà mon géniteur reparti sur les lointaines terres de la pochtronnerie.

— Vous avez une chambre, pour le bébé ? demande ma mère.

— Nous utiliserons la chambre d'amis qu'occupent Alex et Jo, dans un premier temps. Mais nous envisageons de déménager à la campagne, dans une maison, après la naissance. Jane a très envie de voir sa fille gambader dans un jardin loin de la pollution... répond Al en prenant la main de sa fiancée qui n'ose plus piper mot.

— Bien ! Et où dormirons-nous, ce soir ?

— Et bien... nous n'avons qu'une chambre d'amis, donc il faudra que deux d'entre vous dorment ici, sur le canapé, et j'ai monté un lit de camp de la cave aussi.

Sur ces mots, ma mère se tourne vers moi, me jette un regard entendu, puis lance :

— Avec mon lumbago, le canapé sera bien inconfortable.

— Il reste toujours le lit de camp.

Ça, c'était Alex. Ma mère se tourne lentement vers lui. Elle n'a pas vraiment pour habitude qu'on la contredise de la sorte.

— Pardon ?

— Il reste le lit de camp. Pour votre dos.

— J'avais bien compris. Je te trouve bien insolent, Alex.

— Ah ouai ? J'essayais juste de vous filer un conseil moi. Vous voulez du cake ?

Il lui tend une part de cake qui glisse un peu entre ses doigts gluants.

Ma mère lui jette un regard dégoûté et hautain. Je sais qu'elle n'apprécie que moyennement Alex et son côté « nature », ainsi que le fait qu'il soit au chômage depuis trois ans.

Je crois qu'il est grand temps d'apaiser les tensions soudaines.

— Bon allez, maman, vous prendrez la chambre, et Alex et moi dormirons dans le salon.

— Comment ça ?

Mais crotte, Alex, avale ton cake et boucle-là !

— On leur laisse la chambre, le canapé et le lit de camp feront l'affaire.

— Moi aussi j'ai un lumbago figure toi.

— Ah oui ? C'est probablement dû au fait de rester allongé toute la journée ? ricane ma mère.

Je rêve.

— Hé, stop ! Alex, arrête maintenant. On dormira en bas, point barre.

Il me reluque en mode serial killer, et décide de faire la tête. Ma mère, quant à elle, me lance un regard empli de satisfaction.

Jane choisit ce moment pour nous inviter à passer à table. Nous avons prévu un petit buffet rapide, puisque ce soir nous allons déjà nous goinfrer à tout va pour festoyer à la naissance du divin enfant.

Nous nous installons à table, un peu serrés les uns aux autres, je vous l'accorde, au vu de la taille de la table qui n'est pas conçue pour accueillir autant de convives.

Nous mangeons, nous buvons, nous papotons. Aucun évènement notable. Si je vous racontais le déroulement détaillé de ce repas, vous fermeriez ce livre immédiatement. Après ça, ma mère a voulu procéder au déménagement de nos appartements dans le salon afin qu'elle et mon père puissent se reposer avant la « grande soirée » qui se profile. Alex, en marmonnant dans sa barbe, s'est attelé à la tâche.

Après ça, on s'est tous affalés sur nos couchages respectifs et avons sombré dans une sieste bien méritée.

Almanzo nous a réveillés vers dix-sept heures et nous avons confectionné le maxi buffet de la veillée de Noël, tous ensemble. Mon frère a vu les choses en grand, et le foie gras était de la partie avec tous ses potes au tarif offensant.

La neige tombe toujours sur Londres, et les passants se font plus rares autour de Covent Garden. Noël est là ! Enfin !

Nous avons re-trinqué, re-mangé, et sans engueulade au rendez-vous ! Etonnant ! Exploit ! Alleluia ! Jane était un peu frustrée de ne pouvoir goûter à tout mais elle tient à conserver une alimentation saine durant toute la période d'incubation. Ou de gestation. Bref, le temps de cuisson du Muffin.

Après quoi, ma mère a absolument tenu à ce qu'on chante des chants de Noël autour du sapin. Coutume ridicule, je vous l'accorde.

Surtout quand mon père s'y met. Alors celui-là, quand il est à jeun, on ne l'entend pas, mais collez-lui un gramme dans chaque doigt, c'est mort. Le mec est dans la *Star Ac'* là.

Il vient de s'emparer de la bouteille de whiskey vide, et l'a transformée en micro, vous voyez le tableau ? Ma mère ne dit rien, mais son regard critique signifie beaucoup.

Lorsqu'il s'est lancé dans *Jingle Bell Rock*, Jane est partie dans un fou rire d'enfer. C'était à son tour de se payer la tronche des français.

Almanzo a finalement annoncé l'ouverture officielle des cadeaux, et nous nous sommes tous installés sur les fauteuils du salon. Jane a mis un cd de chants de Noël, et mon père s'est avachi sur le canapé, les yeux mi-clos.

Nous avons distribué les cadeaux à chacun. Alex était enchanté par le Tee-shirt pour Flammekueche. Il n'a pas saisi au début que c'était pour son chat et paniquait à l'idée de ne pas rentrer lui-même dedans. Je l'ai rassuré sur ce point et il m'a tendu un paquet que j'ai déballé avec autant d'impatience qu'une gamine de sept ans. Bon, c'était un Tee-shirt « I love London » mais nous avons bien ri lorsqu'il a ouvert son cadeau qui contenait exactement le même.

Du coup, j'en ai aussi offert à mes parents, ainsi qu'à Al et Jane, ne sachant que faire des vingt exemplaires achetés. Nous les avons enfilés, et le salon s'est transformé en repère de touristes fanatiques. Ma mère a adoré la panoplie de bijoux que je lui ai dégoté dans une boutique d'Oxford Street et mon père a hésité à ouvrir la bouteille de whiskey que je lui ai offerte. Almanzo l'en a empêché. Pour Jane et mon frère, j'ai acheté un album photo trop mignon, afin qu'ils puissent immortaliser l'arrivée de leur rejeton.

Pour ma part, mes parents m'ont offert une séance de manucure-pédicure (je soupçonne ma mère d'avoir pris l'initiative), mon frère et Jane m'ont fait cadeau d'un bonnet et une écharpe assortie, et Alex m'a fait don d'une boîte à thé contenant une multitude de saveurs différentes.

Vers une heure du matin, la fatigue gagne du terrain, et Jane part se coucher (« good night ! »). Mes parents la suivent de près.

Almanzo, Alex et moi veillons encore un moment, relatant des souvenirs, comme des grabataires en maison de retraite. Nous décidons d'aller dormir, Almanzo se dirige vers sa chambre en nous souhaitant bonne nuit, et Alex s'affale sur le canapé. Il a au moins la délicatesse de me laisser le lit de camp, étonnant de sa part. Il ronfle déjà, alors que je me trouve seule face au sapin illuminé, assise sur le fauteuil. J'installe mon couchage en essayant de faire le moins de bruit possible. J'entends mon père ronfler comme une moissonneuse batteuse à l'étage, et Alex respire déjà tel *Dark Vador* atteint d'une rhino-pharyngite.

Je décide de vérifier une dernière fois mes mails après avoir enfilé mon pyjama molletonné, spécial célibataire.

Je sors mon téléphone de ma poche et me connecte.

Mail de Denis. Le cœur battant à tout rompre, je l'ouvre. La fatigue s'empare de moi, et j'ai le temps de lire les trois mots s'affichent sous mes yeux endormis, avant de sombrer dans un sommeil profond : « Joyeux Noël, Josette. »

CHAPITRE IX

Fin du séjour londonien, baguettes magiques, larmes, aux revoirs déchirants.

Comme le titre l'annonce, ce chapitre de ma vie contiendra une nouvelle fois des larmes, l'abonnement familial de ces derniers temps.

Le jour de Noël s'est déroulé dans la joie, l'allégresse, la bonne humeur, et la fameuse dinde cuisinée par Jane fût un délice. Mon père a été hélas pris de nausées au vu de la bête qui avait le croupion bourré de marrons, réaction probablement dû à sa murge de la veille. En tout cas, jamais la naissance de Jésus ne fût si bien arrosée que ce soir-là. Mon père sera probablement remercié pour son active participation et doit avoir une belle place réservée au Paradis, ça ne fait pas l'ombre d'un doute.

Dans deux jours nous devons déjà repartir pour la France. Tôt ce matin, Almanzo a redéposé mes parents à l'aéroport. Ma mère tenait absolument à rentrer, puisque des épisodes inédits de *Derrick* seront diffusés dès ce soir et elle a convié sa pote Jeannine pour l'occasion (« elle va ramener des sushis-maisons, ça sera une soirée d'enfer ! »). Je ne veux pas vieillir.

Pour profiter à fond de ces dernières quarante-huit heures, Almanzo nous a fait la surprise de réserver des entrées pour Alex, lui et moi, afin de visiter les studios *Warner*, lieu de tournage des célèbres films d'*Harry Potter*. Il a obtenu des entrées grâce à son boulot, il a déjà collaboré avec certains types de là-bas sur des projets cinématographiques. C'est absolument génial, j'ai déjà chargé la batterie de mon appareil photo afin d'immortaliser cette journée. J'ai dû supprimer pas mal de photos afin de faire de la place sur la carte mémoire, notamment les nombreux selfies qu'Alex a pris sans m'avertir lorsqu'il était assis sur les toilettes. Il est huit heures, et Alex et moi sommes dans les starting-block pour vivre cette nouvelle aventure. Jane ne nous accompagnera pas, elle ne peut pas rester debout si longtemps, sinon le Muffin lui fait des misères.

Je vais profiter de cette opportunité pour créer un album photo, que je pourrai montrer à mes élèves. Je pense notamment au petit Thomas, qui est fan des aventures du sorcier à lunettes. Le mioche sait à peine lire (bon, il a six ans, je vous l'accorde, c'est donc normal), mais sa mère lui bourre le crâne à coup de *Avada Kedavra*, *Moldus*, *Dumbledore*, et tout ce qui va avec. Je ne critique pas, j'ai moi-même dévoré les bouquins en quelques mois.

Bref, ils vont apprécier de passer une séance à regarder les photos que je vais prendre aujourd'hui. Ça nous changera des lignes d'écriture et des additions.

Ah, Almanzo sort enfin de la salle de bain. On va pouvoir y aller ! Alex et moi avons déjà enfilé nos vestes et mon frère déboule dans le salon.

— Let's go !

Surexcités, Alex et moi courons vers la porte d'entrée et sortons dans la rue comme des sauvages. Nous nous dirigeons vers le parking afin de récupérer la voiture, nous bondissons à l'intérieur (c'est une image) et Almanzo nous conduit jusqu'aux studios.

Nous arrivons enfin après une heure de voiture. Mon cœur bat tellement fort que j'ai l'impression de frôler la crise cardiaque.

Nous passons devant la foule de touristes en folie, puisque nous avons accès en VIP aux studios (merci Al).

Des gens le saluent au passage, telle une vedette. Dans l'entrée, des photos des acteurs sont affichées sur les murs. Je dégaine mon appareil pour ne pas perdre une miette de cette journée.

Nous nous baladons entre les murs du studio, visitons la fameuse Grande Salle, le bureau de *Dumbledore*, et même la classe de potions. Alex a absolument tenu à faire une photo de lui assis sur un balai, devant un écran vert sur lequel les techniciens ont incrusté un décor du film. Touriste !

Je ne vous raconte pas le ridicule de la situation. Surtout que le mec n'a plus voulu lâcher le balai. Un vrai gamin.

Bon, je vous l'avoue, j'ai aussi fait la photo.

Mais uniquement pour montrer à mes élèves, dans le cadre professionnel donc, et je n'ai pris aucun plaisir à ça.

Mais je l'accrocherai tout de même sur la porte de mon frigidaire en rentrant chez moi, j'avoue.

Nous avons pu admirer le fameux *Magicobus*, et avons trinqué autour d'une *Bièreaubeurre*. Pas trop dégueu, ça va ! Autour de nous, une multitude d'adultes et d'enfants déambulaient, émerveillés, certains vêtus de capes de sorciers ou de chapeaux pointus.

Après ça, nous avons dépensé des sommes mirobolantes dans la boutique, forcément. J'ai acheté un pull de *Gryffondor*, la baguette de *Hermione Granger*, et des porte-clés à foison. Je n'ai plus un sou en poche, mais des souvenirs plein la tête. Alex a acheté des bonbecs, et la baguette de *Lord Voldemort*. Il nous a soûlé toute la fin de journée en nous lançant des *Avada Kedavra* à tout va.

Nous sommes sur les rotules, mais cette journée était véritablement magique. J'ai hâte d'admirer les photos que j'ai prises. Sauf celle sur laquelle Alex fait semblant de vomir dans un chaudron.

Vers dix-sept heures, nous quittons les lieux, et c'est avec un petit pincement au cœur que je remonte dans la voiture.

Le trajet du retour se fait en silence. Demain, à cette heure-ci, nous serons presque sur le départ.

Une fois de retour à Londres, nous prenons une bonne douche chaude et nous installons devant la télévision. Jane nous a concocté des fish and chips que nous dégustons, accompagnés d'une bière locale, la *London Pride*.

Nous lui racontons notre journée (Al traduit, c'est plus rapide et surtout plus compréhensible) et ne tardons pas à nous écrouler de fatigue. Jane et Al se retirent dans leur chambre en nous souhaitant bonne nuit. D'un commun accord, Alex et moi décidons de conserver notre camping improvisé dans le salon au lieu de retourner dans la chambre d'amis.

Avant de m'endormir, je balance un oreiller au visage d'Alex qui a osé me lancer un *Avada Kedavra* de trop.

....

Tandis que je dormais paisiblement, vers les deux heures du matin, Alex s'est réveillé en hurlant.

— Vol...*Voldemort* ! Il arrive !

L'abruti était en train de rêver. Il fait le mariole toute la journée en imitant Celui-Dont-On-Ne-Doit-Pas-Prononcer-Le-Nom, mais une fois la nuit tombée, il fait moins le malin. Tandis que j'essaie de calmer mon cœur affolé et de retrouver le sommeil, Alex, lui, s'assoupit à nouveau.

Ce n'est qu'après une heure passée à me retourner dans tous les sens sur le lit de camp grinçant, que je parviens enfin à me blottir dans les bras de Morphée.

Le lendemain matin, le soleil d'hiver me caresse le visage, à travers la fenêtre du salon dépourvue de volets. Pas désagréable, comme affaire. Très requinquant.

Alex est toujours en train de pioncer.

Je me lève en silence, et file à la salle de bain afin de me débarbouiller un peu. Dernier jour. Le grand départ ! Je ressens un pincement au cœur à cette pensée mais tête de chasser les idées noires de mon esprit afin de profiter totalement de ces dernières heures.

Je croise Jane dans le couloir, qui caresse son bidon d'un geste tendre. Elle me salue, je lui souris.

Après avoir fait ma toilette, je rejoins Al dans la cuisine, affairé à préparer un dernier breakfast digne de ce nom.

— Salut ! Bien dormie ?

— Pas mal, pas mal, je lui réponds en baillant. Et toi ?

— Pas mal non plus ! Par contre, Jane… la pauvre. Elle a passé la moitié de la nuit à tourner en rond dans l'appart.

Pas de bol.

Je ressens un pincement au cœur en pensant au départ imminent. Al le remarque et s'empresse de me rassurer.

— T'inquiète, ma Josette, tu reviens quand tu veux. Tu seras toujours la bienvenue !

Et hop, je chiale.

Alex entre dans la cuisine à cet instant, torse poil, exhibant son calbut *Bob l'Eponge* à toute la maisonnée.

— Alex, tu pourrais t'habiller avant de venir prendre le p'tit déjeuner !

Mais il ignore mon sermon et s'assied sur la chaise la plus proche en se grattant allègrement l'entrejambe. Typiquement masculin. Si une bonne femme fait ça en public, c'est un scandale, mais pour les hommes, ça passe comme une lettre à la poste. Injustice.

Jane nous rejoint dans la cuisine, les cheveux en pagaille. La pauvre, ça ne lui réussit pas d'avoir un pancake dans le fourneau.

Almanzo lui susurre des mots à l'oreille, dont j'ignore totalement le sens, tandis qu'Alex s'empiffre déjà de cake.

Les deux autres nous rejoignent et nous dégustons notre dernier breakfast, en relatant des anecdotes de ces derniers jours.

Après quoi, nous rassemblons nos affaires éparpillées un peu partout dans l'appartement.

Alors que je suis en train de plier mon dernier pantalon, j'entends Alex entrer dans le salon, en reniflant bruyamment. Je me tourne vers lui. Il tient quelque chose dans ses mains.

— Jo…j'ai… j'ai cassé ma baguette.

Qu'est-ce qu'il me chante ?

— T'as quoi ?

— J'ai cassé ma baguette magique.

Le mec chiale. J'hallucine. Il poursuit son récit dans un concert de reniflements horriblement agaçants.

— Je… je me suis assis dessus. C'est terrible ! Jo !

Il s'affale sur le canapé en regardant pitoyablement ce qui reste de la baguette de *Voldemort*.

Almanzo entre à ce moment-là dans la pièce et Alex lui bondit dessus afin de lui faire part de sa désastreuse histoire.

— Bon, calme-toi, on va trouver une solution. J'ai du scotch dans le tiroir là.

— Non ! hurle Alex. Ça ne sert à rien ! Elle a perdu son pouvoir !

Ce mec est totalement et définitivement taré.

Je vous le donne en mille : il nous a tellement gonflé avec sa foutue baguette qu'Alex nous a emmené à la station King's Cross où se trouve une boutique d'articles spécialisés *Harry Potter* afin qu'il s'en achète une nouvelle.

Alex était le plus heureux des hommes (ou des enfants, selon le point de vue).

Après quoi, nous sommes rentrés en quatrième vitesse, avons récupéré nos valises, pleuré dans les bras les uns des autres, et nous apprêtions à franchir la porte d'entrée, lorsque Jane poussa un cri.

Merde, j'espère qu'elle ne va pas pondre son Muffin sur le palier.

En réalité, elle avait oublié de nous offrir, à Alex et moi, une paire de chaussettes tricotées par ses soins.

Parfaites pour compléter ma panoplie hivernale de Super Célibataire.

Après des effusions à profusion, des remerciements (Fenk you very meuche !) et des aux revoir larmoyants, nous quittons l'appartement.

Almanzo nous dépose à l'aéroport avant d'aller au travail. Avant que je ne ferme la portière de ma voiture, il me fait un clin d'œil en me faisant promettre de revenir les voir très vite.

Je promets.

Je regarde sa petite voiture disparaitre sur le parking de l'aéroport, avant de rejoindre Alex qui m'attend déjà dans le hall principal.

Le vol du retour se passe sans encombre (si ce n'est qu'Alex a jeté des sorts à toutes les hôtesses de l'air avec sa baguette neuve, ce qui les a étrangement fait beaucoup rire) et nous avons atterri en milieu d'après-midi, sous un ciel gris.

Nous regagnons la ville en navette, le cœur un peu lourd. Même Alex ne parle plus et semble avoir l'esprit ailleurs. Vous me direz, il l'a souvent ailleurs mais là, plus que d'ordinaire.

Nous nous quittons au coin de ma rue.

— Je t'enverrai les photos par e-mail. On essaie de se voir bientôt, avec les autres ?

— Evidemment, me répond-il d'une voix trainante.

Je lui fais la bise et regagne mon chez-moi.

Je grimpe les escaliers de l'immeuble, espérant de tout cœur que Denis n'est pas dans le coin.

Ouf, le coureur de jupon du quartier n'a pas pointé son nez. Je glisse la clé dans la serrure et pénètre dans mon nid douillet, posant enfin ma valise sur le sol français.

Ça fait bizarre de se retrouver seule. Je décide d'appeler Lily afin de récupérer Surimi.

— Allô ? Jo ? Ça y'est, vous êtes rentrés ?

— Oui Lily ! Tu vas bien ?

— Nikel ! Et toi ? C'était comment ?

— C'était génial. Je te raconterai ! Surimi va bien ?

— Elle va bien, mais elle pisse partout. Elle a bousillé mon tapis d'orient.

— Oh Lily, je suis désolée ! Je te rembourserai !

— T'inquiète pas, c'était un cadeau de mon ex belle-mère. Ça m'arrange presque qu'elle l'ait déglingué. Tu veux que je te la dépose ?

— Je peux passer si tu préfères !

— Non, ça me fera prendre l'air, et tu dois être crevée ! J'arrive !

Nous raccrochons.

Tiens, je vais en profiter pour lui offrir un verre, pour la remercier. Et un tee-shirt I Love London.

Je jette un œil dans le frigo. Que dalle. Sans espoir, je regarde dans le placard du haut, dans l'ancienne réserve personnelle de Monsieur François le Bâtard.

Miracle, il m'a laissé une bouteille de rouge. Poussiéreuse.

Il doit avoir oublié de vérifier avant de lâchement quitter les lieux.

Tant mieux !

Je pose deux verres sur la table du salon, ouvre la bouteille et sors le cadeau pour Lily ainsi qu'un porte clé des studios Warner. Je vais lui offrir celui à l'effigie d'Hedwige, la chouette des neiges de *Harry Potter*, ça lui plaira.

Ça sonne.

J'appuie sur l'interphone afin de laisser entrer Lily, accompagnée de mon chiot d'amour.

J'ouvre la porte, prête à l'accueillir.

Mais ce n'est pas Lily, mais Denis qui se tient sur mon palier. Mon cœur fait des loopings et mon estomac des saltos arrières. Qu'est-ce qu'il me veut, l'abruti ?

— Bonjour Josette, me dit-il avec un sourire aux lèvres, accoudé à l'encadrement de ma porte en mode surfeur australien mais sans son surf.

— B'jour.

Un peu froide, je reste sur mes gardes.

— C'était comment, Londres ?

— Froid. Vous avez besoin de quelque chose ?

— Oui, en effet. Ma femme est partie en congrès et je n'ai personne pour me tenir compagnie.

Il est culotté, ce mec !

— C'est bien dommage. Je ne suis pas disponible, mais je crois que Monsieur Cury est présent, allez donc sonner chez lui.

Monsieur Cury, quatre-vingt-deux ans, sénile et incontinent.

Denis rit.

— Ah, Josette… détendez-vous. Je ne vous veux aucun mal. De toute façon, vous n'êtes pas du tout mon style, ajoute-t-il en souriant.

Salopard.

— Ça tombe à pic, parce que vous n'êtes pas le mien non plus. J'aime les hommes subtils, raffinés et romantiques !

Il rit encore, d'un rire nonchalant. Et absolument divin, il faut l'avouer. Je dois couper court à cette discussion.

— Bon, si ça ne vous dérange pas, j'attends une amie. Veuillez m'excuser.

Je commence à refermer la porte quand il cale son pied dans l'interstice afin de la bloquer.

— Vous jouez à quoi ?

— Moi ? Mais je ne joue pas, Josette. Je suis très sérieux. Je voulais seulement vous offrir un verre. En tout bien, tout honneur. Je ne suis pas le genre d'hommes que vous croyez.

— Quel genre ?

— Genre à tromper sa femme. Je l'aime.

Mon sixième sens me dit qu'il me raconte des salades. Et ses yeux me disent que non. Qui dois-je croire ?

— De toute façon, je ne vous ai pas menti, je ne suis pas libre ce soir. Bonne soirée Denis.

— Alors je reviendrai demain.

Il me fait un clin d'œil (encore) et je ferme la porte.

Je rêve.

Quel crétin ! Il pense sérieusement que je vais me jeter dans la gueule du loup comme ça ?

Perdue dans mes pensées, j'entends à peine la sonnette de la porte qui retentit à nouveau. Cette fois je vérifie l'identité de mon visiteur.

— Mais zut alors, Surimi, t'étais obligée de poser ta pêche devant l'immeuble ?

C'est bien la voix de Lily qui me parvient à travers l'interphone. J'ouvre la porte au dernier moment, au cas où le dragueur fou serait encore dans les parages.

Lorsqu'elle m'aperçoit, Surimi s'agite au bout de sa laisse. Ciel, elle est toujours aussi laide.

Mais je la laisse tout de même me lécher le visage avec fougue.

Je m'écarte pour laisser entrer Lily.

— Jo ! Tu as bonne mine ! Ça te réussit, l'Angleterre !

Elle me colle ses lèvres gelées sur les deux joues et se débarrasse de son manteau et de ses chaussures.

Surimi a déjà pris ses aises et s'étale de tout son long sur le canapé. Elle me fait un peu penser à Alex. Mais en moins velue.

Nous nous installons dans le salon.

Lily est enchantée par les présents que je lui ai faits et nous entamons la bouteille de rouge (pas mal du tout, je confirme). Je lui parle de Londres, ses quartiers, ses mystères, et elle m'écoute, les yeux écarquillés, comme une enfant à qui on raconte un conte de fée.

— Ça a l'air chouette ! J'aimerais que Pierre m'y emmène un jour !

— Pierre le dermato ? Je croyais que c'était qu'une passade ? Il est pas marié ?

— Il va divorcer !

— T'es sûre ?

— Oui ! Il me l'a officiellement annoncé !

Je garde mes doutes pour moi afin de ne pas la froisser.

Je jette un œil sur Surimi. Elle est en train de becqueter les chaussures de Lily.

— Surimi !

La petite chienne me regarde, innocente.

— Lâche ça ! Je me fâche ! Maman n'est pas du tout contente !

— Jo, c'est pas un gamin, elle comprend pas ça. Faut employer des mots plus courts.

— Comme quoi ?

— Regarde.

Lily se lève et se dirige vers Surimi.

— Surimi, NON !

La chienne s'immobilise, la tête basse.

Ça fonctionne pas mal ce truc. Ça marche sur les hommes ?

— Tu vois ?

— J'ai saisi !

Elle vient se rassoir, tandis que Surimi s'affale sur le sol, soumise et déçue de ne pas avoir pu finir d'ingurgiter la godasse de mon amie.

— Je ne vais pas pouvoir rester, Pierre m'a invitée au restaurant.

— Pas de soucis, de toute façon je suis claquée, je ne vais pas me coucher tard.

— On reprend le boulot dans deux jours déjà. Pas du tout motivée. Et toi ? Après un mois d'absence ? Prête ?

— Pas du tout.

Repenser au travail, ça me mine le moral.

Lily vide son verre et se lève, prête à partir.

— Je t'accompagne, je dois vérifier mon courrier.

Elle enfile son manteau et ses chaussures, s'empare de ses cadeaux et nous quittons l'appartement. Surimi pleurniche devant la porte.

— Je reviens, lui dis-je doucement en lui tapotant la tête.

Je ferme la porte en prenant soin d'emmener mes clés, et nous descendons les escaliers. Lily quitte l'immeuble, tandis que j'ouvre ma boîte aux lettres et m'empare du courrier entassé à l'intérieur.

Je regagne mon appartement et m'affale à nouveau sur le canapé.

— Publicités, publicités, factures… et… lettre ? C'est quoi ça ?

Je jette un œil sur l'adresse de l'envoyeur. Mon cœur fait un bond. L'école Saint-Louis. Pas bon signe.

J'ouvre l'enveloppe, le cœur battant à vive allure.

La lettre est écrite à la main, de la main de la vieille Gerbèèèère.

Elle est un peu vieux jeu et ne sait pas utiliser *Word*.

Je la soupçonne même de posséder encore un *Minitel*.

Je lis…

…

La vioque exige un entretien lundi, à midi, après la classe.

Elle ne détaille pas le motif, mais ça sent mauvais. Très mauvais.

Je remonte dans mon appartement et essaie tant bien que mal de chasser cette nouvelle de mon esprit.

Je déballe ma valise, et fais tourner une machine de linge avant de me plonger dans le programme que je compte prévoir avec mes élèves d'ici lundi. Je mets les photos sur mon ordinateur, sélectionne les plus belles (c'est-à-dire celles sans la tronche d'Alex collée dessus ou une autre partie douteuse de son anatomie) et les fais imprimer par le biais d'un site internet. Elles devraient arriver d'ici lundi, j'aurai le temps d'organiser l'album photo que je voulais créer pour ma classe afin de leur présenter dans la semaine.

Je me laisse ensuite tomber sur mon canapé, allume la télévision et m'endors sans même m'en rendre compte, devant la très culturelle émission *Les Ch'tits à Hollywood*.

CHAPITRE X
Sans commentaire.

L undi. Jour de rentrée. Nouvelle année. Réveil à six heures du matin. Dur.
Je me mets en mode pilotage automatique et prends ma douche et mon petit déjeuner sans la moindre motivation, notamment en songeant à l'entretien qui m'attend dans la matinée avec la Mère Gerbèèèère.
Une fois prête et décente, j'attrape mon sac à main et ma mallette, et me hâte d'attraper un tramway.
Le tram le matin, c'est comme un cimetière à la pleine lune, plein de zombies avec des cernes jusqu'à par terre. Les gens ont tous laissé leur joie de vivre chez eux ou ailleurs, et ils regardent par la vitre d'un air morne.
J'arrive bientôt à l'école Saint-Louis et me dirige d'un pas vif vers la salle des professeurs, déjà bondée de collègues horripilants qui racontent à qui veut entendre, leurs exploits au ski et comment ils se sont gavés d'huitre lors du réveillon. Tout le monde s'en fout, mais tout le monde fait mine d'écouter. Même moi. Je cherche Lily du regard mais ne la trouve pas. Une fois que tout ce joli monde a vidé son sac, chacun part dans sa direction afin de rejoindre sa classe, une tasse de café à la main.
Je fais de même, heureuse de me trouver en terrain conquis, dans ma salle de classe au fond du couloir du deuxième étage, que j'ai personnalisé à mon goût (pas le couloir, la salle). Bon, les enfants aussi ont eu droit à leur part de responsabilités, je leur ai consacré ce que j'appelle « le mur

de la création », qui est un énorme tableau (blanc à la base) qu'ils peuvent décorer à leur guise selon les envies.

Ma remplaçante ne semble pas l'avoir utilisé durant mon absence. J'inspecte le reste de ma classe. Hm, c'est propre, rangé. Pas mal.

J'installe mes affaires sur le bureau de bois qui trône devant le tableau noir. Enfin, de retour ! Je ressens tout de même un peu de bonheur, à l'idée. Un peu, je dis bien.

Je jette un œil par la fenêtre et aperçois une ribambelle de gamins qui courent partout dans la cour, sillonnant le pavé comme des fourmis, affairés à se tirer la capuche, s'ouvrir les cartables, et toutes ces autres vacheries qu'on a nous-même faites à leur âge.

Toc, toc. Qui peut déjà venir me faire suer un jour de rentrée de si bonne heure ?

— Oui ?

La porte s'ouvre, et la Mère Gerbèèère entre d'un pas aérien (ironie) sur mon territoire, un sourire étrangement pervers aux lèvres.

— Josette…bonjour.

— Madame Gerbère.

— Je vous rappelle que nous avons un entretien. Midi dans mon bureau. Ne soyez pas en retard.

Et elle se casse.

Parfait. Merci de me faire stresser, la grabataire.

La cloche sonne. Ça y'est. C'est parti. J'attrape mon manteau, referme la porte de ma salle de classe et descends dans la cour afin d'accueillir mes élèves.

Les adorables bambins (re-ironie) ne semblent pas mécontents de me revoir.

— Maîtresse Josette ! me crie la petite Caroline en s'accrochant à mes jambes.
— Bonjour Caroline, tu as passé de bonnes vacances ?
— Oui, j'étais en vacances chez Mamie Crevette !
Charmant sobriquet, la vieille.
— Maîtresse Zozette, moi z'étais ssé mes couzins, à Paris !
— Et moi, et moi...
Je décide de couper court à la conversation.
— C'est très bien ça les enfants, on en discutera plus tard, il fait froid, il est temps de monter en classe.
Ils se rangent par deux, très disciplinés (ironie, une fois encore) et nous nous dirigeons vers le grand escalier dans lequel s'agglutinent déjà trois autres classes. Je fais patienter mes élèves afin de ne pas perdre la moitié dans le tas de demi-portions qui s'accumulent ici.
Une fois dans le couloir, ils se débarrassent de leurs manteaux, bonnets et autres gants, en les disposant sur les crochets prévus à cet effet. Je plaisante une fois de plus, forcément. Les vauriens préfèrent lancer leurs couvre-chef en l'air, tels des étudiants américains le jour de leur remise de diplômes.
— Hé ! Ça suffit ! Vous allez me faire le plaisir de ramasser vos bonnets et de les accrocher !
Là, ça rigole plus.
Ils pigent vite, et se rangent bientôt devant la classe, en silence.
— Allez-vous asseoir les enfants... et sans courir ! Kévin, sors tes doigts du nez de Philippe !
Ils m'obéissent (à ma grande surprise) et pénètrent dans l'Antre du Savoir (la classe) à la file indienne.

— Bien. Alors, puisque vous avez envie de parler de vos vacances, nous allons le faire de façon organisée. Donc, vous allez pouvoir vous exprimer, mais l'un après l'autre. Vous n'aurez qu'à lever la main, et vous pourrez raconter ce que vous avez fait à Noël. D'accord ?
— Oui Maitresse ! répondent-ils en chœur.
— Alors, qui veut commencer ?
Comme je m'y attendais, une flopée de doigts se lève alors, fendant l'air d'un geste impatient.
— Bon. Nous allons écouter les vacances de Théo, puis ensuite ce sera à... Marie.
Théo, six ans, une canine et une incisive en moins, le cheveu blond comme les blés, les lunettes quadruple foyer genre les Minions de Pixar. Il se lève alors, et se tient debout devant sa chaise. Il se racle la gorge, et entame son (passionnant) récit.
— Alors moi, j'étais à la maison, et j'ai fait des boules de neige, avec de la neige. Y'avait aussi mon frère, Tom, celui qui a des trous dans les chaussettes, pas l'autre parce que lui il est à l'armée, pour battre les méchants. Et on a mangé du chocolat. Et des cacahuètes. Et Papi a enlevé son dentier, à Noël, et Mamie l'a grondé, parce que c'était sale. Et après on a attendu le Père Noël, mais on était fatigués, alors on a dormi, et on l'a pas vu. Mais on a quand même eu les cadeaux. Moi j'ai eu une voiture télécommandée, et une tablette. Et aussi, un mini-quad. Et, et...
Il parait qu'il faut laisser s'exprimer les enfants, mais là y'a des limites. J'ai failli sombrer dans un profond coma.
— Bon, très bien Théo, maintenant tu laisses la place à Marie, s'il te plait.
— Mais j'ai pas fini !

— Si, Théo, maintenant c'est au tour de Marie de raconter.
— Bon, d'accord...
Et il s'assied, déçu.
Marie se lève alors, timidement.
— Moi j'ai vu le Père Noël.
Silence.
— Très bien Marie, c'est tout ?
— Oui.
Et elle se rassied.
Bon, c'était concis mais au moins j'ai assouvi son envie de s'exprimer.
Suivant !
La matinée s'est déroulée ainsi, les récits des enfants s'enchaînant, certains plus tumultueux que d'autres. Le petit Thomas a voyagé aux Etats-Unis avec ses parents, Luc a vomi dans la cheminée de Papi Gustave, Corine a caressé le chat de son cousin Franck, tandis que Léo a été puni par son père parce qu'il avait ouvert ses cadeaux quatre jours avant Noël.
Après la récréation, je leur ai demandé de dessiner un souvenir de vacances.
Puis à midi, les enfants ont quitté la classe avec calme et discipline, comme d'habitude (traduction : en se ruant comme des dégénérés dans le couloir). Une fois seule, c'est le cœur battant à tout rompre que j'ai regroupé mes affaires avant de rejoindre le bureau du tyran de service.
Toc, toc...
— Entrez.
J'entre.
La vioque me fixe, derrière son immense bureau. D'un geste, elle m'invite à m'asseoir en face d'elle.

— Bien. Josette. Josette...

Silence.

— Vous travaillez ici depuis quelques années maintenant, n'est-ce pas ?

— Oui.

— Bien.

Silence.

— J'ai reçu un courrier, récemment. Et j'ai pensé à vous.

Houston, nous avons un problème.

— Josette... (elle se recule dans son immense fauteuil et croise les bras en me fixant). Josette...

Je réitère, Houston.

— J'ai décidé de vous muter.

PARDON ?

— Me muter ?

— Oui. Dans une autre école. Dans une classe de cm1. Ou cm2. Bref. Peu importe.

— Mais pourquoi ??

Elle déraille, la vieille !!

— Ils ont besoin de... comment dire, de renfort. C'est une école un peu particulière, la discipline n'est pas vraiment établie, dirai-je.

— Vous voulez m'envoyer dans quelle école, exactement ?

— Saint-Charles.

— SAINT-CHARLES ?

Là on atteint le niveau suprême de l'horreur. Saint-Charles, quatre suicides d'enseignants en trois ans, huit burn-out, quatorze démissions.

Et la vieille Gerbère me regarde, avec un sourire machiavélique figé sur ses lèvres sèches et gercées.

— Je refuse.

— Oh mais je ne vous demande pas votre avis, ma chère. L'Etat veut que je donne un enseignant, j'en donne un. Et ce sera VOUS.

Mais pour qui se prend-elle, l'emplumée, avec ses poils au menton ?

— Non.

— La discussion est close.

— Vous n'êtes qu'une...

Je m'arrête, le cœur au bord de l'explosion.

La Gerbère semble soudain très intéressée par la suite.

— Oui ? Une QUOI ? Poursuivez, je vous en prie.

— Vous n'êtes qu'une misérable bonne femme, aigrie, habitée par des démons, vous allez finir votre vie seule et sans amour, je n'irai jamais à Saint-Charles, je vous méprise, du plus profond de mon âme, et je préfère démissionner, maintenant, en emportant ma dignité avec moi !

Silence.

J'ai démissionné.

Enfin c'est ce que j'aurai du faire, si j'avais tenu le discours que je viens de vous livrer.

Hélas, ça ne s'est pas passé vraiment comme ça...

Retournons légèrement en arrière.

— Vous n'êtes qu'une...

Je m'arrête, le cœur au bord de l'explosion.

La Gerbère semble soudain très intéressée par la suite.

— Oui ? Une QUOI ? Poursuivez, je vous en prie.

Et j'ai poursuivi.

Et j'ai été licencié.

Bon.

Cela dit, je l'ai traitée de « pétasse ». Ceci explique cela.

J'ai quitté le bureau sans un mot de plus. J'ai fait un détour par ma classe avant de quitter définitivement les lieux.
Avant de partir, j'ai écrit sur le grand tableau noir pour la dernière fois.

— Au revoir, les enfants. Grandissez, vivez, épanouissez-vous, faites ce qui vous fait plaisir dans la vie et ne laissez personne la gâcher. (Et j'ai ajouté en plus petit) Et ne devenez pas enseignant. Maîtresse Josette.

Et je suis partie, emportant avec moi les souvenirs impérissables de cette partie de ma vie.

Bon, j'ai pleuré aussi. Dans le tramway.

— Ticket s'il vous plait.

Merde... je ne lève même pas la tête vers le contrôleur.

— J'en... j'en ai pas.

— Encore vous ?

Je le regarde, étonné. Le même type que la dernière fois. Décidemment.

— Madame... je suis navré mais là... ça fait beaucoup.

— Je sais Monsieur, faites votre travail. Pour ma part, je n'en ai plus depuis vingt minutes.

Il me regarde avec pitié.

— Vous avez toujours une autre excuse... même si celle-ci est bien moche, je vous l'accorde.

Il sort sa machine à amendes.

— Ça fait vingt-cinq euros. Prix d'ami.

Je sors mon porte-monnaie en reniflant. Je dois avoir une tête affreuse. Par chance, j'ai de la monnaie. Je lui tends.

— Merci. Je vais devoir prendre votre identité et votre adresse, pour l'amende.

Je lui fais part des informations.

— Et la prochaine fois, pensez à prendre un ticket !

Il me jette un regard compatissant avant de poursuivre son travail.

J'arrive enfin chez moi. Surimi m'accueille en bondissant comme un cabri.

— Ma belle... enfin... c'est peut-être pas le terme approprié. Mais toi au moins tu es toujours là pour moi.

Et nous nous installons sur le canapé pour une séance de gratouillages et papouillages.

— Qu'est-ce que je vais faire de ma vie, désormais ?

Mais Surimi ne me répond pas.

J'ai envie d'appeler Lily mais elle doit déjà être dans sa classe à l'heure actuelle.

J'appelle Sandra. Répondeur.

Comme si le destin avait voulu m'amener un peu de compagnie, la sonnette de ma porte retentit à cet instant.

Je vous laisse deviner l'identité de mon visiteur.

— Bonjour Denis.

— Bonjour Josette !

Il sent bon le chocolat.

— Petite mine ? Quelque chose ne va pas ?

Lui, mon confident ? Ce serait le comble.

— Rien, laissez tomber.

— Allez, un petit effort ! Vous voulez qu'on prenne un café ?

Il me gonfle avec ses cafés il se prend pour Georges Clooney ou quoi ?

— Non merci.

— Un verre ?

Oh la ferme !

— Bon. Mais seulement un.

Je suis une lâche.

Je m'écarte pour le laisser entrer.

— Mon Dieu, c'est quoi ça ?

Ça, c'est mon chien.

— Surimi.

— Ah. Bonjour Surimi !

La petite créature le renifle, sa queue battant à tout va.

Je l'invite à s'asseoir dans le salon (Denis, pas Surimi).

— Je n'ai pas grand-chose à vous offrir, je dois faire des courses.

— Alors sortons dans un bar, si vous préférez ?

Ça m'arrangerait que cet entretien se fasse en public effectivement.

— Ok, je vais me changer.

Je le laisse à la merci de Surimi qui le dévore des yeux.

J'enfile une robe en laine et un collant. Une petite retouche maquillage pour réparer les dégâts. Pas trop, question qu'il ne se fasse pas de films, le pervers.

— Voilà ! On va où ?

— J'ai dégoté un café sympathique la semaine dernière, ça vient d'ouvrir. Je vous y emmène ?

— Allons-y !

Nous quittons l'immeuble. Dans la rue, nous marchons côte à côte, en silence. Je sens son regard sur moi mais l'ignore.

Nous arrivons bientôt au café (que je ne connais pas encore). Nous nous installons à une table près d'une fenêtre. C'est cosy.

— Vous prendrez quoi ? me demande-t-il d'un ton amical.

— Vous allez me prendre pour une ivrogne si je prends de l'alcool ? J'ai besoin de décompresser.

Il rit.

— Bien sûr que non. Je vous accompagne !

Nous commandons deux *Martini* blancs et trinquons.

— J'ai été licenciée ce matin.

J'ai lâché l'info comme ça, avant même que mon cerveau ne l'imprime.

— Oh ! C'est donc ça... vous m'en voyez navré. Sincèrement. Pour quelle raison, si ce n'est pas indiscret ?

Et là, je lui confie tout. Mais quand je dis tout, c'est tout. La totale. Même pour François, Surimi, Londres, la baguette de *Voldemort*, Jane et son Muffin... tout y passe. Et lui m'écoute, recommandant parfois des boissons, sans jamais m'interrompre.

— Et bien... pour une histoire ! Vous en avez bavé ! me dit-il à la fin de mon récit.

— A qui l'dites vous... soupirai-je.

— Mais maintenant, c'est le début d'une nouvelle vie. Un tournant décisif. Le moment de faire ce que vous avez toujours voulu faire. Vous ne croyez pas ? Plus d'attache, plus de travail. Juste vous et votre destin.

Pas bête. Je n'avais pas vu les choses sous cet angle.

— Mais je ne sais qu'enseigner, moi.

— Sornettes !

Voilà qu'il se met à parler comme ma grand-mère.

— Si, je vous assure.

— Vous avez bien un talent caché !

— Je... je ne sais pas. Il doit être bien caché.

— Allons donc !

J'avale une gorgée de *Martini*.

— J'devrais peut-être partir d'ici. Quitter la ville. Commencer ailleurs.

— Pourquoi pas ! C'est ce que j'ai fait, moi. Je n'en suis pas déçu. Quitter la Bretagne pour un nouveau départ.

Je réfléchis une minute tout en sirotant mon *Martini*.
— L'idée est tentante.
— Vous auriez une idée de la destination ?
— Je ne sais pas. Partir comme ça, sans projet... ça fait un peu peur !
— La grande aventure de votre vie commence peut-être ici !
— J'ai jamais été une grande aventurière, vous savez.
Il sourit.
— Tout le monde l'est un peu, au fond de soi.
Je l'observe, en silence, tandis qu'il savoure son verre de rosé fraichement commandé. Il n'est pas si stupide que ça, au final. A moi de le cuisiner un peu sur sa vie privée.
— Et vous ? Votre femme a retrouvé un emploi de chirurgienne facilement, après avoir quitté la Bretagne ?
Silence. Denis baisse le regard.
— Oui, oui. Assez facilement.
— Bien ! Tant mieux pour elle... et pour vous !
Un silence de plomb s'installe.
Je jette un œil sur ma montre. Il est temps de mettre les voiles.
— Je crois que je vais rentrer. Merci pour les verres... et tout ça. Ça m'a fait du bien de discuter avec vous. Sans arrière-pensée.
Il relève la tête et me sourit.
— Je vous avais dit que je n'étais pas un pervers. Même si, je vous l'accorde, mes manières sont parfois un peu directes. Je cherche seulement à rencontrer des gens, à me faire des amis ici. Je ne connais personne.
Il se lève, attrape son manteau.
— Je vais régler, attendez-moi ici.

— Laissez-moi payer au moins une tournée.
— Non, j'insiste.
Je me ravise et le remercie.
Je suis légèrement chamboulée par cet étrange après-midi.
Il était bien la dernière personne avec qui j'aurai voulu le passer. Enfin, à la base, du moins.
Il revient vers moi, m'ouvre la porte et nous quittons le café.
La neige tombe doucement sur la ville.
Le retour se fait en silence. Chacun dans ses pensées secrètes.
Devant la porte de mon appartement, il me souhaite une bonne fin de journée, me sourit, et regagne son chez-lui.
Je referme la porte.
Surimi me fait la fête à n'en plus finir comme si je l'avais quitté depuis douze ans.
Je décide de commander une pizza, trop épuisée pour ressortir dans le froid. Je me douche et enfile mon pyjama et mes pantoufles.
Le téléphone sonne. C'est ma mère.
— Josette ?
— Oui maman.
— Comment vas-tu ma chérie ?
— Je suis au chômage et célibataire (Tic-tac, tic-tac, horloge biologique, toujours en service). Et toi ?
— Comment ça ?
— J'ai traité ma directrice de pétasse.
— Je te demande pardon ?
— Elle voulait me muter dans l'enfer des enseignants.
— Saint-Charles ?
— Oui.

— Alors oui, c'est une pétasse.
— Merci de ton soutien.
— Tu n'as pas respecté ton préavis ? demande-t-elle.
— Hors de question, j'ai au moins négocié ça avec elle. Elle s'est empressée de rappeler Dalida ou je ne sais quoi, qui m'a remplacé pendant mon arrêt maladie.
— Tu retrouveras du travail, j'en suis sûre ! Tu es une battante toi ! Tu tiens ça de moi (forcément).
— Merci, maman.
— Tu sais, ma fille, les épreuves de la vie sont rudes, mais quand tu les auras franchies, tu en tireras du bénéfice. C'est certain.
— J'espère bien.
Silence.
— Bon, je ne vais pas te déranger plus longtemps. Passe une bonne soirée quand même. Je suis là, si tu as besoin de quoi que ce soit.
Alors là, on est dans la quatrième dimension.
— Merci, maman. Passe le bonjour à papa !
— Alors lui... ne m'en parle pas. Toujours affalé devant sa maudite télévision, le vieux. (Ah voilà, elle redevient elle-même). Enfin... c'est comme ça ! Je l'ai choisi ! Bonne soirée, Josette !
Elle raccroche. Il est vingt-heures. Je suis seule, chez moi, sans travail, sans guéridon.
Je repense à notre discussion, avec Denis. Partir... quitter tout. Enfin, au point où j'en suis, quitter RIEN.
Le livreur de pizza sonne à la porte. Je réponds à l'interphone et lui ouvre, affamée.
— B'soir. Dix euros, s'il vous plait.

Je lui tends son dû, le remercie, et me dirige vers le salon afin de déguster mon dîner.

J'ai à peine refermé, que la sonnette de la porte d'entrée retentit à nouveau. Je soupire, me lève, et vais répondre à l'interphone.

— Josette, c'est nous !

La voix de Lily.

J'ouvre.

Je les entends courir dans l'escalier, et mes amis sont bientôt réunis devant ma porte, essoufflés.

— J'ai gagné ! s'écrie Alex en brandissant la baguette de *Voldemort*.

Faut qu'il arrête de trimballer ce truc partout, il va se faire interner.

Ben, Lily, Anna, Sandra et lui entrent chez moi.

— Décidemment, Jo... tu es au pays de la poisse en ce moment... me dit Lily en me faisant la bise.

— Oui... la Mère Gerbère vous a dit quoi, exactement ?

— Que tu avais été insultante et que tu avais été remerciée. Et que, je cite, « son cas serve de leçon au reste du corps enseignant ». Charmante, comme d'habitude. Les collègues te saluent.

— T'inquiète pas, Jo, ça va aller, me dit Ben en souriant.

Je les invite à entrer dans le salon.

— Je suis désolée, j'suis en pyjama et j'allais entamer ma pizza. Vous en voulez un morceau ?

— On a ramené des victuailles ! s'écrie Sandra en brandissant un panier.

— Saucissons, vin, fromages, gâteaux... tout l'attirail pour réparer les bobos ! renchérit Ben qui est assez classe dans son costard cravate.

Sandra le dévore des yeux.

On s'assied dans le salon, Sandra déballe le contenu du panier et Surimi, fidèle à elle-même, lèche les visages de tous mes amis. Le seul à ne pas se débattre est Alex. Sauf quand Surimi parvient à attraper sa baguette.

— Tu lui as dit quoi, à la Mère Gerbère ? me demande Lily, curieuse, en grignotant un bout de fromage.

— Pétasse.

— Oh, je t'ai rien fait moi !!

— Nan, mais c'est ce que je lui ai dit. Je lui ai dit : pétasse.

— Juste comme ça ?? s'étonne Sandra.

— Ouais. Elle voulait me coller à Saint-Charles.

— Saint-Charles ?! s'écrie Lily en manquant de s'étouffer.

— Quelle peau de vache… on envoie personne là-bas ! C'est un désastre ! Une hécatombe pour instituteurs ! Renchérit Sandra en m'envoyant un regard plein de compassion.

— Alex, bon sang ! Laisse ce chien tranquille ! s'impatiente Anna en assenant des coups sur le bras de son frère.

L'idiot est en train de lancer des sorts à mon chien, sa baguette à bout de bras.

— Fiche moi la paix, Anna, j'essaie de transformer Surimi en pneu.

— En pneu ?

— Parfaitement, frangine. En pneu.

On a sombré au pays des tarés.

Anna me regarde, désespérée. Ils sont jumeaux, mais la ressemblance est seulement physique, Dieu merci pour elle.

— Bref, Jo, reprend Lily, on va te trouver un nouvel emploi tout beau, tout neuf. Et un salaire alléchant en prime.

— Je ne sais plus trop quoi faire, en vérité.
— Comment ça ? me demande Sandra.
— J'ai... j'ai pris un verre, ou plusieurs, avec Denis cet après-midi.
— QUOI ? beugle Alex en interrompant ses tours de magie.
— Oui, mais calme toi, Alex, calme toi, zen, y s'est rien passé. C'était...amical. C'est tout. Et on a parlé du fait de quitter une ville, un pays. Recommencer ailleurs, repartir à zéro quoi !
— Denis, c'est le beau gosse qui loge à côté, c'est bien ça ? Pour re-situer ? questionne Lily, intéressée.
Je confirme.
— Mais pour aller où, Jo ? me demande Sandra, sceptique.
— Je ne sais pas. Loin.
— Tu crois franchement que le bonheur est ailleurs ? insiste-t-elle.
Ben nous sert des verres de vin rouge et nous en tend à un chacun.
— Peut-être que oui, peut-être que c'est le moment de partir pour moi.
— Je n'en suis pas sûre. Réfléchis bien.
Ah, Sandra... ma seconde mère. Aussi chiante que la première par moment.
Je tente de la rassurer tant bien que mal, en espérant lui ouvrir les yeux sur ce que je ressens, au fond de moi.
— T'inquiète pas, je suis adulte, je sais ce que je fais. J'ai besoin de changer d'air, de me ressourcer, de parcourir le monde. C'est comme ça ! J'en ai vu des vertes et des pas mûres ces derniers mois, et je ressens un profond besoin d'évasion.

Un lourd silence suit mes paroles, uniquement rompu par les bruitages exaspérants d'Alex qui siffle son verre de vin, sans souci.

— Et tu serais seule là-bas, on ne sera plus là pour t'aider quand tu seras en galère.

Là, Sandra marque un point. Mais je ne me laisse pas démonter pour autant.

— Je rencontrerais des gens, et rien ne vous empêchera de venir me voir. Et moi de revenir de temps en temps…

— Oui, mais alors tu seras pas là pour notre mariage.

Le lourd silence rapplique. Je sens une goutte de sueur perler sur mon front.

— Votre… mariage ?

— Surprise ! s'écrie Sandra, tout sourire.

Elle attrape la main de Benjamin qui est assis près d'elle, et lui aussi me sourit à pleine dents.

En fait tout le monde sourit autour de moi. Même Surimi. Sandra me tend sa main, toute excitée, et j'aperçois la bague ultime qui scintille à son doigt. L'écrin de tant de joie à venir. La promesse d'années d'ivresse et de bonheur, d'amour et de partage, dans cette petite bague qui brille déjà de mille feux.

Je suis stupéfaite. Ça y'est, Sandra va se marier. Celle avec qui j'ai partagé mes moindres secrets. Celle qui avait renversé sa brique de lait sur ma jupe en maternelle. Ma meilleure amie. Je souris, légèrement sonnée.

— Bah ça alors… félicitations à vous deux. C'est…extra !

Je me lève pour les embrasser, les serrant contre mon cœur.

— Tu veux bien être mon témoin ? me murmure Sandra, émue.

O joie ! J'accepte, évidemment, un sentiment d'excitation naissant au plus profond de mes entrailles.
— Et toi, Ben, qui sera le tien ?
Benjamin, toujours souriant (il va rester bloqué s'il n'arrête pas), me répond en pointant du doigt l'heureux élu…
— Alex !
Est-ce vraiment un choix judicieux ? S'il se pointe devant l'autel avec sa baguette magique, Ben risque de regretter sa décision. Mais je garde mes soupçons pour moi, finalement satisfaite de partager cette journée en endossant le même rôle que mon ami.
Alex Le Témoin se lève alors, et sort du panier une bouteille de champagne et des flûtes.
Ils ont pensé à tout !
— On voulait tous être présents pour t'annoncer la grande nouvelle, me confie Lily.
— C'est super en tout cas. Ça va être le plus beau mariage de l'année.
Je le pense, sincèrement. Sandra et Ben sont le reflet parfait du couple heureux et leur destin s'annonce resplendissant.
— Et maintenant, trinquons au futurs mariés ! lance Anna en distribuant une flûte à chacun.
Nous trinquons, et le tintement des verres résonne dans le salon comme le carillon prometteur des cloches de l'église.
Nous rions, trempons nos lèvres dans le délicieux nectar et mes idées d'évasion s'échappent de mon esprit pour faire place au bonheur intense de l'instant et je savoure chaque minute de cette soirée magique, heureuse de voir les étoiles qui scintillent dans les yeux de mes amis. Finalement, ce chapitre qui avait commencé dans la tourmente, s'achève sur une note joyeuse.

CHAPITRE XI
Reprendre du poil de la bête

Gueule de bois, quand tu nous tiens (encore une fois).

Réveil difficile, je ne vous le cache pas. Le champagne a fait tourner les têtes hier soir, et ce n'est que vers deux heures du matin que mes convives ont quitté les lieux, en fredonnant la marche nuptiale, bras dessus-bras dessous.

Ce matin, pourtant, je me sens différente. Comme si la perspective de ce mariage annonçait un dénouement heureux, une fin digne des contes de fées. Je me sens si concernée par l'évènement que j'en oublie mes idées sombres, mon licenciement, ma rupture, mes envies d'escapade... enfin, presque. Pour l'instant du moins. Je sais que mes démons ne sont jamais loin.

Je profite de cette euphorie pour procéder à une séance « retapage » en cinq étapes (ou étages ?) : douchage, ratiboisage, habillage, maquillage, vernissage.

Je me sens bien, je me sens femme. Célibataire et au chômage, certes, mais femme quand même. *Une femme libérée,* comme le dit si bien Cookie.

Je décide même d'aller bruncher en ville, seule, question de démarrer cette journée sur les chapeaux de roue. Un désir si soudain et si vif ne peut qu'être assouvi.

Surimi me suit partout comme un petit chien (logique), sa queue touffue battant à tout va. Elle gémit, elle sent que je vais l'abandonner pendant quelques heures, la laisser là, livrée à elle-même.

Je caresse son corps dépourvu de pilosité (je m'y suis habituée à la longue). La petite créature me lorgne de son regard attendrissant (malgré un strabisme divergent certain). Elle me fend le cœur. Je décide de l'emmener avec moi.

Un regard par la fenêtre me confirme ce que je redoutais : il neige. Je soupire, condamnée à parer Surimi d'un manteau acheté pour elle en cas de grand froid. Je vous préviens tout de suite : ce n'était pas mon idée, c'est seulement le vendeur de la boutique qui m'a fortement conseillé d'investir dans cette immondice pour protéger ma petite chienne.

Il n'avait pas tort le type : c'est comme si on se trimballait à poil dans la rue sous la neige. Pas top comme perspective, non ?

J'affuble Surimi du manteau que j'ai choisi pour elle. Il est rose. Quitte à faire les choses, autant les faire en entier. C'était soit ça soit une parka à imprimés militaires et ça c'était hors de question.

La pauvre petite me jette un regard qui signifie clairement « pourquoi tu m'fous la honte ? ».

— Désolée, Surimi… mais je ne peux pas te laisser te balader toute nue dans la rue par ce froid.

Je lui enfile son collier, sa laisse, et nous quittons l'appartement.

Dans le hall, Denis est là. Il vient de récupérer son journal et referme sa boîte aux lettres.

— Bonjour, Josette ! Comment allez-vous ? Bien fêté ? Très classe, le manteau de Surimi, me lance-t-il en souriant, visiblement content de me voir.

— Ça va, et vous ? Je vous interdis de vous moquer de ce manteau… il est affreux, je vous le concède, mais quand même. Et oui… désolée, j'espère que nous n'avons pas fait trop de bruits hier soir.
— Un peu mais ça m'a plutôt amusé à vrai dire. C'est mieux que de regarder la télé. Alors comme ça votre amie va se marier ?
— C'est bien ça… et je vais être son témoin ! je lui annonce, fièrement.
— Super !
J'hésite un moment avant de lui lancer ceci :
— Je vais bruncher en ville, si ça vous dit ? …
Denis me regarde, amusé, avant d'accepter ma proposition.
— Avec plaisir. Je vais poser le journal, prendre mon manteau, et je vous rejoins.
Il monte les marches à toute vitesse. En attendant, je décide de vérifier mon courrier. Avec tout ça, je n'ai même pas pensé à consulter ma boîte aux lettres hier.
Elle déborde de publicités étant donné que j'ai la flemme de faire le tri. Je les laisse donc dans la boîte jusqu'à ce que le facteur n'arrive plus à y insérer la moindre lettre. Il est grand temps de jeter tout ça.
Plus tard.
Au sommet de cette pile infernale, un petit tas d'enveloppes attend sagement. Je m'en empare.
Facture d'électricité…facture de téléphone… et une enveloppe blanche, avec mon adresse écrite à la main.
Intriguée, je commence à l'ouvrir quand Denis me rejoint.
Je fourre le tout dans mon sac à main. J'ouvrirais ça une fois chez moi.

— Voilà ! Vous savez où aller ? me demande-t-il en m'ouvrant la porte.
— J'ai une petite idée oui !
Et c'est à mon tour de l'entrainer dans les rues de la ville et de lui faire découvrir un petit restaurant, près d'une petite place, au cœur du vieux quartier.
— Pour quand est prévu le mariage ? me questionne Denis en arrivant à destination.
— Dans six mois, en juillet.
Nous entrons dans le restaurant et la serveuse nous installe à une petite table près de la fenêtre.
C'est douillet, c'est coquet. Surimi s'installe sous la table, pépère, comme si elle était chez elle.
— Six mois ? Déjà ? Ils ont du pain sur la planche !
— Oui, ils n'avaient pas envie d'attendre plus longtemps ! Mais ils ont des amis d'enfer pour les aider dans les préparatifs. Je réponds en lui jetant un regard entendu.
— Evidemment, je veux bien vous croire ! Surtout après ce que j'ai entendu hier soir ! réplique-t-il en riant.
Bouse, fait-il allusion à la conversation sur l'épilation ou à celle sur mon licenciement foireux ? Je ne veux pas le savoir, et m'intéresse au menu que vient d'apporter la serveuse. J'en profite aussi pour ôter le manteau de Surimi.
— La formule complète est à douze euros, le mardi, nous informe la serveuse.
Nous en commandons deux, accompagnées de cafés au lait.
— Votre femme travaille encore ?
Surpris par ma question, Denis baisse la tête en répondant un « oui, oui » évasif.
Je ne tiens plus, trop curieuse de connaitre le fin mot de l'histoire.

— Vous allez bien ?
Il relève la tête, et je croise son regard. Triste.
— Ça pourrait aller mieux.
— Je le vois bien. Vous voulez en parler ?
Je pose ma main sur la sienne en un geste amical.
— C'est difficile pour moi d'en parler.
— Je vois…
Silence. Silence. Trop de silence. Tellement de silence que je l'entendrai presque.
— Elle n'est plus là. Depuis un an. Elle est décédée.
Un murmure. Un souffle.
Un frisson parcourt mon échine.
— Pardon ? je chuchote.
— Elle est décédée, l'an dernier, répète Denis en relevant la tête.
Je n'ai jamais croisé un regard plus triste.
— Je… je suis navrée, Denis.
— Je ne voulais pas vous mentir, Josette. Mais parfois, c'est plus simple pour moi de le taire. Comme ça, ça parait moins vrai.
Je comprends tellement ce qu'il veut dire… mon cœur bat à tout rompre dans ma poitrine. Je ne sais pas quoi répondre, et je préfère ne rien dire, moi, Josette, reine des boulettes. Denis, en revanche, profite de ce silence pour se libérer de tout ce qu'il a gardé en lui depuis tout ce temps.
— Vous savez, quand c'est arrivé, je pensais que ma vie s'arrêtait là. Elle a eu un accident de voiture. Terrible. Elle est morte quelques heures après, j'étais à son chevet, à l'hôpital, il y avait ses collègues, médecins, infirmiers, chirurgiens… Je me souviens de tout, comme si c'était hier. De ses dernières paroles. De son dernier souffle. Son

dernier regard. Elle m'a fait jurer de reprendre ma vie en main, de continuer, pour elle. J'ai choisi de quitter la Bretagne et de venir m'installer en Alsace. Je ne pouvais plus vivre là où elle avait vécu. Je devais partir. Ici, c'était difficile au début. J'ai ouvert ma pâtisserie. Je ne connaissais personne, ajoute-t-il avant de faire une légère pause. Puis je vous ai rencontré et j'ai tout de suite su que vous aussi, vous aviez des secrets et que vos mensonges cachaient une terrible souffrance. Je me suis vu un peu, à travers vous. Nous vivions une grande épreuve, en parallèle, vous dans votre appartement, moi dans le mien. J'ai voulu partager ça avec vous tant de fois, Josette. Mais je n'en avais pas la force, je ne voulais pas vous accabler avec mes problèmes alors que vous aviez déjà les vôtres. J'aurai tant aimé effacer la tristesse que je voyais dans vos yeux. Je faisais si bien semblant face à vous, et vous aussi face à moi. Mais quelqu'un qui souffre reconnait la souffrance, et je l'ai lue en vous. Pardonnez-moi, Josette. Mon deuil se fait un peu plus chaque jour, mais perdre l'être aimé, la femme d'une vie, est une chose difficile à assumer.

Je l'ai laissé parler, tout ce temps, les yeux rivés sur mon set de table comme si c'était la chose la plus intéressante que j'avais vu ces dix dernières années.

Lorsqu'il a achevé son discours, j'ai relevé la tête, doucement.

Nous avons alors échangé un long regard, plein de sous-entendus, de compréhension, de pardon, d'amitié. Nous n'étions plus seuls.

Je lui souris, à travers mes larmes qui coulent sans retenue. Lui aussi, pleure. On doit avoir l'air vraiment crétin à chialer dans un restaurant, en silence. Il prend ma main, tendrement. Je croise son regard et lui chuchote :

— Je n'ai rien à vous pardonner, Denis.

La serveuse ramène nos cafés au lait.

— J'ai aimé cette femme comme un fou.

— Je culpabilise tellement... moi qui vous prenais pour un pervers sadique qui voulait tromper sa femme. Je m'en veux...

— Vous ne pouviez pas deviner.

Mais Denis parvient encore à sourire. Ça doit être à cause de l'image du pervers sadique.

— Allons, ajoute t'il, tout est dit. La vie continue. Il faut reprendre du poil de la bête.

Il boit une gorgée de son café au lait.

La conversation peine à reprendre. Normal, après un tel cataclysme de confessions intimes.

La serveuse apporte nos formules complètes à douze euros le mardi.

— Bon appétit, Josette.

— Bon appétit, Denis.

Nous dévorons nos assiettes (enfin, ce qu'elles contiennent).

Denis semble libéré, délivré (non, je ne transcrirai pas la chanson de la *Reine des Neiges* en entier).

— Je me sens tellement mieux ! Je n'avais jamais parlé à quiconque de tout ça. Mais avec vous, tout parait plus simple, plus accessible.

Ses paroles me vont droit au cœur.

Le brunch s'achève sur une note plutôt joviale, et nous retrouvons des conversations plus banales (météo, politique, épilation... nan, j'déconne). Le drame s'efface petit à petit pour faire place à une matinée joyeuse. Surimi participe à la conversation en jappant de temps à autre afin que je lui balance un morceau de bacon. Si je continue de la gaver de la sorte elle va finir avec le même popotin que ma mère.

Sur le chemin du retour, je m'arrête tous les dix mètres pour faire du lèche-vitrine, au grand désespoir de Denis.

Une fois arrivés devant son palier, il me fait la bise en murmurant un « merci » reconnaissant.

Nous promettons de nous revoir bientôt, et c'est un Denis souriant et soulagé qui referme la porte de son appartement.

Je regagne mes pénates. Etrange matinée. Je débarrasse mon chien de l'affreux manteau rose et le met à sécher sur le radiateur (le manteau, pas le clébard).

Je m'affale (comme d'habitude) sur le canapé du salon. Surimi s'affale (comme d'habitude) dans son panier (rose).

Digestion, digestion...

Je pense à Denis, et ses révélations. Je me demande s'il est encore amoureux de sa femme... un frisson parcourt ma peau à cette pensée un peu glauque. Mais tout de même... je n'en sais foutrement rien ! Si ça se trouve il n'arrivera jamais à se la sortir de la tête. Je soupire. Si même une nana décédée arrive à se faire aimer d'un homme, et pas moi, je suis définitivement foutue.

Je somnole, en chassant ces idées sombres de mon esprit, lorsque je me rappelle de la mystérieuse enveloppe blanche que j'ai fourrée dans mon sac à main.

Je me lève, attrape mon sac et plonge ma main dedans.

J'achève d'ouvrir l'enveloppe.

Une lettre. Ecrite à la main, qui plus est.

« Mademoiselle Lévy,

Vous devez être surprise de recevoir un courrier de ma part (encore faudrait-il que je sache qui c'est ?) mais je n'ai pu m'empêcher de vous envoyer ceci en souvenir de votre extraordinaire façon de vous en sortir à chaque fois que j'ai le bonheur de contrôler vos titres de transport. (Nan mais je rêve ?? C'est le contrôleur du tram qui m'écrit ??). J'ai culpabilisé à vous réclamer cette amende l'autre jour, et je vous renvoie donc la somme que j'ai puisé dans mes économies avec l'espoir que vous utiliserez cet argent pour vous payer un abonnement ou encore mieux, en m'invitant à prendre un verre avec vous. J'ai récupéré votre adresse sur l'amende, et j'espère que vous ne serez pas froissée de la manière par laquelle je vous contacte aujourd'hui. Bien à vous, Eric. »

La fin de la lettre comporte un numéro de portable et une adresse.

Je suis en pleine hallucination.

Le contrôleur du tram.

Eric, le contrôleur.

Le contrôleur Eric.

Contrôleur le Eric.

Eric contrôleur le.

On est en plein dans une comédie romantique américaine ou quoi ?

« C'est peut-être ça, ton destin. »

Une petite voix dans ma tête me murmure ces mots. Je deviens tarée.

« Si, Josette, fonce. »

Jiminy Cricket, sors de ce corps.

Fonce, fonce…facile à dire.

Je ne déciderai de rien ce soir, je suis trop claquée. Et tourneboulée par les récents évènements. Je m'endors littéralement sur le canapé, m'effondrant dans un sommeil rempli de rêves.

Je rêve de François, de sa nouvelle conquête pré-pubère assise sur mon guéridon, de Denis et sa femme décédée, d'Eric le Contrôleur et même, allez savoir pourquoi, de Mike le Serveur, Pierre le Dermatologue, Big Daddy …

Mais crotte alors… si les Hommes viennent de Mars, et bien qu'ils y retournent !

CHAPITRE XII
Et maintenant, je fais quoi ?

Telle est la question. Que faire ? La vie est un éternel choix. Choisir son mari, son amant, son métier, choisir sa maison, la couleur des murs, le carrelage de la salle de bain, la cuvette des toilettes, l'école de ses enfants, choisir de tourner à droite ou à gauche, de manger chinois ou indien, de se faire couper les cheveux ou pas...

C'est un luxe, il parait. D'avoir le choix.

Mais quand on est une grande indécise comme moi c'est une véritable torture.

Déjà, avant de penser à me caser, je dois penser à moi. Et à mon avenir.

Je fais quoi ? Je reste, je pars ?

Toutes ces questions tourbillonnent dans ma tête alors que je suis assise sur les toilettes, ce matin. C'est un endroit propice à la réflexion.

C'est calme, zen, j'ai du papier toilette parfumé à la pêche que j'adore renifler (avant utilisation, je précise). Et puis, il y a une atmosphère spéciale. C'est le lieu de la délivrance.

Bref. Après moult réflexions, je suis arrivée à deux conclusions certaines : primo, je dois rester ici au moins jusqu'au mariage de Sandra et Ben (ici en France, pas aux goguenots), deuzio, je dois absolument me trouver un emploi qui me convienne en attendant.

Sachant que je vais éviter de me frotter à nouveau à l'Education Nationale pendant les dix prochaines années à venir.

J'ai alors allumé mon ordinateur, chose qui ne m'arrive qu'à de rares occasions. D'après mes souvenirs je dois encore avoir *Windows 95*.

J'ai ouvert une page de traitement de texte, et j'ai commencé à établir une liste. Une liste de choses que j'aime, question de mieux cerner mes envies et mes attentes.

Voici, grosso modo, à quoi elle ressemblait :

J'aime : rire, écrire, lire (mais plus jamais de bouquin à l'eau de rose, finito), manger, les fleurs, les profiteroles, mon ex-guéridon, l'apéro, voyager, Londres, les grasses matinées, mon chien, mes amis, ma famille.

En résumé, voici la liste des jobs potentiels en lien direct avec cette même liste : humoriste, bibliothécaire, écrivain, pâtissière, fleuriste, guide du routard, bénévole à la SPA, conseillère familiale, ou assistante sociale.

Je suis foutue.

Si j'annonce à mes parents que je suis bénévole à la SPA, ma mère va me balancer tous les slips troués de mon père à la tronche. J'entends déjà sa voix nasillarde me sermonner : « Mais enfin, Josette, tu ne peux pas vivre de ça ! Grandis un peu ! Déjà quand tu étais petite tu voulais devenir funambule-astronaute, redescends sur Terre ma fille ! »

Certes...

Dans toute cette belle liste, je ne vois pas vraiment quel métier pourrait me convenir, en réalité. Je vais finir vendeuse de churros à la fête foraine, c'est sûr.

Je relis mes listes, encore et encore... et j'essaie de savoir au plus profond de moi ce que je veux réellement.

Je suis institutrice, j'ai un métier... mais alors pourquoi est-ce que je me sens si mal ? Comme si je n'étais pas à ma place ?

Je profite du fait d'avoir allumé mon ordinateur pour m'inscrire à Pôle Emploi. Question de ne pas être à la rue, le temps de retrouver une situation stable.

Une heure après, j'ai achevé de remplir leurs questionnaires sans fin. Après ça, on me propose un entretien avec un conseiller... dans deux semaines. Soit. Je regarde les offres d'emploi que propose le site.

Rien de très glorieux.

Ah, tiens, téléphone ! Sandra !

— Bonjour, et bienvenue au bureau des Désespérées, j'écoute ?

— Jo, t'es débile...pouffe Sandra à l'autre bout de la ligne. Tu vas bien ?

— Ça peut aller. Je suis devenue amie avec Paul.

— Paul ?

— Pôle Emploi.

— Ah, je vois...répond-elle d'une petite voix. Ça va s'arranger ! D'ailleurs, je t'écrivais justement pour ça. J'ai peut-être un plan pour toi. Ma secrétaire d'édition part en congé de maternité et j'ai totalement omis de lui trouver une remplaçante... tu vois où je veux en venir ?

Bien sûr que je vois ! Mon cœur bondit de joie.

— Aaaah, Sandranounette ! Tu me sauverais ! Et bosser ensemble en plus... ce serait excellent !

— Je savais que ça te plairait ! me répond mon amie en riant. Evidemment, tu n'as pas suivi de formation... mais tu es institutrice, tu écris sans faute et je sais que tu possèdes même un talent certain pour l'écriture. Tu apprendras sur le

tas ! Je te propose de venir cet après-midi pour que ma secrétaire actuelle te présente son job. T'en dis quoi ?
J'accepte avec joie.
Enfin, un peu de soleil dans ma vie !
Nous raccrochons après avoir fixé une heure de rendez-vous (quatorze heures précise).
Je suis toute émoustillée par la nouvelle ! J'attrape Surimi par les pattes avant et entame une danse endiablée avec elle dans le couloir entre ma chambre et le salon.
Et je passe sous la douche pour laver mon âme des idées noires qui s'en étaient emparées durant ces derniers mois.
Après quoi je me concocte un petit-déjeuner spécial « battante » : deux œufs au plat, un morceau de comté (légèrement moisi sur le dessus) et deux toasts beurrés.
Il est grand temps d'aller faire quelques courses.
Je décide même d'y aller immédiatement (miracle... je ne remets pas au lendemain ! Le changement envahit déjà ma vie !).
J'enfile un jean, un pull-over beige, mes bottes fourrées, attrape mon manteau, un cabas, sac à main et quitte l'appartement en caressant rapidement la tête chauve de Surimi (assez similaire à celle de *Gollum*, maintenant que j'y pense). Dans le couloir, je croise Denis, et lui annonce l'heureuse nouvelle. Je ne serai bientôt plus chômeuse (pendant un moment, du moins).

— C'est super ça, Jo ! Félicitations !
— Merci, merci !
— Il faudra fêter ça ! suggère-t-il en souriant.
— Pourquoi pas !
— Apéro chez moi ce soir ? Dix-neuf heures ?
— Vendu ! Je dois filer, j'ai des courses à faire !

— Bonne journée à vous... à toi ?
— Merci... à toi aussi !
Si on commence à se tutoyer, on va bientôt faire des après-midi tricot, c'est évident. Je quitte l'immeuble.
La neige ne tombe plus mais le sol est verglacé. O joie...
Je méprise, je hais, je déteste ça...
Certaines personnes ont l'air super à l'aise sur le verglas, comme si c'était NORMAL que le sol se soit transformé en patinoire. Ils glissent comme des ombres sur la surface luisante tandis que moi je prie pour qu'une poubelle croise mon chemin afin de pouvoir m'y cramponner avec force.
Poubelles, lampadaires, peu importe.
J'arrive à grand peine chez Francky qui m'accueille avec son éternel sourire entouré de rides.
— Josette ! Comment allez-vous ?
— Ça glisse, mais ça roule !
Il se marre derrière son comptoir.
Je vais en avoir pour la peau de l'arrière-train, dans cette supérette... mais qu'à cela ne tienne, je n'ai aucunement envie de me taper tout le trajet jusqu'à une grande surface.
Je remplis mon cabas de pâtes, sauces diverses, fromages, pain, sans omettre deux bouteilles de vin rouge, de la saucisse (c'est mal mais c'est trop bon), patates, yaourts...
Je dévalise Francky, en gros.
Et lorsque ce dernier m'annonce le prix, je frôle l'évanouissement mais me retiens au comptoir.
Je repars chez moi, en me demandant comment je vais m'y prendre pour tenir mon cabas, le sac à main, tout en m'agrippant aux objets environnants afin de faciliter mon avancée.
— On est en galère, à ce que je vois ?

Je reconnais cette voix et jette un regard derrière moi. Anna arrive à ma hauteur, en riant. Elle fait partie de ces gens qui vivent le verglas, qui perçoivent le verglas, qui comprennent le verglas.

— Je vais t'aider, mamie ! me dit-elle en agrippant mon bras pour m'aider à me tenir droite.

Elle prend mon cabas également, et toutes deux progressons rapidement jusqu'à mon immeuble.

— Merci Anna. Sans toi, j'y serai encore demain.

— De rien Jo ! Je ne peux pas t'accompagner en haut, je vais bosser !

Elle me salue et reprend sa route. Elle travaille à l'hôpital de jour, auprès d'enfants autistes. J'admire ce qu'elle réalise chaque jour avec passion et courage. Elle a peu de temps pour elle, puisque son temps libre est bien souvent consacré à la création de nouveaux projets à faire découvrir à ses petits protégés.

J'entre dans mon immeuble et en profite pour vider ma boîte aux lettres. Je pense que les publicités qui s'entassent là-dedans datent tellement qu'elles annoncent les prix des *Nintendo 64*.

Et je galère à entrer dans l'ascenseur, avec tout le bordel que je me trimballe.

Une fois dans mon appartement, je suis en sueur, tremblante. Je dépose le cabas, et jette les publicités dans la poubelle de la cuisine.

Surimi m'accueille à nouveau comme si j'étais partie pendant huit ans dans *Jumanji*... « Hééé, Josette ! C'est toi ! Incroyable, t'as tant changé ! »

Je me débarrasse de mon manteau, range les courses, et m'installe devant ma télévision.

Et je pense à Eric le Contrôleur et à son intérêt soudain pour les relations épistolaires.

Je n'ai pas vraiment envie de lui répondre. Je préfère me concentrer sur mon futur nouvel emploi avant de fréquenter la gente masculine qui m'a donné du fil à retordre, il faut bien l'admettre.

Confortée dans ma décision, je profite pleinement de la cultissime série qui se déroule devant mes yeux, je nommerai *La petite maison dans la prairie*. La boucle est bouclée.

Je passe l'après-midi devant toutes sortes de débilités avant de commencer à me préparer, vers dix-huit heures, en vue de l'apéro chez Denis.

Je prends une douche rapide, procède à un ravalement de façade, passe un coup de brosse dans ma tignasse, et il est déjà l'heure de rejoindre mon cher voisin.

Je remplis la gamelle de Surimi avant de quitter l'appartement.

— Maman revient vite, je lui murmure.

Ridicule, je l'avoue.

Je toque à la porte, Denis ouvre et m'invite à entrer. Je n'étais pas revenue depuis le jour de son emménagement. Il a bien agencé l'espace, et son appartement est plus lumineux que le mien. Et plus propre. Passons.

— Bonsoir ! Tu vas bien ?

Je ne me fais pas encore à ce tutoiement soudain.

— Super, et toi ? je lui réponds en essayant d'adopter un air naturel et détaché, en rejetant mes cheveux en arrière. Je m'aperçois trop tard que ce geste est totalement débile.

Nous entrons dans sa cuisine, et je m'assieds sur un tabouret, m'accoudant au bar qui occupe le centre de la pièce.

— Ça va, rude journée au pays de l'éclair à la vanille! Je te sers quoi ? J'ai du crémant rosé, de la bière ou du cognac ? me propose t'il en ouvrant le frigo.

— Un verre de crémant, s'il te plait... j'ai une bouteille de rouge aussi au cas où ! je rajoute en la dégainant de mon cabas *Lidl*.

Il me remercie, sert deux coupes de crémant, et nous trinquons à mon nouvel emploi.

— C'est un CDD, c'est ça ?

— Oui... j'espère que Sandra pourra le reconduire après le retour de Véronique. Nous verrons bien ! C'est toujours mieux que de tourner en rond chez moi avec Surimi...

— Exactement ! Tu veux des cacahuètes ?

Soyons fous !

Nous passons la soirée ainsi, je lui parle du mariage de Sandra, il me parle de sa femme, je lui parle de Surimi, il me parle de sa femme, je lui parle de Mike le Serveur, il me parle de sa femme...

Je comprends alors que cet homme est loin d'avoir fait son deuil et qu'aucune femme, aussi extraordinaire soit-elle (y compris moi), ne remplacera jamais celle qu'il a perdue. Ça m'attriste, sincèrement. Bon déjà parce qu'il est super canon mais aussi parce que ça me fait de la peine de le voir galérer comme ça. Il rame, le mec. Et il cherche en moi non pas de l'amour, mais du réconfort. Il a juste besoin de parler.

Je peux faire ça pour lui. L'écouter. Et il le sait.

À la fin de la soirée, il me raccompagne jusqu'à devant ma porte (il a fait trois pas en somme, pas de quoi lui décerner une médaille non plus) et en me laissant là, me glisse un petit bout de papier dans la main.
Une fois seule dans mon appartement, je l'ouvre et lis ces quelques mots :
« Merci Josette, tu es l'étoile que le ciel m'envoie, et je te serai infiniment reconnaissant pour l'amitié que tu m'offres en cette période difficile. »
Je souris. C'est vrai, nous sommes amis. Juste amis. Et ça me convient parfaitement bien.

CHAPITRE XIII
Nouveau départ

Et voilà. Ça va faire bientôt deux mois que je travaille avec Sandra. Et je vais vous confier un secret qui n'en est pas vraiment un : j'adore mon nouveau métier.

Même s'il est temporaire, étant donné que Véronique (la secrétaire anciennement en cloque de Sandra qui a désormais pondu. Véronique, pas Sandra…) devrait reprendre son poste d'ici deux mois environ.

Rien qu'à cette pensée, je me sens désemparée.

Sandra fait des pieds et des mains pour me créer un poste rien qu'à moi, mais le budget semble limité… je croise les doigts et les orteils pour qu'elle parvienne à ses fins.

En attendant, je profite à fond de cette expérience. Je passe mes journées le nez fourré sur mon ordinateur, à lire et relire des pages de manuscrits afin d'en corriger les fautes, de rééquilibrer les chapitres, de donner vie à l'ouvrage afin qu'il devienne… un livre. *A book*. Je suis une magicienne des mots !

Je me suis reprise en main, et même si j'ai croisé François par mégarde il y a deux jours, sachez que ça ne me fait ni chaud ni froid.

Je mens, évidemment.

Ça s'est passé chez le coiffeur, en plein centre-ville. J'étais bien installée sous cet appareil qui vous réchauffe la moumoute après avoir fait des mèches, vous voyez lequel ? J'étais donc là, à l'aise Blaise, la perruque réchauffée, quand j'ai entendu la porte du salon s'ouvrir avec ce carillon insupportable typique des salons de coiffure... J'ai jeté un regard rapide dans le miroir face à moi, et qui ai-je vu dans son reflet ?

François, vous l'avez deviné. Accompagné de sa Godiche Imberbe. Forcément.

Il ne m'a pas vu et j'en ai profité pour me camoufler derrière le magazine intellectuel que j'étais en train de feuilleter (*Closer*).

J'ai surpris la conversation qu'il a entretenue avec Caroline, la coiffeuse.

— Caroline, bien le bonjour ! (Sa voix m'agace déjà, et ses manières prout-prout encore plus).

— Bonjour, François ! Et bonjour à vous, mademoiselle !

Cette Caroline connait donc François ? Un habitué du salon ? Il a trois poils sur le caillou !

— Qu'est-ce que je peux faire pour vous ? Un petit rafraichissement ? Une nouvelle coupe ? Des rajouts ?

Elle rit. Je ne foutrai plus jamais les pieds ici. Et si je n'avais pas ce foutu appareil collé au crâne, j'aurai décampé illico.

François lui sourit, et répond, de ce détestable ton qu'il essaie de rendre viril :

— Non merci, Caro, je suis ici pour Chloé, ma fiancée.

Je manque de m'étouffer et plaque le *Closer* contre ma bouche pour m'auto réduire au silence.

Sa fiancée ???

— Oh ! Mais... félicitations ! Pour quand est prévu le mariage ? questionne Caro la Coupe-Tif en souriant.

— Le 18 Juillet ! répond la Godiche Imberbe Pré-Pubère, fièrement.

Le même jour que Sandra et Ben. J'ai envie de disparaitre. Mais la conversation se poursuit et je ne peux pas m'empêcher de l'écouter.

— Mais en attendant le grand jour, elle doit être resplendissante, ce week-end, nous partons à la montagne, en amoureux. J'ai loué un chalet, en Savoie. Annonce L'Homme qui a Brisé mon Cœur, en bombant le torse.

Le chalet... la montagne... le mariage.... C'était pour moi, tout ça ! Pas pour cette horripilante adolescente !!! Je me sens tellement mal sur le coup, que j'ai envie de vomir sur le visage de Britney Spears qui fait la première du magazine que je tiens si fort entre mes mains moites que chaque page en est gondolée.

Mais je me ravise, évidemment.

— Quelle merveilleuse idée ! Je vous installe, mademoiselle, et je vais finir de m'occuper de mon autre cliente ! Je reviens dans quelques minutes.

Caroline installe l'autre tarte et François se tient à ses côtés, lui caressant la tignasse d'un geste affectueux.

La coiffeuse se dirige vers moi, vérifie mes mèches, et décide que j'ai assez cuit sous sa machine pourrie.

Elle me fait un shampoing et moi je prie le ciel pour que François reste bien à l'autre bout du salon.

Manque de bol, une fois le shampoing achevé, il se tourne vers moi. Son visage semble s'éclairer, mais plus de surprise que de joie.

— Josette ! Pour une surprise !

Il s'approche de moi. J'ai envie de le tuer. Je le méprise. Chaque centimètre carré de mon corps est empli de haine envers cet homme qui m'a tout pris pour l'offrir à une autre.

Je ne réponds tout simplement rien. Rien du tout.

— Tu as perdu ta langue ?

Il fait son malin, mais je vois bien qu'il a l'air con, face à mon silence. Intérieurement, je bouillonne. Tout se mêle. Toute trace d'amour a disparu envers cet homme. Ne reste qu'une profonde rancœur.

Caroline, quant à elle, fait comme si elle n'entendait rien à notre étrange échange, tandis qu'elle s'acharne sur ma chevelure à coup de ciseaux et de peigne.

— Bon, très bien.

Il soupire, me jette un regard presque triste, et rajoute, d'une voix qu'il essaie de rendre accablée :

— Tu réagis comme une enfant, Josette, ça me déçoit. Je pensais qu'on pourrait rester amis. Après tout ce qu'on a partagé.

Là, c'est trop. J'explose. Une bombe atomique. J'envoie valser les ciseaux de Caroline, son peigne, ses barrettes, la totale. Je me lève, furax.

— AMIS ? Comment pourrai-je un jour devenir ton AMIE ? Tu as tout détruit ! Nos rêves, nos projets ! (Je le vois qui rougit, et je continue sur ma lancée, encouragée par sa réaction). Tu lui a tout donné, à ELLE (je désigne Chloé d'un doigt tremblant, qui m'observe, effarée). Tu m'as HUMILIEE ! Tu es égoïste, arrogant et orgueilleux ! Pour moi tu n'es plus RIEN, tu comprends ça ? Tu es un insecte sous ma chaussure ! UNE MERDE, FRANCOIS, TU ES UNE MERDE ! Je ne ressens plus la moindre étincelle d'amour, de compassion, d'amitié, tu n'es que mépris et dégoût à mes yeux ! Mais tu sais quoi ? Félicitations, pour votre futur mariage, félicitations pour tout, tout, tout, mais s'il te plait, NE VIENS PLUS M'EMMERDER ! Je suis heureuse aujourd'hui, bien plus que jamais, je n'ai pas besoin de toi et en réalité, n'en ai jamais eu besoin ! Tu m'as aveuglée pendant toutes ces années et désormais j'y vois clair !! Retourne sur Mars !! (Là, il a tiqué, je crois qu'il n'a pas saisi la référence)

J'ai achevé ma tirade, essoufflée. Dieu que ça fait du bien. Silence.

— Très bien, répond François d'une toute petite voix, les yeux rivés au sol.

— Vous êtes un chien.

Ça, c'était Caroline. Je la regarde, surprise, et éclate de rire. Quelle délivrance ! Je me sens légère, comme un nuage, une bulle de savon, un oiseau !

François est sous le choc. Il nous regarde, comme si nous étions deux complices de toujours. Il se dirige vers Chloé, prend sa main, et tous deux quittent le salon. J'entends Chloé murmurer ces mots à François :

— François… tu ne m'as jamais dit qui était cette femme. C'est bien celle que nous avons croisée dans la rue, il y a quelques mois ?

— Laisse tomber.

Je n'entends pas la suite de leur échange, ils sont déjà dans la rue.

— Bon débarras ! lâche Caroline en reprenant ses ciseaux.

— Je ne vous le fais pas dire…

Elle entame ma coupe, guillerette.

— J'ai bien aimé votre référence, avec Mars, les hommes et tout ça. Et le traiter d'insecte, c'était top.

Je souris face au miroir, Caroline croise mon regard et me sourit en retour.

Elle achève de me coiffer, et une vive discussion s'installe entre nous. Finalement, elle est très sympa, cette coiffeuse.

— Vous connaissez cet enfoiré depuis longtemps ? je lui demande, innocemment.

Et elle m'avoue que François est venu la première fois tout seul il y a deux ans, qu'il a essayé de la draguer, mais qu'elle a refusé ses avances. Il a rappliqué une dizaine de fois depuis, mais en vain. L'ordure.

— Il y a deux ans ? Nous étions ensemble alors...

— Oh ! Je suis navrée... me répond Caroline, le front plissé, soucieuse. Je suis sympathique avec lui parce que c'est un client, mais sachez que j'ai toujours méprisé ses attitudes arrogantes.

— Je me doutais bien que la fidélité ne faisait pas partie du « package » avec François... vous m'en apportez la preuve, et je suis d'autant plus soulagée de ne plus avoir affaire à lui.

Je soupire.

— Ne vous inquiétez pas, vous n'avez rien perdu. Cet homme va briser tous les cœurs qui auront le malheur de croiser sa route, vous pouvez me croire, me certifie Caroline.

Je la crois.

Elle sèche ma tignasse toute neuve et me montre son œuvre.

Pas mal du tout !

Ça me rajeunit, je dirai même.

Je règle la facture et promets à Caroline de venir me faire coiffer chez elle désormais. Nous allons même jusqu'à échanger nos numéros de téléphone.

Partager un tel esclandre, ça crée des liens, il faut croire !

Et tout ça, c'était il y a deux jours.

Donc, oui, ça m'a fait quelque chose de revoir François :
UN BIEN FOU !
Je me sens libérée à tout jamais de ses chaînes. Bien sûr, j'ai organisé un apéro-ragots avec Denis, qui est devenu mon nouveau confident en titre, afin de lui déballer toute l'affaire... il connait les moindres détails de ma vie désormais. Et en si peu de temps ! De son côté, il semble aller un peu mieux chaque jour.
Le mariage de Sandra approche à grands pas (et celui de ce sombre crétin de François aussi, au passage, mais bref... oublions ce détail), et lorsque nous ne travaillons pas nous passons notre temps chez elle à fignoler les derniers préparatifs.
Cet après-midi, après le travail, nous allons procéder aux essayages, pour elle, les demoiselles d'honneur (Lily et Anna, forcément), et moi-même. Et demain, Anna a l'immense honneur d'accompagner son frangin pour l'aider à choisir son costard de témoin.
Je suis excitée comme une puce. J'arrive à peine à me consacrer au manuscrit que je suis en train de relire (« La courgette maudite » de Tomas Josef). Tu parles d'un titre.
Sandra entre dans mon bureau, comme un courant d'air.

— Josette, tu as préparé les plannings de la semaine prochaine ? demande-t-elle, soucieuse.

— Evidemment, patron !

Je lui tends la liasse de papiers.

— Ne m'appelle pas patron ! me répond-elle en feintant d'être fâchée.

— D'accord, chef.

— J'ai un de ces boulot qui m'attend... entre ça et le mariage, je ne sais plus où donner de la tête !

Je me lève, me dirige vers elle, pose une main sur son épaule et lui dit :

— T'inquiète pas, on va gérer ! Si tu as besoin de me déléguer des tâches, n'hésite pas, tu peux compter sur moi.

— Je sais, ma Jo, heureusement que tu es là ! Je suis si triste de ne pas pouvoir te proposer un poste fixe...

— T'en fais pas pour ça... j'ai passé des mois vraiment géniaux ici et c'est une belle expérience pour moi. C'est déjà amplement suffisant !

— Je suis très satisfaite de ce que tu as accompli, et en si peu de temps ! me confie Sandra.

Sur ces touchantes paroles, nous retournons chacune à notre travail, impatientes d'être aux essayages.

La journée passe, inlassablement... et enfin, dix-sept heures.

Le coup d'envoi est lancé ! J'éteins mon ordinateur, attrape mes affaires et cours rejoindre Sandra qui visiblement a fait de même. Nous nous retrouvons nez à nez, essoufflées.

— Enfin ! On y'est ! s'exclame-t-elle.

Et nous nous précipitons à la boutique « Pour la vie », afin d'y retrouver deux demoiselles d'honneur, elles aussi au comble de l'excitation.

— Aaaah ! Enfin ! J'ai hâte de voir la robe que tu vas porter ! s'exclame Lily en embrassant Sandra.

Nous pénétrons dans l'antre sacré du mariage, le cœur bouillant d'impatience.

La vendeuse nous accueille, le regard légèrement méfiant. Voir débarquer quatre femmes qui cancanent et piaillent, c'est toujours un peu effrayant je vous l'accorde. Mais elle devrait avoir l'habitude, non ?

— Mesdames... bonjour. Vous aviez rendez-vous ?

— Oui, oui, répond Sandra. Au nom de Sandra Markolwsky (son père a des origines polonaises).
La vendeuse lorgne sur son registre et relève la tête vers Sandra, en souriant soudainement.
— Mademoiselle Markolwsky, de la maison d'édition ?
— C'est cela. Et voici mon assistante et témoin, Mademoiselle Josette Lévy. Et mes demoiselles d'honneur, Anna et Lily.
— Enchantée, enchantée ! nous lance la vendeuse en se prosternant presque devant nous.
Sandra et moi échangeons un regard amusé.
— Je lis quasiment tous les livres que vous éditez ! nous confie la vendeuse, des étoiles plein les yeux.
— Vraiment ? Ça me flatte ! réplique Sandra, amusée.
Sur ce, la vendeuse (« appelez-moi Marie ») nous conduit vers une arrière-salle de la boutique.
A la file indienne, nous nous faufilons à l'intérieur.
— Mademoiselle, je vais vous montrer nos différents modèles de robe de mariée. Désirez-vous rester toutes ici, ou préférez-vous procéder au choix des robes des demoiselles d'honneur en parallèle ?
— Non, non, nous restons avec Sandra ! proteste Lily.
Choix que nous soutenons toutes.
— Parfait, parfait... j'en suis ravie.
Je crois qu'elle ment, mais je m'abstiens de faire des commentaires.
Et le grand déballage de robes commence. De toutes les formes, de toutes les couleurs, certaines présentent un corsage de perles, d'autres recouvertes de dentelles... On ne sait plus où donner de la tête. Il y en a pour tous les goûts, bons ou mauvais. Mais Sandra a une vision très

claire de ce qu'elle recherche et met un frein au manège incessant.

— Une robe longue, mais sans traine. Je ne veux pas de chichis et de froufrous. Je veux une belle robe bustier, couleur ivoire. Pas de voile, je préfère opter pour une coiffure élaborée.

Marie s'exécute et lui présente deux modèles potentiels. Ce qui réduit le choix de notre future mariée.

— Celle-là ! s'écrie t'elle en désignant une robe couleur ivoire, qui correspond à la description qu'elle vient de nous soumettre.

Très jolie, il faut l'avouer. Lily et Anna acquiescent et Sandra passe aux essayages.

Elle ressort de la cabine, conquise. Elle est superbe, la robe lui va comme un gant, et épouse ses formes avec grâce.

Je m'imagine un instant à sa place. Un rôti en porte jarretelles, voilà de quoi j'aurais l'air. Je préfère effacer cette image de mon esprit.

Tandis que Marie peaufine les derniers détails et les quelques retouches minutieuses à faire, nous commençons à trainer autour des robes des demoiselles d'honneur.

J'attrape un immense chapeau rouge plein de dentelles kitsch et autres horreurs, m'en coiffe et me tourne vers Lily.

— J'ai trouvé !

— Si tu mets ça le jour du mariage de ta meilleure amie, elle risque de te refouler à l'entrée de l'église, pouffe Lily.

Sandra nous rejoint bientôt, toute frivole.

— C'est top ! Affaire réglée ! Je ne m'attendais pas à trouver directement dans la première boutique ! Maintenant, à vous !

Et là, c'est déjà moins efficace. Sandra aimerait qu'on porte toutes les mêmes robes, mais que son témoin (moi) arbore un élément différent.

Je précise également que nos physiques sont quelque peu divergents et que nous possédons toutes notre complexe à un autre endroit. Tandis que Lily se bat contre ses cuisses de catcheuse, Anna entre chaque matin dans une culotte ventre-plat, me laissant livrer un combat sans fin contre mes hanches de madone. Sans parler de la poitrine démesurée de Lily La Catcheuse. Sans déconner, un jour elle a tenu le nourrisson d'une amie contre sa poitrine, le petit a failli étouffer, littéralement.

Marie s'arrache donc les cheveux afin d'essayer de dégoter les robes qui ne désavantageront pas l'une d'entre nous.

La lutte est rude, mais qu'est-ce qu'on se marre.

Au bout d'une heure trente, nous arrivons enfin à nous faufiler dans une même robe, mi longue, couleur bleu nuit, aux fines bretelles. Sandra insiste pour que je porte une grosse fleur en broche sur mon corsage afin de me démarquer.

J'accepte, étant intérieurement convaincue que je ressemble au mieux à une rose, au pire, à une jardinière de géranium.

Mais que ne ferai-je pas pour faire plaisir à ma meilleure amie ?

Vers dix-neuf heures trente nous quittons la boutique, en abandonnant une Marie épuisée et au bord du suicide (j'exagère un tantinet). Cela dit, nous avons quitté la boutique quasiment une heure après sa fermeture habituelle. Le cœur léger, j'invite mes amis à prendre un dernier verre chez moi avant de nous quitter.

Sur le trajet, j'en profite pour leur raconter mon altercation avec François, au salon de coiffure.

Sandra était bien évidemment déjà au courant, mais Lily et Anna boivent mes paroles.

— Ce blaireau est allé voir ailleurs pendant que vous étiez ensemble ?? s'exclame Lily, choquée.

— Je savais qu'il était spécial, mais alors là… et nous, on a rien vu venir ! renchérit Anna, toute aussi étonnée d'apprendre ce que je viens de leur dévoiler.

Nous arrivons chez moi, accueillies par Surimi-*Gollum* qui bondit dans les bras de Lily sans ménagement et lui lèche le visage avidement.

— Tu sais qu'elle passe la moitié de ses journées à dormir et l'autre à se lécher le popotin ? je précise à Lily, au cas où…

Suite à ma réflexion, elle repousse les avances de ma chienne et la repose à terre, un peu dégoûtée.

— Dégueulasse… murmure-t-elle.

J'invite mes amies à s'installer dans le salon, tandis que je leur sers un bon *Saint-Emilion* de chez Francky.

La soirée s'enchaine, les discussions aussi, on parle du mariage, des invités, du repas…

Vers vingt et une heures, nous capitulons et décidons de commander des pizzas. Les filles passent la soirée chez moi, et ce n'est que vers minuit que chacune regagne ses pénates et que je m'effondre dans mon lit, épuisée par cette journée.

CHAPITRE XIV
Saint Jean-Luc

JO !!!!
Mais pourquoi diable Lily hurle t'elle ainsi ?
— Tu m'écoutes, quand je te parle ??
Ah, non, oups...
— Désolée, j'étais perdue dans mes pensées...
(Je m'imaginais dans ma robe de témoin, près de l'autel, pleurant à chaudes larmes devant l'union sacrée de Sandra et Ben.)
— J'ai bien vu, ma vieille... je te parlais de la vieille Gerbère. Elle part à la retraite à la fin de l'année. Il serait peut-être temps pour toi de songer à reconquérir Saint-Louis ?
— Nan merci...
— Mais ton contrat va s'arrêter Josette, Sandra te l'a répété mille fois. Dans une semaine, tu te retrouves au chômage ! Tu dois trouver autre chose, sinon tu vas de nouveau sombrer.
Elle n'a pas tort. Je tourne ma cuillère dans mon capuccino. Samedi, la ville est bondée de touristes allemands, nous sommes assises dans un café près de la cathédrale.
Je soupire.
— Mais je me plais tant, dans ce boulot... je ne trouverai jamais un truc aussi top !
— Je comprends, mais tu dois absolument chercher !
J'ai pas envie, pas envie, pas envie ! Je ne réponds rien. J'attends que Lily change de sujet.

Ce qui ne tarde pas à arriver.

— Bref... Sandra t'a demandé ton avis, concernant les fleurs pour l'église ?

Ah, voilà, enfin un sujet intéressant.

— Je lui ai suggéré des pissenlits mais elle n'a pas ri. J'crois qu'elle a perdu son sens de l'humour.

— Josette, ta blague était nulle... et Sandra est en période de stress intense.

Certes.

La conversation florale se poursuit pendant une demi-heure, avant que Lily ne jette un œil sur sa montre.

— Mince ! J'ai rendez-vous avec Pierre dans dix minutes ! Tu sais qu'il a divorcé, ça y est ?

Ah oui ? Le dermato ? Je l'avais mal jugé, le bougre... moi qui étais persuadée que c'était des paroles en l'air. Il existe encore des hommes bien, sur cette planète, Dieu merci...

— Tant mieux, tant mieux ! Vous ferez des beaux bébés, sans acné !

Lily se poile, et se prépare à régler, quand j'arrête son geste.

— Laisse, c'est pour moi.

— C'est gentil, ma Josette ! Je suis désolée de filer comme une voleuse !

Elle m'embrasse sur la joue et se hâte de rejoindre son fidèle héros, ennemi juré des furoncles du monde entier.

Me voilà seule avec mon capuccino, quand je reçois un appel de Sandra.

— Jo ! T'es où ??

Elle parait affolée. Elle me fait flipper.

— Dans un café, pourquoi ?

— C'est urgent, je dois absolument te voir !

Je lui donne le nom du café et attends, impatiente de connaitre la raison de son affolement.

J'en profite pour nourrir les pigeons qui s'approchent des touristes. J'adore faire ça. Je jette les restes de mon moelleux au chocolat à quelques mètres des groupes d'allemands et une flopée de volatiles s'empresse autour d'eux. Un vent de panique traverse la place. Et moi, je me bidonne comme une tordue.

— Ça te fait marrer, hein ?

Ah, Sandra est arrivée. Tout sourire.

— Tu m'as foutue une de ces trouilles au téléphone ! Qu'est ce qui t'arrives ? Ne me dis pas que t'es en cloque parce qu'avant le mariage, ça la fout mal... il va falloir te trouver une autre robe.

— T'as le poste, Jo !

— Le poste ?

— Véronique a décidé de quitter son emploi, elle préfère s'occuper de Jean-Luc !

— Son bébé s'appelle Jean-Luc ? C'est pas un prénom de bébé ça, si ?

— Mais Jo, on s'en fout de ça T'as entendu ?? T'es embauchée !!

Je suis embauchée... embauchée !

— EMBAUCHEE ?

— Mais oui, idiote !

— Mais c'est géant ! Enorme ! Incroyable ! Dingue !

— Complètement ! Toi t'as un job, et moi je vais me marier... que pourrait-il arriver de mieux ! s'écrie t'elle, folle de joie.

— Que je me marie aussi ?

— Oui, bon... Ça viendra !

Pas sûr ! Mais en attendant, je suis tellement heureuse, que je m'en tamponne de ne jamais me marier !

— Sandra, t'es géniale ! Merci Jean-Luc, bébé Jean-Luc, Saint Jean-Luc, Jean-Luc le Bien-Aimé, c'est grâce à toi tout ça! je hurle à la terrasse du café, les bras levés vers le ciel.

Les passants me regardent, comme si j'étais demeurée. C'est le cas, donc je m'en fiche royalement.

Je suis aux anges. Pour la peine, j'offre un café à Sandra qui se voit obligée de décliner mon offre.

— Je ne peux pas rester Jo, je suis désolée, quand Véronique m'a téléphonée j'étais avec le traiteur. Je l'ai laissé aux griffes de Benjamin... Je vais sauver ce pauvre homme, sinon Ben va lui en faire voir de toutes les couleurs. On est un peu sous pression ces temps-ci !

Je ne lui en veux aucunement, la remercie une fois encore, et la regarde détaler à toute vitesse. Elle se retourne une dernière fois pour me faire un clin d'œil doublé d'un immense sourire.

Me voilà à nouveau seule avec les pigeons. Et les touristes allemands affolés.

Je décide de régler l'addition et de passer voir Caroline au salon de coiffure.

Elle m'accueille à bras ouverts, souriante. Mais le salon est blindé de mamies qui attendent patiemment de se faire crêper le chignon, et je ne peux pas m'attarder.

— On se voit vite ! me promet-elle en retournant à ses moumoutes défraichies.

Tout le monde est occupé autour de moi en ce samedi après-midi de fin avril.

J'erre un peu dans les rues, entre dans quelques boutiques, à la recherche d'une inspiration divine.
Vers seize heures, je décide de retourner au bercail.
Je vais même jusqu'à frapper chez Denis. Aucune réponse.
Il doit être à sa pâtisserie en train de confectionner des mille-feuilles et autres réjouissances.
Je regagne mon endroit favori : mon canapé.
Surimi me bondit dessus et me lèche les oreilles.
— Surimi, calme toi ma poupoune… maman est fatiguée.
J'ai un travail. Un vrai. Ça y est ! Et que j'adore en plus !
Je sais ce que je dois faire, et je m'attèle à cette tâche immédiatement avant que cette subite envie ne s'envole.
J'attrape mon téléphone portable et compose le numéro de mes parents.
— Allô ?
Ah, ça, c'est mon père.
— Papa ? C'est Jo ! Tu vas bien ?
— Ça va, et toi ma fille ? Tu veux parler à ta mère ?
Mon père n'a jamais été accro aux conversations téléphoniques.
— Passe-la moi, oui !
Il pose une main sur le combiné et je l'entends braire, d'une voix étouffée : « Hé ! La vieille ! C'est ta fille ! T'es où ? »
Quelques secondes plus tard, ma tendre génitrice prend le relais au bout du fil.
— Jo ?
— Salut maman ! Tu sais pas la nouvelle ?
— Attends, je vais juste mettre pause, je regarde un super film qui parle de petits bonshommes aux pieds poilus.
Je traduis : *Le Hobbit*.

Elle pose le combiné. Sympa, la vieille. J'entends son pas clopinant s'approcher du téléphone à nouveau, quelques secondes après.

— Voilà, qu'est-ce que tu veux ?

Charmante.

— J'ai un emploi, maman ! Sandra m'a embauchée, sa secrétaire a décidé de s'occuper de son bébé Jean-Luc au lieu de revenir ! C'est génial, nan ?

— C'est bien payé ? Y s'appelle vraiment Jean-Luc ?

— Oui, oui maman…. C'est chouette nan ?

— C'est bien, ma fille, c'est bien…Même si Jean-Luc, c'est un prénom difficile à assumer, surtout pour un enfant (ah, parce que Josette c'est simple, peut-être ?) Tu as des nouvelles de ton frère ?

Oups, méga oups… j'ai omis de lui transmettre les nombreux e-mails échangés avec Almanzo ces derniers mois.

— Heu oui, oui… il m'a envoyée des copies des échographies, tu les veux ? Et sinon tout va bien pour eux… ils vont certainement acheter une maison près de Londres. Mais après la naissance d'Emmy. Et le mariage est prévu pour août, l'année prochaine.

— Et bien je vois que les nouvelles vont bon train entre vous. Mais tenir informée votre vieille mère, c'est trop demandé ?

Et voilà…

— Maman… désolée, avec les préparatifs du mariage de Sandra, mon nouveau boulot, j'avais la tête pleine de choses…

— Je sais… je sais… Tu m'enverras les échographies ?

— Oui maman... promis !

— Bien… je vais te laisser, Josette, la mère de Lily va bientôt arriver pour prendre un thé.
— Passe-lui le bonjour !
— Ce sera fait. Bon après-midi !
— De même. A bientôt !
Nous raccrochons.
Je lui envoie illico les échographies avant que j'oublie.
J'achève ma journée devant mon ordinateur, à farfouiller sur *YouTube*. Et je pousse même le vice jusqu'à fouiner sur *Facebook*.
Josette la Rosette, cyberwoman.
Il est grand temps que je change ma photo de profil… mon cœur manque d'exploser quand je la (re)découvre : je suis debout près d'un sapin dans le jardin de mes parents, au bras de François le Salaud, tout sourire.
J'efface toutes les pièces à conviction de ma page personnelle, les photos, les statuts cul-cul (« Soirée ciné avec mon Chéri ! », « Ce soir, sortie en amoureux au Sushi Bar ! »…) que j'avais niaisement postés à l'époque. Quelle gourdasse.
Je supprime tout, tout, tout. De l'album photos de nos vacances en Italie, à celui de notre dernier Nouvel an.
Josette la Rosette est une nouvelle femme. D'ailleurs, je décide d'assumer pleinement mon identité, étant donné que je ne risque plus de croiser mes élèves sur la toile.
Jo Lévy. Ça sonne pas trop mal. C'est classe, même, ça fait un peu agent secret. Je mets une nouvelle photo de profil : moi, en train de boire une pinte de bière avec Sandra. Eté 2006, vacances à La Rochelle. La belle époque !
Je furète par-ci par-là, ajoute Denis et Caroline la Coupe-Tif à mes amis, et dégage François sans ménagement.

Après avoir reluqué son profil, oui. Mais n'importe qui l'aurait fait, non ?? Profil sur lequel il a posté des photos de sa lycéenne, forcément.

D'ailleurs, je mettrai ma main eu feu que la photo de l'adolescente assise sur mon ex-guéridon avec un sourire aguicheur n'était pas innocente.

Il me cherche, l'enfoiré.

Mais je suis trop mature, il ne m'aura pas.

Bon, ok, je clique quand même sur « signaler un abus » juste pour en remettre une couche avant de le bloquer définitivement sur *Facebook*.

CHAPITRE XV
Enterrement !

Je suis à la bourre. Méga bourre. J'ai quitté le bureau avec une heure de retard.
Ce soir, on enterre Sandra ! Sa vie de jeune fille, vous l'avez bien compris. Plus que deux semaines avant le saut dans le grand bain, je ne vous raconte pas le stress de la nana. Elle a tellement maigri qu'elle a dû retourner au magasin pour réajuster sa robe.
Bref, où en étais-je ?
Ah oui, je suis à la bourre. Je rentre chez moi, balance mes affaires, me douche en douzième vitesse, remplis la gamelle de Surimi (enfin du moins j'essaie, j'ai plutôt nourri le tapis qui se trouve à côté), je me coiffe, me maquille... et j'enfile ma tenue de soirée.
Ce n'est pas par choix, que vous soyez prévenus immédiatement. Mais dans ce jeu-là, les demoiselles d'honneur ont eu leur mot à dire : et Lily tenait absolument à déguiser Sandra en licorne et nous... en *Minions*. Si vous ignorez le look de ces personnages de dessin animé, je vous invite à visionner des images sur internet, car ça vaut le détour. Nous, c'est-à-dire Anna, Lily, Cécile et Fanny les cousines fêlées de Sandra, moi... et Régine. Régine. Régine... la demi-sœur de Benjamin. Exécrable femme. Trente-quatre ans, moche à souhait, Benjamin nous l'a refourguée en nous suppliant. Leur père tient absolument qu'elle s'intègre au groupe avant le mariage. Je comprends pourquoi : Régine est un être totalement dénué du sens de la sociabilité, de la politesse et je ne vous parle pas des odeurs

qui émanent de ses aisselles. Rien à voir avec son demi-frère. Elle doit tout tenir de sa propre mère, celle de Benjamin étant une femme distinguée. Et je comprends pourquoi le père de Benjamin s'est débarrassé de cette erreur de jeunesse pour épouser celle qui allait donner naissance à leur fils !

Anna était tellement enjouée à l'idée de se travestir en *Minion* que j'ai fini par céder.

Régine, quant à elle, a tiré la tronche durant toutes les réunions de préparation.

Bref, je revêts mon costume de rêve. Loué au magasin de déguisement, pour la modique somme de cent cinquante euros. Ça fait mal. Mais c'est pour faire vivre une soirée inoubliable à Sandra alors je fais un effort.

Et je ne vous parle pas du costume de la licorne. Trois cents euros.

Bon… je ne sais pas pourquoi j'ai pris la peine de me coiffer et de me maquiller, étant donné qu'on ne voit ni mes cheveux, ni mon visage. On distingue légèrement mes yeux, mais il faut faire un effort.

J'observe l'énorme costume dans lequel je me suis faufilée. Et je ne peux pas m'empêcher de me marrer. Surimi entre dans ma chambre et se met à grogner. Tu m'étonnes…

Je me demande comment je vais faire pour aller aux toilettes.

Mais je n'ai pas le temps de me poser des questions superflues, j'ai rendez-vous chez Sandra dans un quart d'heure.

On a programmé une invasion de *Minions* dans son appartement, suivi d'un kidnapping de licorne direction le Bamboléo.

J'attrape le sac à main (immonde) jaune que j'ai acheté pour l'occasion. Pour que tout soit assorti.

J'ai même poussé le vice : j'ai investi dans des ballerines couleur canari.

Et un legging un peu trop moulant.

Je caresse Surimi, et quitte l'appartement.

Je croise Denis sur mon palier (forcément) qui éclate de rire (Denis, pas le palier).

— Jo, tu es incroyable. Tu as un rendez-vous galant ?

— Bingo ! Tu crois qu'il va me remarquer ??

On se poile pendant dix secondes, et je prends congé, pressée par le temps.

Je cours. Déguisée en *Minion*. En plein centre-ville. Autant dire que c'est une situation peu probable en temps normal.

D'ailleurs, j'en aperçois bientôt un autre, qui court également. Je ne connais pas encore son identité et m'empresse de rejoindre ma camarade.

— Punaise, Jo ! Y fait quarante degrés là-dedans !

Lily !

— C'était ton idée, alors assume ! Ça te va super bien en tout cas !

— Et toi ça te moule !

— Merci, vieille dinde !

On court jusqu'à l'appartement de Sandra et Ben. Les filles nous attendent déjà.

— Enfin ! On est toutes là ! annonce Anna, toute excitée dans son costume.

— Ça gratte ce truc.

La ferme Régine.

Anna trimballe un énorme cabas *Ikéa*, dans lequel repose le costume de licorne. J'ai hâte de voir la tête de Sandra en découvrant ce qu'on lui prépare. Elle n'est même pas au courant que c'est pour ce soir ! Benjamin a été mis au parfum et il nous a garanti qu'elle serait disponible.

On entre dans l'immeuble. Ce qui n'est pas une mince affaire quand on a un gabarit qui a quadruplé de volume.

Bientôt, cinq *Minions* surexcités se tiennent devant la porte de Sandra. Je sonne.

Elle ouvre quelques secondes après et manque de s'évanouir. Nous entrons dans l'appartement en hurlant « SURPRISE ! », telles des hystériques.

La pauvre, elle est blanche comme un linge. Une fois le choc passé, elle se met à rire. Rire. Rire, tellement qu'elle en pleure.

— Vous êtes barges !! Totalement barges !!

— C'est à toi de revêtir ta tenue de gala ! crie Anna en brandissant le costume destiné à Sandra.

Lorsqu'elle le découvre, elle rit de plus belle. Ouf ! Elle va devoir troquer ses tailleurs habituels !

Elle file se changer et revient cinq minutes plus tard.

Morte de rire.

— Lily, c'est ton idée ça ! s'écrie Sandra.

— Comment tu sais ?? balbutie Lily.

— J'te connais ma vieille !

— Et maintenant, tu ramènes tes petites fesses de licorne, et on t'emmène faire la fiesta ! je lui annonce en la tirant par le bras.

— Oh, mais avec plaisir, mon *Minion* !

Et nous voilà dans la rue, en sueur (on est en Juin, je vous rappelle), riant aux éclats.

Je fonce dans Lily, et nos gros ventres en mousse jaune rebondissent l'un contre l'autre. De vraies gamines. Dieu que ça fait du bien !

Les passants doivent très probablement nous prendre pour des demeurées ou des évadées de l'asile le plus proche.

Surtout quand Anna s'approche d'une vieille dame en imitant le rire incomparable du personnage qu'elle incarne.

J'ai cru qu'elle allait caner illico.

On arrive au Bamboléo. On va commencer la soirée ici avant de migrer plus tard. Mais pour l'instant, concentrons-nous sur ce qui va se dérouler maintenant.

C'est dans un brouhaha d'enfer que nous entrons dans mon bar préféré. Heureusement, le patron est au courant. Mais cela ne l'empêche pas de se bidonner en nous voyant débarquer. Il nous entraine vers la table que j'ai pris soin de réserver. Celle avec les gros fauteuils, pour poser nos énormes postérieurs de *Minions*.

Et je ne vous parle même pas de Sandra. Son popotin de licorne a quelque peu de mal à trouver sa place.

Le patron a décoré la table avec goût, pour l'occasion, et il s'empresse d'offrir une rose à la future mariée qui l'accepte en rougissant, ainsi qu'une bouteille de crémant pour bien démarrer la soirée.

Il nous sert, et je me lève alors (tant bien que mal) pour porter un toast. Je retire au moins le haut du costume afin de libérer ma tête, question que mon discours soit audible. Un peu tremblante, d'excitation et de stress, je lève mon verre, me tourne vers ma meilleure amie qui me regarde derrière son costume de licorne, les yeux pétillants.

— Je lève mon verre, à ton enterrement de jeune fille, ma petite licorne préférée, que cette soirée soit mémorable et tes souvenirs, éternels. Trinquons à ces derniers moments passés en tant que célibataire avec tes amies, avant de te trouver unie jusqu'à ce que tu sois une vieille croûte ! Allez… à toi, Sandra !

Et là, elle fond en larmes, me chouine sur l'épaule, avant d'avaler son verre cul sec.

Ça y est, la soirée démarre pour de bon.

Les bouteilles de crémant défilent devant nous comme des célébrités sur un tapis rouge.

— Régine ! Hé, Régine ! Encore un p'tit verre ? je lui lance, un peu pompette, tentant de dérider la jeune femme aigrie.

— Nan, me répond-elle d'un ton cassant.

Charmante personne. On n'aura jamais vu un *Minion* aussi chiant. Mais au moins, le costume cache un peu sa laideur.

Je me marre toute seule à cette pensée.

— Bon, on commande des tapas ? propose Lily.

— Bah oui, c'était le programme ! lance Anna.

Et démarre alors la farandole d'olives sauce pimentée, d'ailes de poulet citronnées, de gambas, de brochettes à la viande et aux légumes de toutes les couleurs…

Un délice !

Deux heures plus tard, l'ambiance au sein du groupe est « mucho caliente ». Cécile et Fanny, les cousines de Sandra, sont debout sur la table, dans leur costume de *Minion*, et se trémoussent sur les airs latinos. J'ai un souvenir fugace d'une certaine soirée où on a été mis dehors pour moins que ça, mais je m'abstiens de commentaire.

— Il est temps de passer à l'étape supérieure ! me crie Lily dans les oreilles en renversant du crémant sur mon costume. Il faut dire que la fille est un peu pintée.

— T'as raison !! je confirme en essuyant le crémant avec une serviette en papier.

Lily dégaine le porte-monnaie prévu pour l'occasion, rempli de billets généreusement offerts par toute la clique afin de financer le programme arrosé de la soirée. L'addition est salée et la nuit ne fait que commencer...

Après avoir réglé, Lily nous rejoint à table et annonce la suite des réjouissances.

— Debout les filles ! La nuit n'est pas finie ! Rendez-vous au BarAcouda !

BarAcouda, the place to be. Le lieu préféré des femmes un samedi soir, puisqu'il s'agit d'un bar karaoké, doublé d'une piste de danse pour les plus téméraires (ou alcoolisés).

Et c'est ainsi que toute la petite troupe se dirige vers la sortie, le cœur léger et joyeux.

Certaines titubent plus que d'autres (Cécile et Fanny, pour ne pas les nommer) et le trajet n'est pas très glorieux jusqu'au BarAcouda. Surtout lorsqu'un type aux cheveux gras et aux dents pourries a demandé à Sandra s'il pouvait lui caresser la croupe.

J'peux vous dire que la licorne était plutôt furax. Elle a horreur de se faire aborder dans la rue et encore plus quand il s'agit de mecs poisseux.

Notre destination est enfin en vue, là-bas, de l'autre côté de la rue, ses néons roses nous appelant déjà à une consommation sans limite de toutes sortes de liqueurs peu recommandables.

Le videur est sceptique, et nous toise de haut en bas avant de valider notre réservation.

— Merci, vous êtes trop MIGNON ! lui postillonne Cécile en s'accrochant à son bras.

Heureusement pour nous, un groupe de lycéens est arrivé à ce moment-là, ne laissant pas le temps au videur d'apprécier l'haleine alcoolisée de la fille. Auquel cas, on aurait pu se brosser pour entrer dans le bar.

La table que Lily a réservée pour l'occasion est légèrement étroite et nous avons dû faire preuve d'une grande souplesse pour y caser six *Minions* et une licorne. Bourrés, de surcroit.

La serveuse ne tarde pas à prendre nos commandes et les conversations vont bon train autour de la table.

— J'ai trop hâte d'être mariée, bordel ! crie Sandra en s'agrippant à mon bras.

— Moi aussi ! je renchéris.

— T'es trop gentille ! Je suis heureuse de partager ça avec toi, ma Jo !

— Nan j'veux dire moi aussi j'ai hâte d'être mariée !

Je me marre.

— Ça va t'arriver, un jour ! tente-t-elle maladroitement de me rassurer.

— Quand les poules auront des dents, peut-être.

— Elles en auront, un jour !

La serveuse arrive, son plateau à bout de bras, superbement moulée dans une mini-jupe XXS et un chemisier d'écolière. Je me sens honteuse d'un coup, derrière mon costume de *Minion*. C'est tout de suite moins glamour, on est d'accord.

Et c'est alors que le grand round des chansons démarre. Le karaoké bat son plein et Lily a déjà inscrit toute la clique sur la liste d'attente.

La garce, elle m'a collé un solo.

Me voilà debout, dans un déhanché aussi sauvage que mon costume me le permet, en train d'hurler *Je suis malade* dans une piètre imitation de Lara Fabian qui doit avoir les oreilles qui sifflent à l'heure actuelle.

Je vous épargne les détails concernant la suite du programme.

Bon allez, je ne vous épargne rien.

C'est le tour de Cécile et Fanny, qui entonnent ce superbe duo *Disney* (il l'est du moins, à la base) *Ce rêve bleu*. Je peux vous garantir qu'à cet instant, leur tapis volant est bien imbibé.

Lily se lance dans une adaptation de *Santiano* pour le moins originale, tandis qu'Anna réussit à entrainer Sandra dans ce chef d'œuvre musicale de Patrick Sébastien, je nommerai : *Les sardines*. Accoudés au comptoir, une bande de guignols nous observe, hilares. Y'a de quoi, je vous le concède.

Mais le clou de la soirée fût bien évidemment le solo de Régine. Le fameux solo. J'ai dû la convaincre. Bon, en réalité, je lui ai collé le micro dans les mains et la chanson a démarré.

Régine, notre *Reine des Neiges* de la soirée, nous a interprété *Libérée, délivrée,* en nous jetant des regards glacials.

Renversante prestation !

— Debout ! lance Anna.

La piste de danse nous tend les bras. Nous avons longuement hésité et avons finalement voté à l'unanimité : il est hors de question de nous trémousser dans ces costumes qui sont de véritables fournaises à l'heure actuelle. Sans déconner, je crois que la peau de mes aisselles est en train de se décoller.

C'est avec un soupir de soulagement que nous envoyons valser nos tenues de soirée, que nous entassons dans un coin près de notre table.

Le seul souci est que je n'avais pas prévu l'imprévisible.

Par conséquent, me voilà en legging jaune canari, assorti d'un tee-shirt noir *Go Sport* trop serré. D'autant plus que j'ai eu l'audace d'investir dans une brassière de mamie, style *so sexy*, sans coque rigide pour protéger mes seins qui sont à présent en mode *free*.

Mais il fait sombre, les gens n'y voient que du feu. J'espère, du moins.

Et surtout je me rends rapidement compte que je ne suis pas la seule à ne pas avoir prévu le coup : Régine est absolument délicieuse (traduction : ignoble) dans un collant couleur caca d'oie (où a-t-elle dégoté pareille immondice ? Je me le demande encore) et son tee-shirt orange ressemble étrangement à la nappe préférée de ma grand-tante Simone.

Elle, en revanche, n'assume pas du tout la situation. Je parle de Régine, pas de ma grand-tante.

Je crois même qu'elle a hésité à remettre son costume de *Minion*.

Bref, passons.

Nous voilà bientôt sur le dance-floor. Lily a le feu au derrière et se trémousse comme une dinde prise d'une crise

d'épilepsie sur *Alexandrie, Alexandra*. Sérieusement, Cloclo l'aurait direct embauchée en tant que Clodette.
— JOOO !
Pourquoi sommes-nous toujours obligées de nous hurler dans le conduit auditif dans ce genre d'endroit ?
Je repousse Anna d'un coup de coude.
— Crie pas comme ça, j'suis pas sourde.
Mais elle visiblement, si, puisqu'elle continue sur sa lancée.
— Y'A UN MEC QUI ARRETE PAS DE TE RELUQUER !
Elle me désigne très discrètement (ironie) un gringalet accoudé au bar. Effectivement, il me vise. Je ne vois pas grand-chose d'ici. Mis à part qu'il est vraiment gringalet.
— SOIT IL EST FAN DE TON COLLANT ET ALORS LA, LAISSE TOMBER, SOIT IL EST FAN DE TON TEE-SHIRT ET ALORS LA, LAISSE AUSSI TOMBER !
Et elle s'éloigne de moi en riant comme une demeurée.
Sympa, la copine.
Mais elle n'a pas tout à fait tort.
Je décide de prospecter, lorsque Régine m'attrape le bras.
— Josette ?
Pourquoi prononce t'elle mon prénom ici ? J'ai une réputation à tenir !
— OUI ?
C'est à mon tour de hurler pour essayer de couvrir la musique qui est vraiment trop forte. Le DJ doit avoir un concombre coincé dans l'oreille c'est pas possible autrement.
— Je…vez….ing.
J'ai rien pigé.
— QUOI ?

— JE CROIS QUE TU AS UN TROU A L'ARRIERE DE TON LEGGING !

A-t-elle hurlé.

Entre deux chansons.

En résumé, les trois-quarts des gens présents voire davantage sont au courant que mon classieux legging présente un trou d'aération intégré.

Les gens pouffent, les gens rient.

Si je n'avais pas vidé la tireuse de *Météor*, j'aurais eu honte.

Mais il s'avère, par chance, que j'ai vidé la tireuse de *Météor*.

Sandra s'avance vers moi en souriant, et me prend les mains.

— T'EN FAIS PAS MA JO ! C'EST QU'UN TROU !

Merci d'en remettre une couche...

— AU MOINS MAINTENANT ON SAIT POURQUOI CE TYPE TE RELUQUAIT ! renchérit Anna.

Le gringalet. Je l'avais complètement oublié celui-là ! Je reprends mon enquête là où je l'avais laissée et me dirige discrètement vers le bar.

Je m'accoude près de lui, mais pas trop afin qu'il ne reçoive pas les relents de *Météor* en plein visage.

— B'soir ! je lui lance en souriant niaisement.

Allez savoir pourquoi j'ai entamé la conversation avec ce type. Physiquement, je ne dirai pas qu'il est moche, mais il est loin d'être beau. Assez maigrichon, deux têtes de moins que moi, un léger strabisme divergent et des oreilles qui rivalisent avec celles de *Dumbo*. Mais allons donc, je peux tout de même parler avec un inconnu sans envisager un mariage dans les trois années à venir. Non ?

En tout cas, ça a l'air de lui faire super plaisir que je lui ai dit « b'soir » au gringalet, parce qu'il est en train de me rouler une énorme galoche.
Au début, je ne calcule pas trop la situation. Merci *Météor*. Puis, lorsqu'il commence à poser ses pattes sur mon legging troué, j'ai un mouvement de recul.
— Hé ! Doucement !
Il me regarde, gêné. Il me fait de la peine, le gring' !
J'essaie de le rassurer.
— J'veux dire... c'est rapide non ? J'vous dis bonsoir et vous enfoncez votre langue dans ma bouche, directement. Ça vous arrive souvent ?
Et là, il me répond, d'une toute petite voix :
— Désolé... j'pensais que... c'était réciproque. On pourrait prendre un verre à la place ?
— Vous auriez dû commencer par là avant de transformer ma cavité buccale en machine à laver. Mais bon... allons-y pour un verre.
Je lui souris et m'assieds sur le tabouret à côté de lui, mais pas trop près (cette fois pour une autre raison évidente). Je ne voudrais pas affoler ses hormones en ébullition.
Je commande une pinte de *Météor* (mon bide va exploser et mon foie a démissionné depuis vingt-deux heures environ) et lui un verre de pinot noir. Et on discute, on papote.
Le gring' s'appelle en réalité Harry (pas de bol), trente-trois ans, célibataire (sans déconner), et maintenant, accrochez-vous, j'espère que vous êtes assis, le type est héliciculteur.
...
Savez-vous ce que c'est ? Je vous reporte au mot près les explications de Harry le Gring'.
— Je suis héliciculteur. Eleveur d'escargots.

Le type élève des escargots. Des ESCARGOTS !
Ce qui explique sa surproduction de bave lors de la galoche. Tu parles d'un job original ! Je le questionne pendant une bonne demi-heure sur ce (passionnant) métier. Et alors qu'il en était au chapitre concernant l'alimentation du jeune escargot, Sandra m'a rejoint, le regard soupçonneux.
— Jo ?
— Oui ?
Elle salue Harry d'un signe de tête bref.
— Tu ne veux pas nous rejoindre ? Lily a acheté une bouteille de champagne !
— J'arrive, j'arrive !
Je me tourne vers Harry le Gring' tandis que Sandra retourne à notre table.
— Je vais y retourner, elles m'attendent ! C'est l'enterrement de vie de jeune fille de ma meilleure amie.
— Je pourrai te revoir ?
Tutoiement soudain alors que le type m'a vouvoyé pendant toute la durée d'explication escargotale.
— Pourquoi pas.
— Je peux avoir ton numéro ?
Je lui donne, ne sachant pas trop dans quoi je m'embarque. Mais après tout, ça ne m'engage à rien.
Bon en réalité je lui en ai donné un faux.
Je lui fais une bise rapide (sur la joue, je précise) et rejoins les filles qui m'attendent, leurs regards de merlans frits fixés sur moi.
— Bah quoi ? je lance en m'asseyant.
— On s'ennuie pas, hein ! Madame se fait galocher en direct ! lance Lily en se marrant.
— C'était un dérapage.

— Il est comment ? Est-ce que son ramage se rapporte à son plumage ? me demande Sandra en souriant.
— Il est sympa. Sans plus ! Il élève des escargots.
— Il est héliciculteur ??
Là c'était Régine. Je me tourne vers elle, surprise.
— Oui... tu connais ?
— Evidemment ! J'ai un ami héliciculteur !
— Va lui parler, il est encore là, je lui conseille en pointant du doigt Harry le Gring'.
— J'oserai jamais... murmure Régine dans son horrible legging caca d'oie.
Elle m'fait de la peine, même si elle a un caractère aussi merdique.
— Allez, un peu de courage, tu vas pas finir ta vie seule, ma pauvre Régine !
Je me lève, lui tend la main, elle l'agrippe et se met debout à son tour.
Je l'entraine vers Harry qui nous observe déjà, intéressé (et inquiet).
— Harry, voici Régine.
Il me jette un regard interrogateur avant de sourire à Régine. La nana a viré au cramoisi. Caca d'oie et cramoisi, c'est pas top.
— Régine, voici Harry.
— Vous... vous élevez des escargots ?
De mémoire de femme, je n'ai jamais entendu quelqu'un aborder un type avec cette question.
Mais ça a l'air de plutôt bien fonctionner pour Régine parce que Harry le Gring' Rouleur de Galoches a déjà fourré sa langue dans sa bouche. Dégueu. C'est une manie, c'est pas possible.

Je m'esquive discrètement.

Lily, Anna, Sandra, Cécile et Fanny sont pliées en douze.

— Jo, tu viens de réaliser un exploit ! affirme Sandra.

— Une bonne action plutôt ! Mais tu viens de perdre ton petit ami ! renchérit Anna.

— Ça va, je m'en remettrai !

— Tu viens trinquer avec nous ? me propose Cécile en me tendant une coupe de champagne.

— Evidemment !

Et nous trinquons une fois encore.

Nous trinquions à Sandra, son mariage, ses futurs enfants, à Régine et Harry, à l'amour, à l'amitié, à la joie.

Aucune ombre ne vient ternir la nuit, aucun nuage à l'horizon, l'avenir s'annonce resplendissant de bonheur, à l'instar de cette soirée durant laquelle nous avons brillamment enterré la vie de célibataire de ma meilleure amie.

CHAPITRE XVI
Pour le meilleur, et blablabla…

Jour J ! Le soleil brille, les oiseaux chantent, l'air est pur (enfin presque, si on omet le réchauffement climatique qui est un réel problème de société et qui nous concerne tous) !
Sandra va s'unir à Benjamin dans une petite heure, et je n'ai toujours pas fini de sécher ma tignasse !
Au passage, sachez que l'enterrement de vie de jeune fille s'est achevé sans aucun incident. Régine a perdu son pucelage avec Harry et tous deux vivent une idylle depuis deux semaines (je me demande même si le type ne va pas se pointer à l'apéro tout à l'heure). La nana est métamorphosée, littéralement. Elle est souriante et l'amour la rend moins moche.
C'est pas encore Sharon Stone, mais on est loin de la Régine frigide que j'ai rencontrée il y a plusieurs semaines.
Bref, c'est pas tout mais je vais réussir à me pointer en retard à l'église si je ne magne pas le train. Et pas sûr que le pasteur Kirsch apprécie. C'est celui qui m'a baptisé et qui m'a confirmée. C'est auprès de lui que j'ai découvert Jésus, sa tripotée d'apôtres et tout le toutim. J'ai même été au « club des jeunes ». C'est un club, comme son nom l'indique, qui réunit des jeunes, comme son nom l'indique aussi, et tous ensemble nous prêchons la bonne parole du Seigneur. On lit des textes à l'église, on chante en hébreux ou en français et on se barre un week-end en retraite dans le coin le plus paumé de la région afin de rencontrer d'autres bons chrétiens dans notre genre.

J'en garde un souvenir impérissable. Notamment celui du jour où le club a réussi à trainer le pasteur Kirsch au cinéma afin de visionner le classique *American Pie*.

— Heureusement que ce n'est pas comme ça dans la vraie vie ! nous avait-il sermonné à la sortie du cinéma.

Mais bon, je m'égare, revenons-en au fait : je dois me faufiler à présent dans la robe couleur bleu nuit qui fera de moi une demoiselle d'honneur et témoin exemplaire.

Je dois bien l'admettre, j'ai visiblement bourgeonné niveau bourrelet depuis l'essayage de la robe et il semblerait qu'une excroissance ventrale ne daigne pas rester à sa place.

J'opte pour la culotte cache-boudins.

Pas très sexy mais personne n'ira vérifier, croyez-moi.

Je n'omets pas d'ajouter la petite touche personnelle de Sandra : la superbe (ironie) broche à fleurs.

Me voilà quasi prête lorsque ma mère débarque dans ma chambre.

— Maman ! Tu pourrais sonner !

— Tu m'as filé le double des clés, c'est pas pour rien !

— Et si j'avais été nue ?

— Je t'ai déjà vue nue tu sais, ma fille !

— Pas à trente piges !

— C'est sûr que ça ne pendouillait pas autant à trente mois !

La vipère !

— Tu es prête ? me lance-t-elle en s'asseyant sur mon lit.

— Presque. Maman ? Pourquoi tu t'es fagotée comme ça ?

Elle a osé ressortir la robe rose à fleurs que je lui avais déjà interdit de porter lors de l'anniversaire de la grand-tante Simone.

— J'avais rien d'autre.
— Et le tailleur beige qu'on avait acheté ensemble ?
— J'en ai fait des chiffons, je ne rentrais plus dedans.
Je ne réponds rien et entreprends la phase maquillage.
— BERNARD ! hurle-t-elle soudain.
Je manque de m'enfoncer la brosse à mascara dans l'orbite.
Mon père déboule dans ma chambre à son tour.
— Salut Josette. Qu'est-ce qu'il y a ENCORE ?
— Tu la trouves comment ma robe ? lui demande ma génitrice.
— Très jolie.
— Tu mens.
— Et alors ?
Il se marre.
Le couple de l'année.
— T'es qu'un imbécile ! Elle est pas si mal, cette robe ! insiste-t-elle en se levant.
Elle me pousse (cette fois la brosse à mascara s'enfonce dans mon orbite) et se poste devant mon miroir plain-pied.
— Maman ! Je dois tout recommencer maintenant ! Merci bien !
— Jo, maquillée ou pas, je ne suis pas sûre que ça change quelque chose ! me répond-elle en riant, le regard braqué sur son propre reflet.
Je quitte ma chambre pour me remaquiller dans ma salle de bain.
J'ai l'œil droit écarlate.
Je me démaquille et recommence le travail.
Mon père me rejoint.
— Ça va ma fille ? Excuse ta mère, ça la rend nerveuse. Elle aurait préféré se rendre à ton mariage.

— C'est pas demain la veille, faudra qu'elle se contente de celui de Sandra pour les dix années à venir.

— Allons, tu finiras par te trouver un homme digne de ce nom.

Je finis de me maquiller. Bon, dans l'ensemble, c'est pas si mal. Même si j'ai un œil défoncé.

— Viens, on va être en retard à la cérémonie.

Je lui attrape le bras et nous sortons de la salle de bain.

Ma mère nous rejoint dans le couloir.

— Vous avez raison, cette robe est moche, voilà. Je l'admets.

C'est pas trop tôt.

— J'ai peut-être quelque chose qui pourrait t'aller !

Mais elle refuse.

— Non, non, on va être en retard. C'est pas grave si je ressemble à une bonbonnière, c'est toi qui importe. C'est toi qui dois être radieuse !

Pas le temps de continuer cet échange pourtant si émouvant. Je caresse Surimi en lui promettant de revenir sobre (je mens), je vérifie que sa gamelle est pleine et pousse même le vice jusqu'à allumer la télé pour lui tenir compagnie. J'attrape mon sac à main (je vérifie si l'alliance que Sandra devra glisser au doigt de Ben s'y trouve bien, question de ne pas passer pour une cruche de service) et je quitte l'appartement, mes parents sur les talons.

Mon père a garé son *4 X 4* juste devant l'immeuble et nous nous engouffrons à l'intérieur sans perdre une minute.

Dans trente minutes la marche nuptiale résonnera dans l'église !

Vite, vite ! Papa si t'es champion, appuie sur le champignon !

C'est dans ces moment-là que vous êtes convaincus que le conseil communal s'est réuni dans la nuit pour programmer tous les feux de circulation afin qu'ils passent au rouge à notre approche.

— Rhaaaa ! Mais pourquoi ? Vite, vite, vite !

Quinze minutes après (je suis en sueur et mon dos est collé au fauteuil en cuir de la bagnole) notre village natal dans lequel a lieu le mariage est en vue. Mon père roule à soixante sur la route principale et se gare quasiment sur le parvis de l'église.

Je bondis hors de la voiture et me dirige vers le presbytère où Sandra m'accueille, stressée puissance mille. Autour d'elle, Lily et toute la clique s'affairent et aucune ne prend la peine de venir me saluer.

— Mais merde, Jo, j'ai cru que tu t'étais plantée de jour ! me sermonne Sandra.

— Désolée, désolée, désolée ! Petit dérapage maquillage ! »

— Je vois ça, t'as l'œil droit défoncé, t'es au courant ? Mais bon bref, t'as l'alliance ??

— Oui, oui ! Tu m'prends pour qui ?

Bon d'accord, c'est une question stupide.

Le pasteur Kirsch déboule à cet instant dans le presbytère, la moumoute au vent, le front luisant. Il est un peu stressé lui aussi, il serait temps que tout le monde se détende.

— Sandra, vous êtes là ! Tout est prêt ? Josette, enfin ! Nous commencions à croire que vous vous étiez trompée de jour !

Ils se sont passés le mot ou quoi ?

— Allez-y, les invités sont tous installés. Je vais vous sonner les cloches !

Je me bidonne toute seule, étant le seul être alentour sensible aux vannes en cette période de stress intense.

Anna s'approche (enfin) de moi et me plante un bécot plein de rouge à lèvres sur la joue gauche.

— Salut vieille bique ! On a cru que tu t'étais plantée de jour !

Retenez-moi ou je fais un malheur.

— Elle te serre pas un peu, la robe ?

La nénette a elle aussi pris quelques kilos en route.

Je confirme, et nous n'avons pas le temps de papoter davantage car j'aperçois le pasteur Kirsch qui nous fait des grands signes. Il est au bord de la syncope, le vieux.

— J'crois qu'il est temps ! j'annonce solennellement.

Je serre fort Sandra dans mes bras, et c'est alors que nous trois, (Lily, Anna et moi) ses amies les plus proches, l'enveloppons en un geste rassurant. Comme une grosse grappe de demoiselles d'honneur.

Pas trop longtemps sinon elle va chouiner avant l'heure, la future mariée, je la connais.

Nous nous dirigeons d'un pas solennel vers l'entrée de l'église. Le pasteur Kirsch, enfin rassuré que ses fidèles brebis soient toutes présentes, entre dans la maison de Dieu et retourne à son autel.

Je sens mon cœur s'emballer.

Sandra inspire un grand coup et lorsque démarrent les premières notes de la marche nuptiale, elle pénètre dans l'église.

Nous la suivons, silencieuses, émues.

Chaque pas que je fais déverse en moi un flot de souvenirs, violente vague, des images qui me raccrochent à cette femme en robe blanche qui s'avance aujourd'hui vers un avenir rempli de promesses d'amour, des souvenirs de cette construction minutieuse d'une amitié solide m'envahissent, les barreaux d'une échelle qui nous a élevées loin de tout, qui nous a aidées à franchir chaque étape de notre jeune existence.

Nous arrivons près de l'autel où Benjamin ne quitte pas Sandra des yeux. Son regard pétille d'amour et je lis un bonheur si intense qu'il en devient palpable.

Nous nous éloignons légèrement du couple. Sandra me jette un regard empli de tendresse et ses lèvres murmurent un « merci » quasiment inaudible.

Le pasteur Kirsch se lance alors dans un discours élogieux de l'amour, de l'union de deux êtres et tout ce qui va avec.

J'aperçois ma mère, comme un énorme bourgeon rose, assise au troisième rang, la caméra à bout de bras. Mon père somnole à moitié à ses côtés.

Devant eux, les parents de Sandra et de Ben sourient à tout va, émus. La mère de Sandra tamponne discrètement le coin de ses yeux avec un mouchoir brodé.

Je repère les parents de Lily, ceux d'Anna et d'Alex...

Alex ?

Je remarque seulement sa présence à l'instant, trop absorbée par la cérémonie. Il se tient de l'autre côté de l'autel, en retrait, près de Benjamin.

Je lui fais un petit salut de la main. Il me répond en me faisant le signe du peace and love, doublé d'un clin d'œil.

Il est pas mal du tout dans son costard gris. Nœud papillon en prime ! Et il s'est coiffé. C'est vraiment un jour pas comme les autres. Même si j'aperçois la baguette de *Voldemort* qui dépasse de la poche arrière de son pantalon.

Lorsqu'arrive le crucial instant où les futurs mariés échangent l'alliance, je me sens fière de l'apporter à Sandra. Elle s'en saisit d'une main tremblante.

Et dix minutes plus tard (après le *Ave Maria*) les voilà unis, pour le meilleur et pour le pire.

Emotions, émotions, émotions !

Lily, Alex, Anna et moi nous hâtons de gagner la sortie avant les jeunes mariés.

Nous avons prévu de les accueillir non pas en leur lançant le traditionnel riz à la tronche (et dire qu'il y a des enfants qui meurent de faim !) mais en lâchant des ballons de toutes les couleurs sur lesquels nous avons fait inscrire « Sandra et Ben, unis pour la vie ». C'est kitsch, je vous l'accorde.

Alex aurait préféré leur jeter des boulettes de mozzarella.

Quand je lui ai demandé par curiosité la raison d'un tel geste, il m'a répondu ceci :

— Au moins, si Sandra en a sur sa robe, ça ne tachera pas.

Lily a tranché en affirmant que les ballons ne tachent pas non plus.

Sandra et son mari sortent alors du temple de Dieu, un sourire ultra-bright aux lèvres, une larme roulant sur la joue de ma meilleure amie, émue comme jamais.

Chaque invité lâche son ballon gonflé à l'hélium, et très vite le ciel bleu se remplit de confettis de toutes les couleurs.

Seul Alex n'a pas lâché le sien.

— J'le garde en souvenir, me chuchote-t-il à l'oreille.

Je m'abstiens de commentaires. Il sait parfaitement qu'on a DEJA gardé une dizaine d'exemplaires en souvenir. Il n'ose seulement pas avouer qu'il ne veut pas lâcher ce ballon rose auquel il tient tant.

Ce type a un grain.

La famille de Sandra entoure la jeune mariée, l'embrasse, et nous, ses amis, attendons sagement notre tour pour la féliciter.

Je vois déjà ma mère s'approcher de Sandra avec toute la grâce que le ciel lui a offert (traduction : aucune). J'essaie de la devancer, mais trop tard.

— Sandra, c'était MAGNIFIQUE ! Superbe ! Félicitations à vous deux, vraiment, c'était extra ! Benjamin, jolie cravate ! Et le pasteur, quel beau discours, quelle belle cérémonie… quant à la déco de l'église, j'ai beaucoup aimé les roses blanches. J'ai hâte que le tour de ma Josette arrive et avant ma mort si possible ! Parce que tu sais, entre nous (elle se penche vers Sandra) si elle faisait un petit effort, elle aussi pourrait trouver l'homme idéal !

— Maman, laisse-la respirer, tu veux ?

Je réussis à m'interposer. Elle en fait toujours des caisses. Je dois délivrer ma meilleure amie de l'emprise du bonbon géant.

— Josette, laisse-moi féliciter Sandra et Ben, enfin !

— C'est très gentil Madame Lévy, lui répond Ben en souriant poliment avant de se tourner vers Régine et Henry.

J'en profite pour féliciter à mon tour ma meilleure amie, et toute la clique me rejoint bientôt. Lily bondit littéralement dans les bras de Sandra qui se laisse aller, des larmes de joie débordant de ses yeux (j'espère qu'elle a mis du waterproof sinon la mariée ressemblera bientôt à un panda en robe).

Bientôt, les invités commencent à se disperser sur le parvis et Ben entraine Sandra vers la limousine blanche qui les attend devant l'entrée (ça va, tranquille la vie).

Je décide de monter dans la super *R5* grise d'Alex afin qu'il me conduise à la salle des fêtes où aura lieu le reste du mariage (au programme : bouffe, bouffe, picole, bouffe, picole, bouffe, picole, picole, vomissement, gueule de bois). J'ai hâte.

Lily, Régine, Henry et Anna se joignent à nous. Qu'est-ce qu'on est serrés, au fond de cette boîte...

Heureusement, le trajet est assez court. Et Alex se prend pour Loeb.

Lily nous apprend au passage que son cher et tendre Pierrot le Dermato l'attend déjà à destination.

La salle des fêtes du village est assez moderne, et a été décorée avec goût. Bien évidemment, les demoiselles d'honneur ont mis leur grain de sel (un peu).

Sandra et Ben ont opté pour une décoration sobre mais classe. Et très fleurie. Un peu comme ma broche.

Des roses blanches et des nœuds dorés sont disposés un peu partout et les tables sont recouvertes de nappes blanches traversées par un chemin de table couleur or.

Benjamin a tenu à ce que l'animation musicale soit gérée par un groupe de musiciens (des amis à lui d'après ce que j'ai compris) le temps de l'apéro et du repas. Puis un DJ (un certain DJ Ridou) prendra le relais pour la deuxième partie de la soirée.

Nous trouvons rapidement notre table (celle avec les mariés, forcément) pour y déposer nos sacs à main.

Des serveurs et serveuses débarquent dans la salle, en une farandole noire et blanche, des plateaux à bout de bras. Directement, ils nous collent des coupes de champagne dans les mains et nous gavent de toasts (délicieux).

Sandra et Ben entrent dans la salle, toujours le sourire aux lèvres (ils vont avoir des crispations de la mâchoire ce soir, ça ne fait pas l'ombre d'un doute). Les invités qui n'ont pas pu encore les féliciter les accaparent aussitôt.

Alex est déjà en train de discuter avec une serveuse qui ne sait si elle doit s'attarder ou continuer de travailler.

En tout cas, lui, ne la lâche pas d'une semelle. La pauvre créature.

Lily court rejoindre Pierre (je mets enfin un visage sur un prénom) et nous le présente sans plus tarder. Un blondinet aux yeux bleus, sans un seul point noir sur le bout du pif. Assez sympa, au premier abord. Même assez charmant je dois dire. Lily le dévore des yeux.

Ma mère a déjà les mains chargées de toasts et de vol-au-vent. Quant à mon père, il tient sa coupe de champagne en observant sa femme se gaver. La routine, en somme.

— Tiens ! Mademoiselle Lévy en personne !

Je me retourne, étonnée.

Et là, face à moi, se tient Eric. Eric le contrôleur du tram.

CHAPITRE XVII
Que la fête commence !

Je rêve ?
— Comment allez-vous ?
Je reste muette. Il poursuit, un peu étonné de ma réaction.
— Ça ne va pas ?
Cerveau appelle orifice buccal, je réitère, cerveau appelle orifice buccal : il est temps de répondre.
— Si.
Je me sens toute gênée. Je n'ai jamais répondu à sa lettre. Pour tout dire, elle m'était totalement sortie de l'esprit. Ça n'a pas l'air de le vexer.
— Vous n'avez jamais répondu à ma lettre.
Oups. Erreur.
— Oui... je suis désolée. Un oubli. Beaucoup de mouvements dans ma vie.
— Et beaucoup d'amendes !
Il rit avant de poursuivre :
— J'ai jeté un œil dans les archives. Douze fraudes dans le tram depuis vos dix-huit ans. C'est de vous que notre entreprise de transports tire tous ses bénéfices !
Il rit encore.
— Oui... je suis une mauvaise citoyenne.
J'avale une gorgée de champagne. Il me regarde un instant, son regard brun vissé sur moi.
— Allez, sans rancune ? Mais maintenant que je vous ai retrouvée, je ne vous lâcherai pas. Acceptez-vous qu'on prenne un verre ?

J'entre dans son jeu.
— C'est ce que nous sommes en train de faire, non ?
Il rit (décidemment, ce type est un employé de *Carambar* ?)
— Bien joué ! Profitons déjà de cette belle journée avant d'envisager de nous revoir, vous avez bien raison. Il faut toujours se méfier.
— Je ne vous le fais pas dire.
Il intercepte une serveuse au passage et lui soustrait deux toasts. Il m'en tend un.
— Les meilleurs. Foie gras, chuchote-t-il sur le ton de la confidence.
Et il a bien raison. Le foie gras, c'est mon péché mignon. Même si j'essaie à chaque fois de ne pas penser aux pauvres animaux qu'on a du gaver à foison pour arriver à un tel résultat.
Une pensée traverse mon esprit, et j'imagine que le foie de ma propre mère pourrait bien un jour se trouver aussi sur les plateaux d'un apéro dinatoire.
— Vous travaillez dans quoi, Josette ?
— Pas Josette. Jo. S'il vous plait…
— Vous n'assumez pas ?
— Parce que vous, vous l'assumeriez ?
— Je m'appelle Eric-Johnny en réalité.
Je le regarde, choquée.
— C'est une blague ?
— Pas du tout.
— Vos parents étaient bourrés le jour de votre naissance ?
Je regrette mes paroles mais Eric sourit de ma répartie.
— Nan. Mon père a perdu un pari fait avec son meilleur ami. Ils ignoraient si j'allais être une fille ou un garçon jusqu'au jour J et mon père était persuadé d'avoir une fille.

Son ami, lui, a parié le contraire et lui a fait promettre de m'appeler Johnny s'il se trompait.

— Faire un pari sur le dos d'un nouveau-né, c'est pas banal.

— Ma mère était folle de rage quand elle a vu ça sur l'acte de naissance. Parce que mon père ne l'avait évidemment pas tenu informée. Ils ont failli divorcer après ça. Heureusement que mon paternel a eu la délicatesse de placer le nom de mon grand-père maternel avant Johnny, sinon ma mère l'aurait trucidé, tout simplement.

Je me marre. Il poursuit son récit.

— Donc vous avez raison, Jo, je n'assume pas non plus la particularité de mon prénom. Je me suis toujours présenté sous Eric.

— Vous au moins avez le choix. Moi, c'est Josette et rien d'autre !

Lily et Pierre l'Eradiqueur de Pustules nous rejoignent, accompagnés d'Alex qui a carrément accaparé un plateau entier de toasts. Ce mec n'a aucune éducation.

— Bonjour, moi c'est Lily. Voici Pierre.

Elle tend la main à Eric qui la serre vivement en se présentant à son tour. Pierre enchaine, en souriant timidement.

Alex fait de même. Mais ses mains à lui doivent être légèrement plus grasses au vu de la quantité de toasts qu'il a ingurgités.

— Pas mal ces trucs, marmonne Alex.

— Tu as déjà abandonné avec la serveuse ? je lui demande, curieuse.

— Nan, je fais une pause.

— Une pause ?

— J'avais faim.

Trop bizarre.

Eric lui jette un regard de travers et me regarde en souriant.

Alex fait toujours cet effet, la première fois.

Lily réengage le débat avec Alex, intéressée elle aussi par cette idylle naissante. Chose rare chez notre ami, je ne vous apprends rien.

— Mais comment elle s'appelle ? Elle a l'air de s'intéresser à toi ?

— Elle s'appelle Léonie. J'crois que je lui plais bien, elle m'a filé des toasts au foie gras.

Pour atteindre le cœur d'un homme, il faut passer par son estomac. Alex est l'illustration parfaite de cet adage.

— C'est une preuve irréfutable, lui confirme Eric, un sourire aux lèvres.

Je ne sais pas trop s'il est sincère ou s'il se fout de lui.

Alex vide son plateau et se dirige vers le buffet pour en récupérer un autre. Après quoi, il intercepte Léonie qui est en train de remplir un autre plateau avec les coupes vides. Ils discutent tous deux, et il la suit jusqu'en cuisine afin de l'aider à débarrasser.

— Il est sympa. Naturel. Nonchalant. Ce doit être un bon ami, nous confie Eric, à Lily et moi.

Lily me jette un regard étonné. C'est la première fois que quelqu'un définit Alex sans employer les termes « étrange », « bizarre », ou « à côté de la plaque ».

La conversation reprend, interrompue par les va et vient de connaissances qui viennent saluer Lily, Eric ou moi. Le pauvre Pierre est un peu à côté de la plaque, il ne connait personne, le pauvre.

J'apprends qu'Eric est un ami de Benjamin et beaucoup de gens, que je connais ou non, viennent le saluer. Sandra réussit à se faufiler parmi les convives afin de passer un peu de temps avec nous. Anna est en vive discussion avec Léonie et Alex, à l'autre bout de la salle.

Le groupe de musique entraine tout ce joli monde dans un tourbillon de notes légères et le champagne commence déjà à nous monter à la tête lorsque nous sommes conviés à gagner nos tables, en début de soirée.

Eric n'est pas assis à notre table et c'est avec un petit regret que je le regarde s'installer aux côtés d'une brune pulpeuse au décolleté un peu trop plongeant.

Bon, je l'admets, il me plait bien, ce petit contrôleur. Vous devez imaginer que cette histoire va finir ainsi, pas vrai ? Que nous allons nous marier, avoir plein d'enfants, acheter une résidence secondaire près de St-Tropez et couler des jours heureux ? Et bien imaginez ce que vous voulez, je ne gâcherai pas la fin de mon récit en vous dévoilant quoi que ce soit !

Je rejoins ma table, m'assied aux côtés de Sandra qui a déjà l'air épuisé. Elle se penche vers moi en soupirant.

— J'enlève mes chaussures, j'ai les orteils qui rebiquent. Si ça pue, fais-moi signe.

Je lui confirme d'un signe de tête.

Le grand moment du discours a sonné. Ça va être pour ma pomme. J'ai prévu le coup.

Ça ne loupe pas, et Alex se lève déjà, en tapotant avec son couteau contre son verre. Je prie pour qu'il ne le brise pas.

Les convives font silence afin d'écouter le discours d'Alex. Pitié, qu'il ne sorte pas d'énormités. Je vois Benjamin qui sue déjà.

— Mesdames, messieurs, les enfants, merci à tous d'être réunis en ce jour si particulier pour mes amis. Je sais que le mariage est une chose merveilleuse, c'est pour ça que j'ai décidé de leur laisser.

L'assemblée rit.

Alex poursuit :

— Sandra, Benjamin, notre amitié est longue, et j'espère qu'elle durera encore. Et surtout, j'espère que je pourrai toujours dormir sur votre canapé le samedi soir quand je serai trop bourré pour rentrer chez moi.

L'assemblée rit encore.

— Je ne vais pas m'attarder plus, parce que je sais que Jo a plein de belles choses à vous dire, et qu'elle s'inquiète déjà de savoir si je vais vous raconter des débilités. Mais non, Jo, tu vois, je sais me tenir ! (Il se tourne vers moi en souriant). Maintenant, Jo, tu peux leur chanter ta chanson !

L'enfoiré.

Les invités applaudissent.

Je me lève, un peu tremblante, et attrape le micro qu'il me tend. Je lui jette un regard noir. À Alex, pas au micro.

— Merci Alex. Hélas, désolée de vous décevoir mais je chante comme un *Tupperware*. Au lieu de ça, j'ai préparé un petit discours sans prétention, pour vous (je regarde Sandra et Ben avant de sortir le papier de mon sac à main. Je jette un regard à l'assemblée, me racle la gorge et entame cet inoubliable discours.) Hum, chers convives, amis, familles de Benjamin et Sandra, je vous souhaite la bienvenue à cette cérémonie qui unit deux cœurs amoureux. (C'est un peu kitsch comme intro, je vous l'accorde.) C'est avec un immense honneur que je témoigne aujourd'hui de cet amour sincère qui le restera encore longtemps, je l'espère pour eux. Et pour moi, car je n'ai pas envie de devoir consoler Sandra tous les weekends, n'est-ce pas Ben ? (Quelques rires s'élèvent, dont celui de Ben, qui me lance un regard faussement mécontent). J'aimerais porter un toast (je lève mon verre d'une main tremblante, manquant de peu d'en renverser sur la robe immaculée de la mariée assise à ma droite). A toi Ben, pour que tu prennes soin de la femme de ta vie, et à toi, Sandra, ma meilleure amie, je te souhaite tout le bonheur du monde et bien plus encore. Faites nous des bébés mais ne laissez pas Alex être le parrain, de grâce !

Petite vengeance bien placée et accueillie par des applaudissements, des rires et des tintements de verre.

Alex rit jaune, et je m'empresse d'aller lui coller une énorme bise sur la joue. Heureusement, il est loin d'être rancunier.

Je me rassieds et c'est avec un plaisir non dissimulé que j'accueille l'entrée, servie en grande pompe par une farandole de serveurs et de serveuses endimanchés. On dirait que tout l'orchestre symphonique du coin s'est reconverti en grooms le temps d'une soirée.

Foie gras poêlé sur pain perdu et confit d'oignon, colimaçon de saumon à la chair de crabe et légumes croquants. C'est ce qui est inscrit sur le menu, face à moi, et ça semble correspondre à ce qui se trouve dans mon assiette à présent.

Un délice !

J'aperçois mes parents en vive conversation avec ceux de Sandra, Lily et Alex. La clique des vieux se réunit quelques fois dans l'année pour jouer au tarot, et finir la soirée en picolant comme des trous. Les hommes tournent au schnaps, les femmes au vin rouge.

Cela faisait quelques temps qu'ils ne s'étaient plus retrouvés, et ma mère semble rattraper le temps perdu. Au vu des regards jetés à mon égard, je la soupçonne de déballer ma vie, sans omettre les détails.

A ma table, Lily bécote discrètement (du moins c'est ce qu'elle croit) son dermato entre deux bouchées, Alex reluque sans gêne le postérieur de Léonie à chaque fois que celle-ci passe près de lui. Anna semble perdue dans ses pensées. C'est à ce moment-là que je me rends compte que cette jeune femme, la sœur d'un de mes meilleurs amis, est aussi célibataire que moi.

Je me sens un peu honteuse et égoïste de ne jamais l'avoir considérée auparavant. Elle est toujours tellement discrète sur sa vie privée, qu'on ne pense pas à lui poser des questions.

Et pourtant... j'aurai dû.

— Anna ?

Elle relève la tête, surprise de mon interpellation.

— Tu vas bien ?

Elle me sourit, son visage s'éclaire, et elle me répond un « oui, oui » légèrement évasif.

— Ton frère a l'air de bien s'amuser, entre nous...

Elle lui jette un regard furtif et me répond en riant :

— Je ne te le fais pas dire !

— Tu veux un verre de vin ?

— Non, merci...

Olala, si Anna n'accepte même pas de trinquer en ce jour glorieux, c'est qu'il doit vraiment y avoir un souriceau dans le potage !

— T'es sûre que ça va ?

Elle n'ose pas trop parler.

Il faut dire qu'elle est assise de l'autre côté de la table, ce n'est pas la meilleure des stratégies pour entamer une séance confidences.

— Ça va, Jo, je t'assure ! Je ne suis pas trop à l'aise quand il y a du monde, c'est tout…

Je n'ai pas le temps de répliquer, car soudainement, un air de musique envahit la salle.

Et pas n'importe lequel : *You're the one that I want*. Bande originale de *Grease*.

Ben et Sandra se lèvent alors et entament une chorégraphie endiablée. Et très travaillée.

Ça m'étonne de la part de Ben, lui qui est plutôt du genre discret.

Mais tous deux rient aux éclats sous les encouragements de la foule.

Nous nous levons à notre tour et les applaudissons à tout rompre lorsque la musique s'arrête. Sandra nous rejoint, les joues rosies par l'effort. Elle n'a même pas pris la peine de remettre ses chaussures mais ça, je suis la seule à l'avoir remarqué (je pense).

— Pour une surprise ! je lui lance tandis qu'elle se rassied à mes côtés.

— Ça fait des semaines qu'on s'entraine. Idée de Ben, étonnant non ?

Je confirme d'un signe de tête, effectivement surprise d'apprendre cela.

Les assiettes vidées, nous sommes tous conviés sur la piste de danse à notre tour par le chanteur du groupe (je nommerai Serge, un grand type au teint hâlé et au regard de lover).

Pas la peine de nous le répéter, les filles et moi sommes déjà prêtes à mettre le feu au dance-floor ! Lily m'attrape par le bras, j'agrippe celui de Sandra, avant de laisser Lily nous guider vers Anna.

— Nan, les filles, ça ira ! Je suis un peu fatiguée.

— Déjà ?? Mais non, allez ! La soirée ne fait que commencer ! lance Lily en insistant.

— Nan, vraiment, allez-y sans moi.

— T'es pas drôle !

Alex débarque à ce moment précis et s'incruste dans le débat :

— Sœurette, viens donc faire la fête !

Mais Anna refuse toujours, rien à faire.

— Je vais rester un peu avec elle, je vous rejoindrai, je lance à Lily avant de m'asseoir sur la chaise vide près d'Anna.

Lily hausse les épaules, un peu vexée (mais ça va lui passer) et entraine Alex et Sandra sur la piste. Ils sont vite rejoints par Pierre et Ben. Je me tourne alors vers Anna qui fixe la table, les yeux dans le vague.

— Dis-moi ce qui ne va pas. T'as plus le choix, ma vieille.

— Laisse tomber, Jo, va donc rejoindre Eric, il te dévore des yeux.

Je jette un œil sur l'homme en question qui a effectivement son regard rivé sur ma personne. Je lui souris poliment avant de retourner à mes moutons.

— On s'en fout de ça. Dis-moi…

— Suis-moi.

Elle se lève, brutalement, et marche d'un pas vif vers la sortie. Surprise, je la suis, trottinant derrière elle.

Une fois dans le hall vide, elle jette un regard autour d'elle pour s'assurer qu'il n'y a pas d'oreille indiscrète dans les parages puis s'assied sur un vieux tabouret en bois qui traine là.

Elle soupire, baisse la tête et murmure :

— C'est Serge.

L'alcool ingurgité provoque un ralentissement cérébral, et je ne vois pas immédiatement vers où elle compte aller.

— Serge ? je répète, bêtement.

— Oui, le chanteur du groupe. On était ensemble. Jusqu'au mois dernier.

— Ah bon ?

C'est tout ce que tu trouves à dire, ma vieille Jo ?

— Je veux dire... combien de temps ? Tu nous en as jamais parlé.

— Je sais, je sais... c'est pas mon genre de déballer ma vie privée. On s'est fréquentés pendant six mois.

— Six mois ? Comment t'as fait pour nous cacher ça pendant six mois ? je lui demande, surprise.

— Vous êtes pas vraiment à l'affût des infos concernant ma vie privée, je te rappelle !

Et bim, dans les dents... mais elle a pas tort.

— Oui, bon... t'es toujours tellement discrète, on n'ose rien te dire. Mais là n'est pas la question... il t'a plantée ?

Elle soupire encore avant de répliquer.

— Oui...enfin non.

Très claire comme réponse.

Elle poursuit sa limpide explication.

— En fait, il m'a dit qu'il n'était pas prêt pour une « vraie » relation. Alors je l'ai pas laissé me plaquer, je l'ai devancé et je suis partie.
— C'est quoi le souci alors ?
Bon d'accord, j'ai été un peu rustre. Je regrette immédiatement mes paroles. Anna, quant à elle, me regarde, étonnée de ma répartie inattendue.
— Mais Jo, le problème c'est que je me suis attachée à ce crétin, enfin !
— Oui, oui, excuse-moi... tu veux le récupérer ? Alors qu'il t'a larguée ?
— JE l'ai largué, me corrige-t-elle, persuadée d'avoir le monopole du largage dans cette situation.
— Oui, bon, c'est pareil...
— Je sais pas si je veux le récupérer mais en tout cas je redoutais de le voir ce soir. Je sais depuis le début qu'il allait jouer avec son groupe de musique. J'en suis malade depuis des jours.
— Mais attends, tu l'as rencontré où, d'ailleurs ?
— Le jour de l'essayage du costard d'Alex, quand je l'ai accompagné. Ben était là, dans la boutique, accompagné de Serge qui cherchait lui aussi une tenue pour le mariage.
— Bon, allez, tu vas pas te pourrir la soirée pour un idiot comme ça. T'es une dure toi, tu vas pas te laisser abattre !
— Je sais... mais j'ai trente ans, et je crois qu'il est grand temps de me caser.
Tic, tac, tic, tac, je ne connais que trop bien ce refrain...
— *Bridget Jones* a galéré pendant des plombes avant de se marier, alors si elle a pu le faire, toi aussi !

Je ne sais pas si je lui ai vraiment remonté le moral en disant ça, mais une ombre de sourire se dessine tout de même sur ses lèvres.
Elle se lève du tabouret, m'attrape par le bras et me dit :

— T'as raison, ma Jo. Viens, si on est absentes trop longtemps tout le monde va se demander ce qu'on fout et je vais avoir droit à leur interrogatoire.

— Quelqu'un a parlé d'interrogatoire ?
C'est le bouquet, voilà Lily et Sandra, accompagnées de leur amant et mari respectifs.

— On vous cherche partout depuis dix minutes, nous sermonne Sandra.

— C'est quoi cette histoire d'interrogatoire ? reprend Lily.
Cette nana a un radar à potins intégré.

— Rien.

— Menteuse, enchaine-t-elle.
Je jette un regard désespéré à Anna pour qu'elle me vienne en aide, étant donné que je ne sais absolument pas mentir. Elle vient enfin à ma rescousse au bout de trois minutes de galère.

— Bon, allez, qu'on en finisse. Ben, je ne sais pas si ton cher ami t'a annoncé la nouvelle, mais sache que Serge et moi nous sommes fréquentés pendant six mois.
Ben la regarde, penaud. Il n'a pas l'air au courant.

— Serge ? Et toi ? J'en savais rien... et vu le ton sur lequel tu m'annonces ça, j'en déduis que vous n'êtes plus ensemble ?

— Bingo.

— Je suis navré.

— C'est pas ta faute.
Et Anna se relance dans l'explication rien que pour eux.

Benjamin blêmit légèrement et bafouille des excuses comme si c'était lui-même qui avait brisé le cœur de notre amie. Lily se lance dans une farandole d'insultes les plus virulentes tandis que Sandra se contente de hocher la tête en écoutant le discours d'Anna. Pierre, quant à lui, écoute avec un brin de pitié, sans pour autant s'apitoyer.

Une fois son récit achevé, Anna se sent comme requinquée, et prête à affronter le monde.

Nous retournons dans la grande salle. Les invités occupent toujours le dance-floor.

Je jette un regard haineux à Serge qui se trémousse sur la scène en beuglant dans son foutu micro, les yeux clos. Une poignée d'adolescentes se dandine devant lui, essayant d'attirer l'attention du bellâtre.

Anna passe devant la scène sans lui adresser un regard, et nous gagnons tous la piste.

Dix minutes plus tard Lily est en transe, et danse un collé-serré avec son fidèle amant, Pierre. Sandra et Ben sont littéralement ventousés l'un à l'autre tandis qu'Alex, les mains pleines de toasts au foie gras qu'il a dû probablement conserver le temps du repas dans la poche de son costard, dévore Léonie des yeux, alors que celle-ci débarrasse les assiettes de l'entrée.

Régine et Henry dansent une valse effrénée (et très vieux-jeu) sur la musique rock.

Je sens alors une main se poser dans mon dos, je me retourne vivement pour me retrouver face à Eric qui me regarde, tout sourire.

— M'accorderez-vous cette danse, mademoiselle Lévy ?
— J'accepte !

Et nous dansons, dansons, dansons, jusqu'à l'essoufflement.

J'aperçois du coin de l'œil mes parents qui rejoignent la piste de danse à leur tour. Grands Dieux, faites que ma mère ne nous honore pas de ses danses médiévales et démodées.

Quelques instants plus tard, la musique s'interrompt et Serge annonce la suite du repas.

Nous regagnons nos tables, essoufflés. Eric me salue de la main et me murmure « à plus tard ! » avant de se rasseoir à côté de sa charmante voisine à la crinière brune.

— J'ai la dalle ! soupire Lily en s'affalant avec grâce (ironie) sur sa chaise.

— Vous verrez, ce qui va suivre va vous ravir le palais comme jamais ! nous confie Sandra en se penchant vers nous.

Je lis sur le menu en face de moi : « dôme de caille et sa surprise au foie gras accompagné de légumes croquants ». Pas mal ! Sur papier, en tout cas.

J'ai à peine achevé ma lecture que les serveurs déboulent à nouveau dans la grande salle afin de nous apporter la suite du dîner.

J'ai chaud dans ma robe et à cet instant précis je donnerai tout pour pouvoir me balader en slibard le restant de la soirée.

Mais ne voulant pas ôter l'appétit aux invités, je m'abstiens.

— Alors, tu le trouves comment ? me chuchote Lily.

— Qui ?

— Bah Pierre, enfin !

— Ah ! Très bien, très bien... je pense que tu as bien choisi ! En plus s'il a divorcé pour toi... c'est plutôt bon signe !
Elle est aux anges.
— Je pense aussi !
Et elle retourne le bécoter, satisfaite de ce futile échange.
Le plat principal est absolument divin. J'ai une pensée furtive pour ma mère qui doit déjà être en train de remplir son sac à main avec les restes de ses voisins de table, ou pire encore, de demander un doggy-bag à Léonie.
— J'vais aux toilettes, j'reviens. Maudit champagne ! me dit Sandra en se levant.
Les conversations vont bon train autour de nous, et je ne peux m'empêcher de lorgner du côté d'Eric-Johnny, qui semble porter un intérêt soudain à la grande brune au décolleté plus que plongeant.
Est-ce de la jalousie que je sens m'envahir à cette vision ?
Soudain, il plante ses yeux dans les miens, sans crier gare. Gênée de m'être fait surprendre ainsi, je détourne la tête.
Et je vide d'une traite mon verre de rouge tandis que Serge fait une annonce-micro.
— Et maintenant, place à DJ Ridoux, mesdames et messieurs ! Merci de votre attention, vous pouvez suivre notre actualité sur notre page *Facebook* ! Bonne fin de soirée à tous et tous mes vœux de bonheur aux jeunes mariés !
Applaudissements, acclamations, et le groupe débarrasse la scène de son matériel afin de faire place à ce mystérieux DJ Ridoux.
Que la fête commence !

CHAPITRE XVIII
Nuit magique !

La musique bat son plein alors que minuit sonne. Les invités imbibés se sont lancés dans une queue-leu-leu sans laquelle tout mariage serait un peu gâché, tandis que les plus sobres regardent leurs congénères alcoolisés d'un œil morne, en songeant qu'ils n'auraient jamais dû accepter de conduire.
Pour ma part, je n'ai pas la moindre idée du moyen par lequel je vais rentrer chez moi. Une chose est sûre c'est qu'à l'heure où je vous parle j'ai participé à la queue-leu-leu, cela va sans dire. J'ai même lancé une *danse des canards*, suivie avec ferveur par de nombreux invités, dont Eric, qui a cancané à tout va pendant une bonne demi-heure après ça.
Même Anna semble s'amuser malgré tout et je la surprends en vive conversation avec son voisin de gauche, ami de Ben, un certain Léo.
Sandra et Ben ne se quittent pas de la soirée et se trémoussent tellement que Sandra a la moumoute qui frise et le mascara qui dégouline.
— Jo ! Ma chérie !
La douce voix de ma génitrice vient interrompre mes pensées.
— Ça y est !
Elle court vers moi, visiblement très émue.
— Ça y est quoi, maman ?
— Jane a accouché !

Un immense sentiment de bonheur vient alors remplir mon cœur qui bat à tout rompre.

— C'est vrai ?? Al t'a appelée ??

— Oui, à l'instant ! Oh, Jo ! Je suis grand-mère !

— Et moi marraine !

— Et moi grand-père ! renchérit mon paternel en nous rejoignant, ému aux larmes.

— Il m'a envoyé une photo, sur mon portable, je n'arrive pas à l'ouvrir.

Elle me tend son téléphone d'une main tremblante.

Je m'en empare, et ouvre l'image.

Un petit bébé aux cheveux noirs en pagaille apparait alors, les yeux à peine ouverts, ses petits poings serrés contre son corps menu. Elle est à croquer ! Emmy est enveloppée dans une couverture blanche, et Jane la tient contre elle, tout sourire (et la mine légèrement déconfite, je dois bien l'avouer. En même temps, allez faire passer un melon dans un trou de souris, et on en reparlera).

Je me sens tellement heureuse à cet instant que je me laisse aller dans les bras de ma mère qui m'embrasse tendrement le front en m'étalant un peu de toast au froid gras qu'elle tenait dans son autre main sur le visage.

Quelques instants plus tard, mes amis sont au courant et nous portons un toast aux heureux parents, à distance. Nous sommes réunis autour d'une table, avec Sandra, Ben, Anna, Lily, Alex, nos parents… et nous fêtons secrètement cette nouvelle qui ne concerne que nous, à l'écart du reste des invités.

C'est ma famille, réunie là, ma grande famille. Mon clan.

La nuit s'annonce magique, et je pense déjà à ma rencontre future avec cette petite Emmy, qui fait désormais partie intégrante de nos existences à tous.

Nous nous séparons alors, Sandra et Ben pour s'affaler sur leurs chaises, Alex pour retrouver Léonie qui s'affaire autour du buffet de desserts, Anna pour reprendre sa conversation avec Léo. Ma mère rôde déjà autour du buffet en compagnie de la mère de Lily et mon père trinque toujours avec celui d'Alex.

Vers une heure du matin mes parents quittent le navire, éreintés, juste après le dessert. Le sac à main de ma mère semble avoir doublé de volume depuis son arrivée et je peux parfaitement imaginer les muffins et autres pâtisseries qu'elle a réussi à y caser. Elle est incorrigible.

Anna, fatiguée elle aussi, décide de rentrer. Léo propose de la raccompagner, mais celle-ci refuse.

Alors qu'elle se dirige vers la sortie, après nous avoir salués, Serge l'intercepte. Non mais pour qui se prend-il, celui-là ?

Alex, qui danse près de moi, a envie de lui arracher les yeux.

Lily et moi réussissons à le retenir, à grand-peine.

Anna me jette un regard entendu et tous deux sortent de la grande salle.

— Alex, calme toi, Anna est une grande personne, elle sait gérer !

— Tu parles ! Laisse-moi faire, Jo, je vais lui faire avaler son slip !

Lily ne peut s'empêcher de pouffer tout en le retenant par le bras.

— Allez, arrête un peu Alex, elle viendra sûrement nous parler de tout ça quand elle en aura envie !

Il se détend un peu et nous pouvons le lâcher sans craindre qu'il ne bondisse sur Serge.

— Un peu de champagne, Jo ? me propose Eric en nous rejoignant.

— Je ne crois pas que ce soit judicieux, Eric, j'ai eu ma dose pour ce soir !

— Et l'alcool et Jo ne font pas bon ménage. Elle t'a déjà racontée le soir où elle a escaladé un lampadaire ? poursuit Lily en riant comme une tordue.

Je la hais, je la hais !

— Non, mais c'est une histoire qu'il me tarde d'entendre ! renchérit Eric en me regardant.

Je n'ai heureusement pas le temps de lui raconter cette soirée de déchéance car Anna revient dans la salle. Elle a un regard mystérieux. Impénétrable.

— C'est réglé.

— Comment ça ? je demande.

— Il s'est excusé.

— Vraiment ?

— Oui... il m'a dit qu'il avait été idiot et qu'il s'était aperçu trop tard qu'il tenait à moi.

Typique. Classique. Très...masculin, en somme.

— Bon... et tu lui as pardonné ?

— Pour le moment, oui. On verra bien...

Au vu du sourire qu'elle me lâche, je comprends qu'elle est aux anges, et je garde mon avis pour moi, pour une fois. Après tout... un homme a aussi le droit de changer d'avis non ?

Non.

Sandra, un peu imbibée, colle un énorme bisou sur la joue d'Anna, qui m'embrasse à son tour. Alex se joint à la mêlée et galoche Léonie à foison.

Tout le monde se bécote. Je me demande si Eric va profiter de cette séance free-hugg pour m'embrasser à son tour.

Je me retourne, pensant qu'il doit être dans les parages, mais pas de Eric en vue. Jalouse, je lorgne vers la brune, mais pas d'Eric à l'horizon.

Aurait-il déserté ?

— Je vous laisse, Serge m'attend... merci pour tout, nous dit Anna en s'éloignant.

Elle me fait un petit signe de la main, me sourit, avant de se tourner vers son avenir, d'un pas sûr.

Quant à moi, je pars à la quête d'Eric, qui reste introuvable.

Alex et Léonie ont mystérieusement disparu dans les coins sombres de la salle des fêtes.

Lily et Pierre se bâfrent de desserts tandis que Ben et Sandra discutent avec Régine et Henry.

Tout va bien, dans le meilleur des mondes. La vie reprend son cour. Chaque chose à sa place. Je m'assieds sur ma chaise, autour de la table dépourvue de convives (certains ont quitté les lieux, d'autres dansent toujours au rythme d'un son électro).

— Tu me cherchais ?

La voix d'Éric interrompt le fil de mes pensées. Il tire la chaise à ma droite et s'y assied.

— Pas du tout, je lui réponds en haussant les épaules.

— Menteuse...chuchote-t-il.

Et il m'embrasse.

CHAPITRE XIX
La vie en rose

Quand on est amoureux, il se passe une chose étrange, dans notre corps. C'est purement chimique. L'alchimie magique. Tout ça n'est qu'une question d'hormones, en somme.
Mais on s'en fout, parce qu'on est heureux, légers, guillerets. Quand on est amoureux, au début, on ne voit pas les défauts de l'autre. On l'aime comme il est. On nage en plein bonheur, au pays des *Bisounours*.
Eric est tout pour moi. Mon quotidien. Ça fait un mois qu'on se fréquente et je ne vois toujours pas ses défauts.
C'est vrai que ses chaussettes sales qu'il laisse trainer sur mon lit me débectent un tantinet, mais je ne lui en tiens pas rigueur. En échange, je laisse trainer mes soutiens-gorge sur le sol de sa salle de bain. On est complémentaires.
Je ne pensais pas trouver quelqu'un de si parfait. Il est drôle, intelligent, parfois salace mais ce n'est pas un défaut. Sauf quand il en abuse.
— Tu sais, je suis contrôleur de tram, mais pas que… m'a-t-il confié, au début de notre relation.
— Pas que ? Tu es quoi d'autre ? Funambule ?
Il avait ri, avant d'enchainer :
— Non, je suis également un passionné de pêche.
— Vraiment ?
— Oui, vraiment ! C'est mon truc.
— Mais ton métier, c'est contrôleur ?
— Oui, en attendant.
— En attendant quoi ?

— De pouvoir vivre de ma passion.
— En devenant pêcheur ?
Là, je vous l'avoue, il m'était difficile de ne pas rire.
— Oui.
— Beau projet. Mais à Strasbourg c'est difficile non ?
— Pas à Strasbourg, Jo, bien évidemment...en Bretagne, par exemple.
Ah, Eric... qu'il est complet, cet homme. Un contrôleur de tram pêcheur, avez-vous déjà entendu pareille situation ?
Bon, la sonnette de la porte d'entrée vient de retentir, je me dois d'aller ouvrir, c'est peut-être lui.
Bingo !
— Bonjour ma caille !
Cette manie des surnoms kitsch, il en a la spécialité. Il détient la palme d'or des sobriquets cucul la praline. Mais que voulez-vous, je l'aime... alors je lui pardonne. Et ça donne un côté bucolique à notre relation. Surimi l'accueille en poussant des aboiements aigus.
— Salut ! Tu vas bien ?
— Crevé ! J'ai collé une dizaine d'amendes aujourd'hui. Et toi, le boulot ?
Il se débarrasse de ses chaussures avant de s'écrouler sur mon divan.
— Ça va... j'ai fait la lecture de quelques écrits intéressants. Sauf un, une histoire à propos d'un vendeur de glaces amoureux d'une cuisinière. Un truc à dormir debout.
Eric rit avant de m'inviter à le rejoindre à ses côtés, les bras tendus vers moi. Je cours m'y blottir. Qu'on est bien !
— Il fait une chaleur abominable là dehors, enchaine-t-il.
— Tu veux boire quelque chose ? Lily m'a fait don d'une bouteille de jus de pommes maison, fait par sa mère.

— Avec joie !

Je file à la cuisine récupérer mon butin et deux verres.

— Tu as des nouvelles de Ben et Sandra ? je lui demande en le rejoignant.

Ils sont partis en voyage de noces la semaine dernière. Aux Bahamas.

— J'ai parlé avec Ben hier sur *Skype*, ils te passent tous deux le bonjour. Ça a l'air de bien aller pour eux. Sandra était en pleine séance de massage, Ben en a profité pour me donner des nouvelles.

— Parfait.

Soudain, une idée traverse mon esprit.

— Tu sais quoi ?

— Non mais tu vas me le dire.

— Je vais retourner à Londres bientôt pour faire la rencontre de ma nièce. Peut-être voudrais-tu te joindre à moi ?

— Avec plaisir, ma poularde, répond-il en souriant, avant d'embrasser le bout de mon nez.

Poularde. Passons.

— Tu sais que je vais à mon cours de pêche ce soir ? Je peux venir dormir chez toi après mais je ne serai pas là avant vingt-deux heures.

Oui, il suit des cours de pêche. Visiblement il s'agit de sortes de meeting de passionnés qui partagent des photos de leurs prises du week-end précédent et qui parlent d'astuces et autres secrets de pêcheurs. En somme, ils vont passer la soirée à parler thon en sifflant des bières.

— Je sais, je sais ! Tu seras disponible quand pour aller à Londres ?

— Je dois consulter mon planning de congés, je ne l'ai pas sous la main.

— D'ici un mois ? j'insiste, toute émoustillée.

— On verra, on verra ! répond-il en riant.

Cet homme rit toujours.

Sonnette de la porte d'entrée. Je me lève, étonnée. Je n'attendais aucune visite.

J'ouvre.

Mon cœur manque un battement ou deux lorsque j'aperçois l'homme qui se tient sur mon palier.

François.

CHAPITRE XX
Chapitre vin

Saperlipopette, qu'est-ce qu'il fabrique ici ?
— Salut Jo, ose-t-il me dire, d'un ton mielleux, un léger sourire aux lèvres.
C'est une blague ? Mon cerveau réfléchit à toute vitesse. Je pense Eric, je pense guéridon, je pense Caroline la Coupe-Tif, je pense amour, je pense rupture, je pense, je pense, je pense...
Et ne dis pas mot.
— T'as perdu ta langue ? ajoute cet affreux salopard en me toisant d'un œil rieur.
Mais bouse, Jo, ressaisis toi, fous-le dehors, insulte-le, fais quelque chose bon sang !
— Salut.
C'est tout ce que tu sais faire ma vieille ??
— Salut. François.
Super. On est pas arrivés.
— Que me vaut le déplaisir de cette visite inopinée ?
Aaah, voilà, là on y est !
— Rien de spécial. Une envie soudaine.
Y'a anguille sous roche, éléphant sous parasol, cacahuète dans le potage. Mon cerveau se met en alerte rouge.
— Ma truite ? Tout va bien ?
Nom d'un mollusque, Éric. Il est toujours dans mon salon, à m'attendre. Cela dit, je me serais bien passée du surnom poissonnier, pour l'occasion.
Je sens le rouge me monter aux joues lorsque je lui réponds :

— J'arrive, Eric, tout va bien.

François se penche en avant afin d'essayer d'apercevoir ledit Eric. Je lui barre la vue en m'interposant.

— Arrête ton char et dis-moi la vérité François. Tu mens comme tu respires. Pourquoi t'es là ? Et pas avec Miss Guéridon Acnéique ?

Il inspire un grand coup, et soupire.

— Je ne suis plus avec Miss Guéridon, figure toi.

Révélation, révélation ! Et je touche du doigt la raison de son impromptue visite.

— Alors tu viens te réconforter chez ta bonne vieille Jo, c'est ça ?

— Pas exactement.

— Dépêche-toi, tu me fais perdre mon temps. Dis-moi pourquoi t'es là et on en parle plus.

— J'ai été licencié.

Pas de bol. J'ai envie de pleurer. De joie. La roue tourne !

— Ah.

Belle réponse, bravo Jo, je suis fière de toi, tu progresses.

— Fraichement divorcé et au chômage ?

— C'est ça.

Il ne sourit plus trop du coup.

— Je suis pas venu ici pour te raconter mes déboires mais pour récupérer une bouteille de vin que j'avais laissée. Un *Musigny*. Dans le placard de la cuisine.

— T'as fait tout ce trajet pour de la vinasse ? Tu sais y'a plein de bars en ville.

— Cette bouteille est particulière. J'ai besoin d'argent. Elle vaut une fortune.

J'ai une fortune cachée dans le placard de ma cuisine ?

— Bon. Attends ici, je vais la chercher.

Je lui claque la porte au nez et file vers la cuisine.

Au passage, Eric me lance un regard curieux, avide de connaitre l'identité de ce visiteur qui m'accapare.

— Un souci, mon gardon ?

— Non, rien, rien, continue à regarder *Man VS Wild*, j'en ai pour cinq minutes.

Une fois dans la cuisine, je fouille tous les placards.

Mais en vain. Pas de trace de bouteille de vin.

Et soudain, un flash.

Ma soirée en tête à tête avec Lily, à mon retour de Londres.

La bouteille de rouge. Poussiéreuse.

Délicieuse.

On l'avait sifflée en trente minutes à peine.

Crotte, bouse et purin... François va me tuer.

Mais non, Jo, enfin, arrête ! Il t'a plantée comme un piquet, a pris ton guéridon et ta dignité, alors tu as très bien fait de picoler ce dernier héritage !

Je retraverse le salon, toujours sous le regard curieux d'Eric.

J'ouvre la porte d'entrée.

François, en voyant mes mains vides, me jete un regard encore plus étonné.

— Tu m'expliques ?

— Il...il se pourrait bien que je l'ai bu.

Il manque de s'étouffer sur mon paillasson.

— Tu as...QUOI ??

— Tu croyais tout de même pas que j'allais t'appeler pour te demander l'autorisation, quand même ??

— Mais Jo ! Tu sais combien elle valait, cette maudite bouteille ?

— J'sais pas moi ! Au goût, je dirai...cinquante euros ?

— Deux-mille huit-cents, JO ! Deux-mille huit-cent euros !

Là, c'est moi qui manque de m'étouffer.

— Tu veux dire que j'ai sifflé une bouteille à quasiment trois mille euros ? En trente minutes ?

— Tais-toi, tais-toi, n'en dis pas plus !

— Dis-toi que ça aurait pu être pire, j'aurais pu l'utiliser pour la sauce de mon onglet de bœuf !

Son visage est rouge de colère. Je ne le connais que trop bien lorsqu'il est dans cet état. Un vrai dragon.

— J'suis désolée, vraiment.

C'est vrai, en plus. En le voyant tourner en rond, comme un lion en cage, ça me fait un peu de peine, il faut l'admettre.

— Tu pouvais pas savoir, concède-t-il enfin.

C'est ce moment qu'a choisi Eric pour nous rejoindre.

— Bonsoir...

François se tourne vivement vers lui, avide, curieux.

— Bonsoir... ?

— Eric.

Eric lui tend une main chaleureuse, tout sourire. Il n'est pas au courant qu'il est en train de faire la connaissance de l'homme avec qui j'ai acheté le canapé duquel il vient de se lever.

— François.

Son ton est sec.

Eric le perçoit et se recule légèrement.

— J'allais prendre congé, je ne voudrais pas vous déranger plus longtemps, ajoute François en me jetant un regard pénétrant.

Je suis tourneboulée.

(Et ce mot est vraiment étrange, au passage).

— Bien. Alors, bonne soirée, lance Eric en posant sa main sur ma taille l'air de dire « c'est ma nana, pas touche, bas les pattes, sinon je t'arrache le lobe de l'oreille et j'en fais des confettis. »
— Bonne soirée, répond Eric.
François comprend le message subliminal, m'adresse un signe de tête et se retourne afin de descendre l'escalier. Je ferme la porte derrière lui.
— C'était qui ? me demande Eric.
— Personne.
Oh la menteuse !
— Personne ?
— Non.
Je regagne le salon, Eric sur mes talons.
Pourquoi est-ce que je me sens si mal ?
— Jo, assieds-toi et raconte-moi. Tu as l'air tourneboulé (décidément).
— Franchement, Eric, c'est pas le moment.
Il me lance un regard triste, inquiet.
— T'inquiète pas, ça ira mieux demain, je le rassure.
Ça ne semble pas l'apaiser.
— C'était mon ex.
J'ai balancé l'info, comme d'habitude, mon débit de parole étant plus rapide que mon flux neuronal.
Typiquement à la mode Josette quoi. Je dois tenir ça de ma mère.
— Je m'en doutais.
Il soupire.
— Jo ?
— Hm ?
— Tu veux que je m'en aille ?

Je réfléchis à sa demande. Est-ce que je veux qu'il s'en aille ?

— C'est normal que tu te sentes mal. C'est jamais facile de revoir quelqu'un avec qui on a partagé une partie de sa vie, ajoute-t-il.

Il a raison.

— Je ne veux pas que tu partes. Reste.

Je lui souris et l'embrasse.

Je me lève, décidée à reprendre du poil de la bête. J'ai acheté de la tapenade hier, je vais préparer des toasts, et on va se faire un petit whiskey devant *Man VS Wild*.

Le couple de l'année, en somme.

Eric me suit dans la cuisine, décidé à ne pas me lâcher d'une semelle.

Il me parle de ses séances de pêche, accoudé au comptoir.

— Tu peux me passer le pain s'il te plait ? je lui demande.

Il ouvre le placard à sa droite et en sort une baguette qu'il me tend.

— C'est quoi ça ?

Je me retourne. Dans sa main, il tient une bouteille de rouge.

Je lis l'étiquette et mon cœur fait un bond.

Le *Masigny* !

Alors c'était là qu'il l'avait caché... entre le pain de mie, les bouteilles d'huile, de vinaigre et les raviolis bon marché. Du coup, allez savoir ce qu'on a picolé avec Lily l'autre soir.

C'est le moment où jamais de rayer définitivement François et tout ce qui va avec.

— Ça, mon cher, c'est l'apéro ! j'annonce à Eric en souriant.

CHAPITRE XXI
La vie en (mo)rose

Quatre mois et des poussières se sont écoulés depuis mon premier échange baveux avec Éric, le soir du mariage de Ben et Sandra (qui filent le parfait amour).

Le *Masigny* était effectivement un régal, et mon deuil est définitivement achevé en matière d'ex.

Pourtant, je ne vous cache pas qu'il y a deux ou trois choses qui me chiffonnent ces jours-ci. J'ai fait une petite liste, pour vous éclairer.

Primo : je ne supporte plus les caleçons sales d'Eric qui trainent sur mon lit, ses vêtements qui sentent la poiscaille lorsqu'il passe chez moi après ses parties de pêche à la mords-moi-le-nœud tous les samedis, sa manie de regarder les rediffusions de *Chasse et Pêche* sur MON ordinateur sans me demander l'autorisation et les surnoms ridicules dont il m'affuble à longueur de journée.

Deuzio : je sens que je stagne dans ma vie, je ne m'intéresse plus à mon job qui pourtant était passionnant au début, j'en ai ras le bol de lire des bouquins écrits par des crétins illettrés, analphabètes et je l'espère pour certains au vu de leurs écrits, atteints de déficience intellectuelle.

Tercio : je suis aigrie. Et je n'ai toujours pas été à Londres parce qu'Eric, finalement, n'a pas eu le temps pour ça.

Ça fait pas mal de choses, pour une seule femme.

Et allez savoir pourquoi mais ma foutue horloge biologique a repris son tic, tac incessant.

Là, je suis debout, nue comme un ver, face à mon miroir plain-pied dans ma salle de bain. Éric n'est pas là (devinez ce qu'il est en train de faire… un indice : truite).

J'observe mon corps qui vieillit.

Depuis quelques semaines, je jurerai que mes seins (surtout le droit) sont soudainement plus sensibles à l'activité gravitationnelle de notre chère planète.

C'est pas compliqué, si je me penche un peu trop en avant au-dessus du lavabo, j'ai quasiment le mamelon au fond du siphon.

On dirait ma mère.

J'ai envie de chialer.

J'ai trente et un an aujourd'hui. Le 17 Novembre.

Je suis vieille. Mon utérus est bon à jeter.

Je n'aurai jamais d'enfant.

Pour couronner le tout, Éric passe de plus en plus de temps avec ses potes-pêcheurs-alsaciens, qui sont des gros bourrins alcooliques affublés d'un accent local à réveiller un mort.

La semaine dernière, j'ai eu la (très) mauvaise idée d'accepter son invitation à les accompagner. Je l'ai fait de bon cœur, pour resserrer les liens entre Eric et moi qui ont plutôt tendance à se détendre ces temps-ci.

Moi, Josette Lévy, à la pêche.

Quand j'ai appelé mes parents pour leur annoncer mon activité du samedi, j'ai cru que mon père allait s'étouffer de rire au bout de la ligne.

Et je comprends pourquoi, mais rien n'avait prédit que j'allais vivre le pire samedi de mon existence.

On s'est retrouvés tôt le matin, au fin fond de la vallée de la Bruche. Eric et moi nous sommes levés vers cinq heures, il était frais comme un gardon et moi j'avais la tête dans un endroit que je ne citerai pas.

Déjà, je vous passe les détails sur le temps consacré la veille, à me trouver une tenue adéquate. Eric a pioché dans des anciennes affaires à lui, et je me suis retrouvée vêtue d'une énorme salopette verdâtre à l'odeur douteuse, et de bottes en caoutchouc crottées jusqu'aux genoux.

J'espérais que Madame de Fontenay ne serait pas dans les parages pour faire des repérages.

Une fois arrivés à destination, j'ai eu la chance (ironie) de faire la rencontre mémorable de Victor (alias Vickes), Patrick (Pates), et Joseph (Seppi).

Tous les surnoms sont bien évidemment à prononcer avec un accent alsacien bien comme il faut. Je vous invite à vous entrainer chez vous, il y a des tutoriels sur *YouTube*.

Si Vickes et Pates frôlaient de près la civilisation moderne, Seppi, quant à lui, semblait tout fraîchement débarquer du moyen-âge. Je pense que *Jacquouille la Fripouille* ne lui arriverait pas à la cheville.

Tandis que les trois autres déchargeaient la voiture, Seppi s'était chargé de m'accueillir.

— Hé, salü Chosette ! Wie Geht's ?

Traduction pour les non-locaux : « Salut Josette, comment ça va ? »

— Ça va, merci…

Et là, il a tout bonnement ouvert une cannette de *Kronenbourg* qu'il m'a tendue négligemment, d'une main dont les ongles n'allaient pas tarder à tomber (ou à s'enfuir) au vu de leur couleur peu ragoûtante.

— C'est gentil mais il est six-heures du matin, Joseph.

— Et alors ? Éric, hé, tu m'avais pas dit qu'elle aimait picoler, ta femme ?

— Si, si, mais laisse lui le temps, Seppi ! a crié Eric en se marrant, tenant à bout de bras la glacière.

Allez savoir pourquoi mais voilà que mon tendre contrôleur de tram s'est soudainement transformé en beauf de service et a allègrement pété en sortant une caisse de bière du coffre. Marrade générale (sauf pour ma part). On s'est installés sur la berge de la rivière. Je jetais des regards incessants sur ma montre, priant pour que le temps passe.

La journée s'est déroulée ainsi, entre les pets et les rots de Seppi, les blagues en alsacien de Vickes, et les ronflements de Pates qui passait plus de temps à dormir qu'à pêcher.

Eric, quant à lui, détaché de tout ça, se concentrait sur sa canne à pêche (et sur la mienne), à l'affût du moindre mouvement, en n'omettant pas d'accompagner ses compères dans leur concerto de rototos et de pétotos.

— Hé, les knéckes, j'crois que ça mord ! lançait de temps en temps Seppi, entre deux bières.

Le type, à dix heures, était bourré comme un coing.

En résumé, j'ai perdu un samedi de ma vie, dans la vallée de la Bruche, les fesses posées sur une chaise pliante à trois euros trente, perdue dans une salopette de pêcheur puante et trop grande, entourée de rustres qui passaient leur temps à raconter des âneries.

Et aujourd'hui, là, maintenant, le jour de mon anniversaire, nue dans ma salle de bain, je me retrouve à faire le bilan de ma vie. Ça fait un an que François a quitté le navire, et j'ai l'impression que c'était hier.

Ça fait quatre mois que je fréquente Éric et les papillons qui voletaient au creux de mon ventre se sont envolés vers d'autres horizons.

Ça fait quatre mois également que ma nièce a vu le jour et que je n'ai toujours pas pu la serrer dans mes bras.

Bilan final : pas glorieux.

J'entends la porte d'entrée s'ouvrir. Ça doit être Éric, il a le double des clés.

— Ma truite ?

Je vais lui faire avaler sa canne à pêche.

— Je suis dans la salle de bain.

Pas de réponse, il doit déjà être affalé sur mon canapé. Canapé qui est imprégné de l'odeur de poisson qu'il ramène avec lui chaque weekend. J'ai tout essayé, rien à faire, c'est tenace. Je l'ai prié pourtant dix fois d'ôter ses foutus habits avant de s'étaler là-dessus. Mais Monsieur le Contrôleur de Tram est têtu comme une bourrique.

Je me rhabille rapidement, jette un dernier regard à mon reflet, soupire, et le rejoint dans le salon.

Je l'embrasse machinalement avant de m'asseoir à ses côtés.

Un drôle de silence s'installe, ne présageant rien de bon.

— Ma raie ?

Il est pas sérieux là ?

— Hm ? je marmonne.

— Il faut qu'on parle.

CHAPITRE XXII
« Oh, baby, baby, it's a wild world... »

On a parlé. Pendant deux heures.
On s'est séparés là, d'une sorte de commun accord.

J'ai ressenti une espèce de tristesse, mêlée à un immense soulagement.

— Je suis désolée, Jo. Je pensais que ça fonctionnerait, entre nous. C'est un peu nul de faire ça le jour de ton anniversaire.

— Je le pensais aussi. C'est pas grave, vaut mieux que ça se finisse comme ça.

Il a posé sa main sur la mienne, m'a souri timidement comme pour s'excuser de notre incompatibilité amoureuse.

— Tu sais, je n'aurais pas tenu un weekend de plus avec Seppi de toute manière. Je veux bien faire des efforts mais là c'était carrément un sacrifice.

Il s'est marré, comme d'habitude.

— Je comprends, Jo, je comprends...

— Un dernier truc...

— Quoi ?

— Si tu retrouves une femme, la femme parfaite... ne lui donne pas des noms de poisson. C'est vexant.

Il rit encore.

— C'est noté !

— Tu veux prendre un verre ?

— Je crois que je ferais mieux de rentrer... je te rends tes clés (il me les tend). Et je vais récupérer ma brosse à dents.

C'est avec un pincement au cœur que je le regarde se lever, un peu penaud, et rassembler ses affaires.

Dix minutes après, il se tient devant ma porte, son manteau sur les épaules, un sachet rempli des quelques habits qu'il avait laissé chez moi. Sa brosse à dents à la main.

Tableau presque pathétique.

Une larme roule sur ma joue, je l'essuie d'un geste rapide avant qu'il ne s'en aperçoive.

— Bon... Jo. Je te souhaite une bonne soirée... n'hésite pas à m'appeler, si tu as besoin de parler.

— Je vais y songer. Bonne soirée à toi aussi.

Il esquisse un geste comme pour me faire la bise, puis revient sur sa décision, me fait un petit signe de la main, ouvre la porte et disparait dans l'obscurité de la cage d'escaliers.

Je n'ai pas le temps de refermer la porte qu'il remonte, en quatrième vitesse.

— Je suis trop naze, j'allais oublier de te donner ton cadeau d'anniversaire.

— C'est pas la peine, je t'assure.

— Si, ça vaut la peine.

Il me tend un petit cadeau enveloppé dans du papier argenté.

— Tu n'auras qu'à l'ouvrir quand je serai parti, si ça te gêne.

— Non, non, je l'ouvre !

Je déchire le papier, et découvre une petite boîte que j'ouvre doucement.

A l'intérieur, est assise une peluche en forme de lapin blanc, qui tient...

— Deux billets pour Londres ! je m'écrie, soudainement folle de joie.
Eric sourit.
— Pour que tu puisses enfin voir ta nièce.
— Tu devais y aller avec moi, ça me gêne.
— Non, Jo, je ne pouvais pas venir, mon agenda ne me le permettait pas, de toute façon. Tu y serais allée avec quelqu'un d'autre.
Terriblement gênée et heureuse à la fois, je lui fais la bise et le remercie.
— C'est super. Merci mille fois.
— C'est un billet ouvert, j'ai choisi une date de départ mais tu pourras en changer à ta guise.
— C'est parfait.
— Profites-en bien. Passe un bon anniversaire et une belle soirée. Tu salueras tes amis de ma part.
Et il se retourne, descend l'escalier d'un pas rapide. Je ferme la porte, définitivement.
Je me retrouve seule, à nouveau. Avec mon horloge biologique qui s'affole.
Un regard rapide à ma montre m'indique qu'il me reste une heure avant d'accueillir mes amis qui sont censés venir fêter mes trente et un ans chez moi.
Je décide d'appeler Sandra.
— Vous n'êtes plus ensemble ??
La nouvelle fait mouche.
— Non, Sandra. Mais t'inquiète pas, je vais bien.
— Sûre ?
— Certaine.
— Alors pourquoi tu m'appelles ?

— J'ai envie de faire autre chose ce soir. Je veux pas qu'on reste chez moi à regarder *Le plus grand cabaret du monde* en bouffant des *Curly*.
— Certes, tu as envie de faire quoi ?
— Karaoké.
— Ok, j'organise ça, rendez-vous dans une heure au BarAcouda.
Elle raccroche.
Je me sens bien. Mieux. Légère. Euphorique.
Je me change, enfile une robe noire moulante (qui n'était pas moulante à la base), me maquille, me coiffe, tapote la tête à Surimi qui m'observe d'un œil morne avant de se rendormir au fond de son panier.
Je retourne dans le salon, m'assied sur le canapé en attendant de partir.
L'odeur de poisson me retourne l'estomac.
C'est décidé, je le bazarde le plus rapidement possible. *Emmaüs* sera enchanté de venir le récupérer.
Je me demande avec qui je vais bien pouvoir partir à Londres cette fois-ci, étant donné qu'Alex est casé avec Léonie, et Anna est toujours avec Serge.
Bouse, je suis la seule célibataire de la bande, désormais.
Tic, tac, tic, tac...
Non, Jo, non. Ce soir, c'est la fête, pas question de déprimer.
De toute façon il est temps de partir.
Je quitte l'appartement, et en passant devant la porte de Denis je culpabilise à l'idée de l'avoir quelque peu laissé en plan ces derniers mois.
Je me promets de l'appeler demain.
Quinze minutes plus tard me voilà au BarAcouda.

— JOYEUX ANNIVERSAIRE ! hurle Lily en bondissant dans mes bras, surgissant de nulle part.

Et les autres se joignent aux effusions, me collant des bécots sur la joue toutes les trente secondes.

Visiblement ils ont été mis au parfum de ma nouvelle rupture.

— Ça va ? me demande Pierre le Dermato, compatissant.

— Ça va, merci...

Nous pénétrons dans l'antre de la chanson et de la musique. Sandra a pris soin de réserver une table et sans plus tarder, nous commandons boissons et planchette de saucissons.

J'entame la farandole des chansons massacrées, en l'honneur de mes trente et un ans sur cette Terre, en l'honneur de toutes mes galères passées et de celles à venir, des moments difficiles mais aussi des meilleurs, en l'honneur de l'amour qui flotte toujours dans l'air à travers Lily, Pierre, Sandra, Léonie et tous les autres, et c'est le cœur léger que j'interprète tant bien que mal ce chef d'œuvre de Cat Stevens...

— *Oh, baby, baby it's a wild word...*

Oui, c'est bel et bien un monde sauvage.

CHAPITRE XXIII
Comme un souffle de renouveau...

J'ai bazardé le canapé.

Nous sommes le 17 Décembre, et j'ai bazardé le canapé que j'ai acheté avec François il y a plus de trois ans.

Nous sommes le 17 Décembre j'ai trente et un ans depuis un mois, et je viens d'envoyer ma lettre de démission.

Sandra est au courant. Nous en avons longuement discuté le soir de mon anniversaire entre deux chansons détruites par Lily au karaoké. Elle a compris. Je l'ai remercié de m'avoir aidé lorsque j'en avais besoin, de m'avoir offert l'opportunité professionnelle que j'attendais alors.

Mais j'ai démissionné, pour de bon.

J'ai bazardé le canapé, mais pas seulement.

J'ai vendu mon lit, ma table de la salle à manger, mes chaises, mes meubles.

Je pars à Londres cet après-midi.

Seule.

Denis envisage sérieusement de m'y rejoindre pour s'y installer à son tour, mais pas tout de suite.

Ma mère et mon père sont mitigés à l'idée que je quitte la France.

Je leur ai annoncé mon départ il y a deux semaines lors d'un repas chez eux. Nous étions tous les trois assis autour de la table de la cuisine, dans la maison dans laquelle j'ai grandi, et mon père a pleuré.

— Tu pars, définitivement ?

— Papa, rien n'est jamais définitif dans la vie. C'est une phase, un nouveau départ. On verra bien. Et rien ne vous empêche de faire pareil !
— C'est vrai que ça me plairait assez, Londres... concéda ma mère.
— Tu vas vivre de quoi ?
— Je trouverai, ne t'en fais pas. Et Al est installé dans sa nouvelle maison, j'aurai une chambre rien qu'à moi le temps de trouver un emploi.
— Tu vas me manquer, ma fille, a alors lâché ma mère.
— Toi aussi, maman.
— Je sais que je suis pas tendre avec toi, mais tu me fais tellement penser à moi à ton âge. J'ai fait tellement d'erreurs, j'ai peur que tu ne commettes les mêmes.
— Alors elle en tirera des leçons comme tu l'as fait ! lui répondit mon père en essuyant ses larmes.
— Tu nous appelleras ?
— Chaque jour si tu veux maman.
— Nous t'emmènerons à l'aéroport, tu pars quand ?
Et la discussion avait tourné autour des préparatifs.
J'avais organisé une soirée d'adieux, avec mes amis. Nous avons passé la soirée à chouiner, à relater des souvenirs, comme des retraités.
— On viendra te voir très souvent ! m'avait promis Sandra.
— C'est tellement cool de faire ça. Ça ne te dit pas, Pierre ? avait proposé Lily à son fiancé.
Mais le dermato ne semblait pas encore prêt à faire le grand saut.
Je boucle ma valise (une de mes valises), et vérifie une dernière fois que je n'ai rien oublié. Mes parents se chargent de remettre les clés à l'agence, demain. Ils

s'occupent de tout après mon départ, à mon grand soulagement.

Il va me manquer, mon appartement strasbourgeois.

Nostalgique, j'erre dans les pièces vides, Surimi sur les talons. Elle panique un peu, stressée par tous ces changements.

— Tout ira bien, ma belle. Tu verras, là-bas, tu auras un grand jardin pour courir. Et tu vas rencontrer Emmy ! C'est pas top, la vie ?

Ça sonne à la porte. C'est Denis.

— Je suis venu te souhaiter un bon voyage. Je règle mes affaires ici et j'essaie de te rejoindre rapidement. J'ai une petite idée de business qui te plaira, j'en suis sûr !

— J'ai hâte d'en savoir davantage !

— Tu le sauras rapidement. Je ne peux pas tarder, j'ai la pâtisserie à ouvrir.

Il me fait la bise, et descend l'escalier à toute vitesse.

Je n'ai pas le temps de refermer la porte que j'entends mes parents entrer dans l'immeuble (mon père bougonnant contre la neige qui tombe depuis hier soir).

Ça y est, c'est le moment.

J'attrape une partie de mes affaires, et mon père apparait bientôt au sommet de l'escalier.

— Bonjour ma fille, prête ?

— Plus que jamais papa !

— Alors c'est parti.

Il attrape les sacs restants, et je referme la porte de mon appartement en y jetant un dernier regard. Mon cœur bat la chamade, les émotions sont vives, intenses, se mélangeant sans cesse.

Mitigée entre le rire et les larmes, j'essaie de me concentrer sur mon avenir et descends rejoindre ma mère dans le hall.

— Tu as pris ton courrier ? Tu as prévenu la Poste pour qu'ils le fassent suivre chez nous en attendant ?

— Oui maman, c'est réglé.

Nous nous engouffrons dans la voiture, sous les flocons.

Mon père conduit prudemment sur les pavés enneigés. Strasbourg, ma ville natale, mon chez-moi.

J'ai frôlé les pavés du parvis de la Cathédrale un millier de fois, flâné dans les ruelles de la Petite France chaque été, me suis assise aux terrasses des bars de la place du Marché Gayot une bonne centaine de fois. Le parc de l'Orangerie n'a plus de mystère pour moi et les odeurs délicieuses de vin chaud, de crêpes et de marrons chauds qui flottent dans l'air durant le marché de Noël resteront gravées dans ma mémoire à tout jamais.

Je m'attarde sur chaque détail, durant le trajet jusqu'à l'aéroport de Strasbourg, essayant de conserver en moi le maximum d'images avant mon envol.

Sur les quais, près de L'Ill, j'aperçois soudain des silhouettes familières.

Sandra, Lily, Alex et Anna sont là, me saluent, faisant des grands signes de la main.

— Papa ! Ralentis !

— Je sais ma fille ! J'ai vu !

J'ouvre la fenêtre en grand et leur crie cet aveu, qui vient du plus profond de mes entrailles :

— JE VOUS AIME ! VOUS ME MANQUEREZ !

— ON T'AIME AUSSI JO ! me répond Sandra en criant, sa voix quelque peu étouffée par les larmes.

— APPELLE NOUS QUAND TU ARRIVES ! crie Anna à son tour.

— BON VOYAGE ! ajoute Lily en beuglant, les mains en portevoix. Elle crie dans l'oreille d'une vieille dame qui passe par là et qui ne manque pas de lui flanquer un coup de sac à main dans les reins.

— LE BONJOUR À *HARRY POTTER* ! conclut Alex en se marrant, Léonie pendue à son bras.

Je referme la fenêtre en leur lançant un baiser du bout des doigts.

Quelle sensation étrange…

Je ne pensais jamais quitter le pays comme ça un jour, tout plaquer pour tout recommencer.

Je me souviens d'une conversation que j'ai eue avec Denis il y a longtemps maintenant, dans un café. Il me parlait de ce qu'il avait fait lui, de son nouveau départ.

— Je ne sais pas. Partir comme ça, sans projet… ça fait un peu peur ! lui avais-je répondu.

— La grande aventure de votre vie commence peut-être ici !

— J'ai jamais été une grande aventurière, vous savez.

— Tout le monde l'est un peu, au fond de soi.

Je commence à penser qu'il avait raison.

Nous arrivons bientôt à l'aéroport, et je sens la pression monter.

Surimi est tendue comme une corde à linge et tremble de tout son petit corps dépourvu de poils.

— Tout ira bien.

Je la rassure.

Nous déposons mes bagages (je ne vous donne pas le tarif, vu le nombre de sacs et de valises que je trimballe) et

vérifions ma porte d'embarquement. Surimi s'est un peu calmée dans son bagage « spécial voyage ».
La porte est déjà indiquée, et je décide de ne pas rester plus longtemps et de m'y rendre.
Ma mère pleure sur l'épaule de mon père.
— Maman, on se voit dans dix jours, pour Noël ! Et tu vas enfin rencontrer ta première petite fille ! T'es pas contente ?
— C'est vrai, ma Jo, excuse-moi ! C'est éprouvant tout ça...
— Je sais ! Mais tout ira bien. Je vous appelle quand j'arrive.
Mon père me serre contre lui, m'embrasse le front et me glisse quelques livres anglaises dans la poche en me murmurant « juste au cas où ».
Je le remercie, et me love dans les bras de la femme qui m'a mise au monde. Je sens sa chaleur contre moi, son amour qui émane d'elle comme jamais. Nos différents s'effacent et je suis heureuse de partager ce moment privilégié avec elle.
Je me laisse aller, pour la première fois depuis mon départ de l'appartement et je verse un flot de larmes.
— Vas-y ma Jo, ça fait du bien ! murmure-t-elle à mon oreille.
— Ce sont des larmes de bonheur maman, j'ai hâte de commencer ma nouvelle vie. Mais vous allez me manquer.
— T'en fais pas va, je t'appellerai quand même pour te raconter ma trépidante vie de retraitée grabataire et folle à lier !
Voilà, à trente et un ans, alors que je quitte le bercail pour de bon, je découvre une face cachée de ma mère : elle a de l'humour. Vaut mieux tard que jamais !

Nous rions tous les trois et je me dirige vers les douanes, où ils ne peuvent plus m'accompagner.

— Bon voyage ! me lance mon père.

— Merci !

Je me retrouve bientôt seule avec mon chien dépoilé, assise sur un banc, en attendant l'embarquement.

Au bout d'une demi-heure, les hôtesses arrivent et commence le rituel sacré durant lequel les passagers défilent les uns derrière les autres pour prendre place dans l'avion.

C'est mon tour, et je m'assieds près du hublot, Surimi à mes côtés.

L'avion se remplit de passagers, lentement. Je me rappelle de mon premier séjour à Londres, lorsque j'étais assise aux côtés d'Alex (qui ronflait déjà à ce stade du voyage).

Quinze minutes plus tard, après les classiques annonces-micro, l'avion roule sur la piste, et décolle.

Je regarde mon pays natal par le hublot. J'aperçois mes parents, tout petits, près de la grille, à l'extérieur de l'aéroport. Ils disparaissent bientôt sous les nuages alors que l'appareil monte toujours plus haut.

Quelques minutes plus tard, le voyant au-dessus de ma tête s'éteint, les gens détachent leur ceinture, le vol commence pour de bon.

Je sors l'ordinateur portable acheté la semaine dernière sous le conseil de Lily (« ça sera plus pratique pour toi, pour nous envoyer des e-mails ! ») et j'ouvre une page *Word*. Je ne sais pas trop pourquoi.

Une envie soudaine d'écrire. De mettre des mots sur des souvenirs, sur des émotions, des idées. De raconter les batailles que j'ai livrées.

Et tandis que l'avion poursuite sa route vers mon avenir mystérieux, j'écris :

CHAPITRE I
Là où tout commence… (Ou s'achève ?)

Je viens de me faire larguer. Là. À l'instant.

FIN… ?